U0508098

芳踪集

盛红 著

北方文艺出版社

·哈尔滨·

图书在版编目（CIP）数据

芳踪集 / 盛红著 . -- 哈尔滨：北方文艺出版社，
2023.3

ISBN 978-7-5317-5845-7

Ⅰ.①芳… Ⅱ.①盛… Ⅲ.①散文集－中国－当代
Ⅳ.① I267

中国版本图书馆 CIP 数据核字（2023）第 047032 号

芳 踪 集

FANGZONG JI

作　　者 / 盛　红
责任编辑 / 富翔强　　　　　　　　装帧设计 / 圣立文化

出版发行 / 北方文艺出版社　　　　邮　　编 / 150008
发行电话 /（0451）86825533　　　经　　销 / 新华书店
地　　址 / 哈尔滨市南岗区宣庆小区 1 号楼　网　　址 / www.bfwy.com

印　　刷 / 四川立杨彩色印务有限公司　开　　本 / 710mm×1000mm　1/ 16
字　　数 / 238 千　　　　　　　　　印　　张 / 17.75
版　　次 / 2023 年 3 月第 1 版　　　印　　次 / 2023 年 3 月第 1 次印刷

书　　号 / ISBN 978-7-5317-5845-7　定　　价 / 66.00 元

秘密总在游弋的芳踪间盛放

蒋蓝

盛红与我在20年前相识。

那时她主编颇有影响的《华西都市报》副刊，常常跟我约稿。在我的印象里，她有诗人的气质，当然也是嗅觉敏锐、执行力很强的编辑。记得10年前的夏天我去七里坪度假区，得到景区工作人员赠送的一本书《半山一眸，世界真奇妙》，一看作者竟是盛红！呵呵，我是初来乍到，想不到她已经拿出了一本深度状写七里坪山水风物的专著了。

这一阵子居家办公，读完了盛红的散文集《芳踪集》，那个大度、直率、敏锐、细腻的盛红，显然已成功地抵达了散文的地界。我知道她平日工作甚是忙碌，成天在商界打拼，但她仍然拥有一条返回大自然、返回恬静世界的秘密小道，她不断在这条连接现实与想象畛域的小道上折返，带去的是被商务、应酬与公文宰制身心的疲惫，采撷回来的是凝有露水的山花，以及盈满她双眸的云瀑与星光。

这条小道，就是一条不折不扣的芳踪。

我以为，盛红的散文叙事特点有三：其一，她把记者的敏锐与田野考察技能发挥得相当出色，言之有物，言之有据，充分激活了、彰显了那些蛰伏在山野林莽间的大自然韵律；其二，作为行走文学的游记，自古以来佳作汗牛充栋，但盛红有一双善于发现的眼睛，她尤其擅长在人们熟视无睹的事物中发现新意，并让其在文字里得到盛放；其三，盛红的文字不娇情，不做不胜娇羞状、不做深刻独醒状，而是秉承着"我来了、我看见、我说出"的坦然和激情，其文字一直有一种奇妙的活力与自信。

当岁月与青春构成的交错线从一个人的面部展开时，他的表情掩饰不住这些秘密昭示的去向与来历。我注意到盛红好几篇文章里写到不同烟雨的造像，无论是冕宁县的雨，还是峨眉山七里坪的雨，烟雨不断点染着盛红的思绪，就像墨水在宣纸上漫漶而走，展示出很多人生幻象，以及幻象中的真实情愫。很多地方，她写得很慢，就像一只白鹭在悠然慢飞，内部的发条松弛到即将停止的时刻，它再次扇动翅膀，乘上了一股上升的山风，高处什么也没有，它又盘旋而下……它的羽翼下总有灯火阑珊处。

且顾所来径，苍苍横翠微。站在山林深处，盛红说：

回忆像一部加长的纪录片，还有留在黑水原始森林和花湖边的倩影，独行在桃坪羌寨里的遐思，畅游在金色毕棚沟里的秋日私语，在雪梨之乡金川的农家树下度过的梨花盛放的惬意午后……那奔腾的岷江、九曲黄河，那神秘的云中藏寨和美丽的姑娘，那与万物共生的冰川草地、江河湖海，那些遗落到人间的宝藏和净土，那无数的动植物珍宝栖息的最后归宿。回望阿坝，是牵系着过往时光的千思万缕。回望阿坝，是对纷繁复杂的职场内卷和琐碎的日常生活的内心参悟。回望将所有的遐想都变成了现实。我终于明白，为什么有些地方可以不计次数义无返故地前往和驻足了。

所以说，在穿越了赋予自己无限想象的烟雨山林后，总有让人牵肠挂肚的人与事，让她不可能彻底遁入空山。在大自然的箫声之外，在雨打芭蕉的碎声里，盛红还是尽兴而折返，她朝向的还是那个魂牵梦绕的现实："回望将所有的遐想都变成了现实。"

有时我想，雨是天空的思想，风是树叶的思想，雨与树叶，才是大自然的情书。一个人思考的时候，并不需要畅快淋漓的透雨，而是需要阴霾天气与飘荡的暗云。风从树梢带来的变异，改变着平素温柔的形态，就像一朵暗花被风吹翻，露出了花的银锭与一抹春光。我能够从她笔下的烟雨里窥见变异，窥见那些闪烁的往事。那些蛰伏于大自然的事物，有多少词语渴望探出头来，在她笔下获得一次全新的命名！因此，盛红尽力成全它们。

那些经人们反复打磨的词语，犹如春熙路的地面，光滑得藏不住一只蚂蚁。一个优秀的作家应该做的，就是设法用变速的语序造成词语与词语之间的不安与哗变，从而榨出、磨蚀出词语本身的色泽，以及词语之间撞击所产生出的本不具有的光。让春熙路上的蚂蚁，可以如一头犀牛那般走过。而后现代的街道上，也因为一条芳踪，成了连接古蜀梦与川西林盘的密径。

细腻的情感呈现之余，盛红也有灵性的追问。在七里坪的系列文章里，她展示了心目中的半山境界，实事求是地说，这是较早强调半山文化的一篇文章："山之一半，俯仰之间，景色宜人。峨眉半山在这蜀山高岳之间，超然出一种气度。南撷天下之秀，北望天府之都，西奄瓦屋之顶，东纳岷江之韵。半山之地，七里坪台，凝聚着峨眉清凉气候世间精华。西方哲人尼采说：不要在平原驰骋，也不要在山巅远眺，半山一眸，世界最美妙……"

半，未满，一种介于全与不全的美态，一种含而未露的绽放，也许比不得高傲华贵的富态，只是枝头微微含羞，粉黛暗眉，似笑非笑，似醉非醉，似醒非醒，似梦非梦。半，是一种充满期待的飘逸，是一种欲飞而未飞的振翅。

半江春水半湖月，半点情思半分醉。最美的月，是半秋月；最壮丽的云，是被大风拉出一半身躯的旗云。半秋的月是最柔美的，盈而不溢。半树的春是最茂盛的，半而不满。

在峨眉半山的寺院，也许最能够体味什么叫"半山哲学"。这让我不禁想起明代文学家屠隆的《娑罗馆清言》中的一段话："楼前桐叶，散为一院清阴；枕上鸟声，唤起半窗红日。"一个"半"字，可以说是颇堪玩味，体现了作家鲜活的艺术思维和审美情趣。

凡事当留有余地。北宋邵雍先生诗《安乐窝中吟》云："美酒饮教微醉后，好花看到半开时。"这种人生况味，不失为人生的一种策略艺术，一种处世方式，一种生存智慧。在我的心目中，盛红恰是这样看待自己的生活。

正是具有这样的半山视野，盛红才能这般从容地一展胸臆：

回望我们所居的城市，繁华的灯光和发达的资讯充斥着我

们的世界，人类以文明的名义构建了自己城堡式的生活，每天忙碌着，追求着，迷失着，却很难得有这样的一个夜晚，远离喧嚣，褪去浮躁，面对最本真的自然和自己，静静地感受，静静地面对，静静地思考。山永远在山的那边。让"鸢飞戾天者，望峰息心"，让"经纶世务者，窥谷忘返"，匆匆忙忙的都市儿女和归乡的行者，但愿半山七里坪，能停留无数不安的疲惫的心灵。

读到此处，我想起一个人坐在半山怀想过去，四周寸草不生。她张开双臂呼风唤雨，逐渐撑开了一片清凉。满树狂风满树花，这是多么令人神往的一幕。

2022年10月2日于成都

蒋蓝，中国作协散文委员会委员，四川省作协副主席。自1985年发表文学作品以来，先后荣获人民文学奖散文奖、四川文学奖散文奖、中国报人散文奖、朱自清散文奖等诸多文学奖项。

序二

山川有锦绣，脚步量文章

韩新东

认识盛红是因为川商，当然也是因为徽商。我们都属于全国的商帮媒体，共同参加全国商帮媒体会议，可能是彼此身上文学气息的相互吸引，没有什么寒暄就很聊得来。一个川妹子的性格自然也在活动中显示出如四川火锅一样的感染力。交集不多，却彼此认同。遂在不咸不淡的交往中，保持着特别好的心境和回忆。盛红要出版散文集，嘱我写序，我居然没有推托就答应，下笔时发现这真不是个好差事，好在盛红的每篇作品都很耐读，就留下些许笔墨吧。

一是有自己的美学追求。一个人境界和趣味的高低，决定他对美的感悟和认知。正确的审美观，会让人见到高山就知道仰止，见到大川就感受激情和辽阔，见到果实就知道赞美劳动，见到月亮就会心生爱情。美学观也代表一个人的价值观和世界观，只有心生美好的人才会遇到美好，只有心生善良的人才会遇到高尚的灵魂，你看到的世界的样子其实就是你自己内心的样子。看世界可以看到丑恶，但不会被同化，且绝不会歌颂丑恶。可能没有杜甫的沉雄壮美，可能没有李白的绝世浪漫，但写出自己心中的世界，才没有辜负自己，没有辜负自己的一世人生。盛红笔下的景色是美的，人物是美的，心灵是美的。美即是对客观物像的一种写照，也是内心深处对美的一种观照，两两相照，构成了物我两境的一种颇具禅意而深邃的美。凡是美的皆是长久的。美不仅留给了眼睛，也留给了心灵；美不仅镌刻进岁月，也烙印进历史。所以盛红创作的散文对美学的至纯追求，必然会有其独特的魅力和价值。

二是有自己的哲学思考。对于文学创作者来说，他们每个人都是哲学家。他们不仅在观察世界，也在思考世界。著名哲学家笛卡尔说："我思故我在。"一个不会思考的作家显然不可能是一个真正的作家。作家当中既有以文体见长的，也有以内容和主题见长的，这既来自他们对文体的驾驭和喜爱，也来自他们的思想，寻找更适合自己的表现形式。我们既不能否定莎士比亚的十四行诗所具有的文学成就和时代高度，也不能借此认为海明威的小说可以代替莎士比亚的诗歌。文学描写的是现实，而展现的强大的穿透时空和人心的力量，却是来自作品中思想的力量，也就是哲学的力量。盛红的每一篇作品，都有自己的角度、自己的题材，不论题旨大小，绝不人云亦云，绝不隔靴搔痒，绝不敷衍了事，不论长短，皆刻下了自己的哲思。哲学不是用来体现深沉的，而文学恰恰是将哲学生活化。生活化不是庸俗化，而是作家在找寻和架构一种与受众之间的桥梁。盛红的散文作品把人们带上这座桥，并且与作家一起感受思想之光华。

三是有自己的真情实感。我们在读古今中外优秀的文学作品时，常会有一种深深的带入感。虽然时代不同，虽然国度不同，虽然民族不同，虽然文字不同，但你绝没有陌生感，而且像是久别重逢，而且像在他乡遇故知，好像同样的场景时时在身边发生。你呼唤着世界，你也被世界呼唤着，这就是文学作品真正的要义：真情实感。真情实感，是打开这个世界的钥匙。盛红作品中的真情实感随处可见，唾手可得。既在景色之间，也在问答之间；既在主题之中，也在笔墨之中；既在山水之间，也在枯荣之间。虽然她不曾去追求黄钟大吕的时代之问，但绝对在涓涓细流的点滴中袒露自己。

四是有自己的风格特色。每个人的文学创作都会有所不同，这是由个体对文字的感悟、对世界的认知不同形成的。而选择或者擅长什么样的艺术方式，或者形成什么样的艺术风格，完全是艺术家自己的选择。就像大千世界的不同风景一样，每个人的创造也会风格迥异。风格会把你与他人分开。盛红的散文作品，显然受唐诗宋词的影响颇深，在她的作品中也常常会有唐诗宋词的意境。只不过她创作的作品，已经悄然成为新时代的一个"个化境界"。她有自己独特的气质与观察角度，她传承了唐诗宋词的韵，她承载了中华文明的魂，她笔下讴歌、赞美、感悟的世界已经焕然一新，自成一格了。细致、细腻、细心的文笔，使盛红笔下的世界，有滋有味，有情有义，皆在心中。

山川有锦绣，脚步量文章。时间可以流逝，岁月可以蹉跎，但愿初心不改。初中课堂上老师的问题和回答，其实就是人生应该永远保留的美好记忆，并且可以不时地回望，回望岁月，回望自己。回望就是一次又一次的生命旅行，无限地拓展着我们生命的宽度。如果说生命的长度是有限的，而宽度却是可以无限拓展的。希望在更遥远的地方印下她的脚步，希望在更广阔的世界读到她的文章。

韩新东，中国期刊协会副会长，全国商人媒体联盟主席，徽商传媒总编辑。

目 录

2004——2008　Chapter *1*

心如翼动，青碧透亮，念天地悠悠，忽然而已。

2005年，丹巴之行

2007年，在江南水乡

2008年
走进绵竹年画
村采访年画艺
人陈兴才

醉在瓷都

　　出发前，哪里知道德化是什么地方，粗粗地翻了翻邀请方寄来的一份当地的小报，大致知道德化是个县，位于福建省著名侨乡——泉州市的北部，以"瓷"闻名天下，是中国古代重要的瓷业生产区和外销瓷的重要产地之一，与江西景德镇、湖南醴陵并称中国三大古瓷都，是我国南方历史悠久、工艺独特的瓷都之一。脑子里便翻来覆去地想，一个有着这样美誉的地方为什么藏在深闺人未识？一个有着千年陶业史的"大家族"，一路走来经历了怎样的风风雨雨？如今的她该是何等模样？

　　伴随暮色和淅淅沥沥的小雨，我一脚踏上了德化县的土地。一条蜿蜒平缓的河流将城市一分为二，宛如熟悉的成都锦江。河水清亮，波澜不兴，它静如处子，也有一个好听的芳名——浐溪。在后来的游历中，我渐渐明白，为什么大师手中的观音如此安然自若、处变不惊，为什么熊熊炉火烧出的历代绝色女子皆浣纱绕膝、似神若仙，为什么这里的姑娘小伙皆聪颖灵秀，静守一方窑、一把小小的雕刀就能创造奇迹？莫不跟饮浐溪之水、听浐溪之音、感浐溪之韵有密切的关系？随后的几天夜夜伴浐溪而眠，连我也无法不似醉非醉、飘飘欲仙了。

　　对德化的了解除了第一个跃入眼帘的浐溪，便是屈斗宫古窑址和博物馆了。那座建于缓坡上的朱红色屈斗宫古窑，在当地人眼里就像一位熟悉的老朋友，每天都在无声地和后辈们交流。而我们是初次见面，即使是初次见面仍恍惚觉得往事如烟。

这座古窑连同博物馆记录的正是德化陶瓷业一段辉煌的发展史，比之后来看到的现代化生产车间和行云流水般的生产线，我仿佛看到历史和现实不经意间被一个字衔接，几千年弹指一挥间，完成的也只是一个方块汉字，那就是"瓷"。只是，这不是一般的瓷。它白如雪、明如镜、薄如纸、声如磬；早在新石器时代这里便有了印纹陶的烧制；瓷器在宋元时期通过刺桐港已成为"海上丝绸之路"的主要贸易商品之一；它的建白瓷、高白瓷、瓷雕喜滋滋地捧回中国瓷坛"三朵金花"的美称。1275年，意大利著名旅行家马可·波罗来到中国，他在《马可·波罗游记》中盛赞"刺桐城（泉州）附近有一别城，名称迪云州（德化），制造瓷器，既多且美"。由此欧洲人认为这种白瓷是马可·波罗在元代从中国带过去的，故将德化陶瓷命名为"马可·波罗瓷"。从民间到殿堂、从百姓到专家，故事已经太多太多。还有，从何朝宗大师的"象牙白"到明清的青花瓷，从如今的西洋工艺瓷到新开发的红壤陶、轻质瓷、釉下多彩精陶、稀土生态陶瓷等"绿色陶瓷"，写就的是怎样一部丰富多彩、容量宏大的巨著。

闻名于世界的德化陶瓷主要还是以明代生产的白瓷最负盛名，也最有影响力。可以说，德化的明代制瓷技术已经达到了当时世界的最高水平；在造型艺术方面也达到前所未有的高度，成为陶瓷世界里天生丽质、别具一格的艺术作品。在清代出口欧洲，晚清以后，德化瓷业每况愈下，但艺人苏学金、许友义等仍坚守此业，其作品在巴拿马、英国、日本等国际博览会上多次获得金奖。中华人民共和国成立后，德化瓷业获得新生，新秀辈出，他们继承前人的优秀技法和风格，不断创新发展，使德化瓷烧制技艺重新焕发出青春。

我有些找不着北了。如果说浐溪只是一杯"状元红"，那屈斗宫千年不熄的窑火，博物馆件件珍品散发出的阵阵瓷香，那些被橘红的灯光罩着、透着无限神秘的大师之作，无疑是真正的"高粱红"了。真的是酒不醉人自醉啊！

　　我还是醒了。让我清醒的是一艘名为"泰兴号"的沉船。那陈列着几经艰难才返回故乡的72件德化古瓷珍品的橱窗让我久久不肯离去。文字记载：1822年1月，大型客货商船"泰兴号"（The Tek Sing）从厦门港出发，朝古称爪哇的印尼驶去。为避海盗抢掠，商船绕道西沙，当船驶到中沙群岛附近时，船体触礁，船身入水，并在1个小时内迅即沉没。当时船上载有2000多名乘客及船员，只有198人侥幸获救，其余人员全部尸沉海底，被喻为"东方的泰坦尼克号"。船上同时盛载着价值连城的陶瓷。

　　1999年5月，英国著名的海难打捞专家迈克·哈彻经过数月的勘探和打捞，就在费用将要耗尽时，大海给了他一个大得几乎无法承受的惊喜，他除将"泰兴号"沉船打捞出水外，还捞获了35万件古瓷器！这是世界水下考古史上最大的一次发现。后据考证，这些瓷器大都是18世纪末和19世纪初德化生产的出口亚洲市场的青花瓷，且这些青花瓷仍完美如新，虽见证了1800多人的海难，仍散发着诱人的光彩。

　　我相信，那一刻，迈克一定喜极而疯。

　　无波不兴，当人们还沉浸在千人葬身海底的悲痛之中时，当人们聆听着哀伤无助的"泰坦尼克"之音默默祈祷时，那些古瓷器已经被贴上了拍卖的标签，有可能永远漂泊在异国他乡。事实上，这批最后有成交额高达2240万德国马克的古瓷器，从德国的斯图加特开始，就真正流离失所。唯有幸运的72件珍品，被德化县的智者抢救性地拍回，从而死里逃生，带着无言的沧桑回到故乡的怀抱。

　　在一幅幅无声的画面中，我也和"泰兴号"一起沉入了海底。我想，那时海浪是何等无情，海风是何等张狂，船上的生命是何等惊慌，那被吞没的一颗颗心经历了怎样的悲凉。而唯有那些冰凉的瓷器，那些崭新的准备到异国安家落户的瓷器，心怀不乱，最后踏浪而去。

捧读那些重见天日，标写着"青花瓷"，生于德化县的杯、盘、碗、盏、碟、罐、盖碗，怎能不落泪之余再次为之心醉？

暮色时分，我们绕山而行。薄雾笼罩的戴云山脉展开它宽厚的胸怀，接纳了我们这群外地来客。站在山腰，借着薄薄的余晖，属于德化的这方土地尽入眼底。这些天里，我踩着德化的瓷土一路走着，闻的是瓷香，看的是瓷艺，泡的是"瓷茶"，喝的是"瓷水"，听的是瓷音。在我眼里：巍巍戴云山便是笑口弥勒佛，容天容地，容天地所不容；清清浐溪水正是莲花观音，念你念我念勤劳之大众。这里的一物一什都化土为瓷，这里的一草一叶都暗香浮动。

走在德化的街头，我感觉总面积2232平方公里的土地，每一寸土都是用瓷片堆起来的，30多万的人口里，人人都能说上几段瓷都的逸闻趣事，尤其是那些致力于瓷都发展的父母官，更是如数家珍。那些年轻的能工巧匠，身上洋溢的是瓷都人的气质；那一座座既是研究所、作品展示厅又是住宅的小洋楼，昭示着古瓷都蓬蓬勃勃的发展前景和生机。还有那一串串惊人的数字：从事陶瓷业的企业共1400多家（截至2022年6月约3000家），从业人员10余万人；2003年产品远销150多个国家；每年问世新品200余种。产业集群形成了传统瓷雕、出口工艺瓷、日用瓷并驾齐驱的发展格局，很多大企业将分公司设到美、德、英等国，迄今已有70多家出口陶瓷企业获"日用陶瓷质量许可证"和"输美日用陶瓷生产厂认证"的双认证资格。多了多了，珍珠般串起来的数字是瓷都人用双手烧出来的，用雕刀刻出来的，用脑子绘出来的，用智慧闯出来的。

青山绿水碧云天，千家瓷厂无污染。走在瓷都的街头，天是蓝的，地是新的，小城的人们干干净净，空气清清爽爽，姑娘小伙们开开心心，他们忙碌着，他们耕耘着，他们收获着，他们享受着。还有什么比这样的生活更叫人陶醉呢？

我终于明白，小小德化因靠着天然海港的优势，所产陶瓷自古便漂洋过海，所以国人知之不多；我终于明白，小小德化祖祖辈辈薪火相传，练就了一身独特的看家本领，成为三大古瓷都之一自然不足为奇；我明白了，小小德化要在国内大显身手，要让中国的每个城市都有贴着德化陶瓷标签的产品，让德化瓷器进入千家万户。

我不能不再次感叹，我不过是到德化来看了一眼，但就是这一眼，德化便轻轻松松征服了我，征服了我们这群外乡客。

返回成都，日子一翻而过，我以为那短短的几天"醉瓷"的日子也会一翻而过，但我错了。过去的时光里，我仍然没有一天不激动着，没有一天不沉醉着，没有一天不深深地怀想着，那一方神奇的土地，那一次涤荡心灵尘埃之旅。吃饭洗碗，我会久久地把玩手中的盘盏，希望能触摸到德化白瓷的灵魂，希望手中的瓷碗也能像德化白瓷一样唱出好听的歌，我还会情不自禁地看看它是"釉上彩"还是"釉下彩"；打开电脑工作时，很长很长的时间里，我看到的不是一个个汉字，而是一堆堆瓷片，不是一则则新闻，而是一尊又一尊精美绝伦的瓷雕，我也不是敲击着键盘，而是正捏着德化特有的瓷土，想要化腐朽为神奇；与人交谈，我开口"西洋瓷"，闭口"中国红"，不是"象牙白"就是"青花釉"，恨不能将刚刚捡来的一点点关于陶，关于瓷的小学识卖弄完。我知道我完了，我知道我没救了，那岂止是迷，岂止是醉，岂止是痴，是彻彻底底将自己交出去，交给德化的青山绿水，交给瓷都的窑火去煅烧冶炼，让自己从此脱胎换骨，变成"猪油白"，变成"建白瓷"，最好是变成瓷都一抔纯粹的土，淘尽千年，静观其变……

（写于2004年6月福建采风归来，曾刊于《福建文学》）

四姑娘山历险记

这是一次缺乏足够准备的冒险。年轻，当真是无畏又无惧。

2005年7月30日，时值盛夏之季。天晴，早晨微风，凉爽宜人。吃过早餐，一行人驱车向四姑娘山而去。

四姑娘山，一个有着美丽名字的登山之地。据说，此地最早是被一群喜欢登山的日本游客发现的，并广为流传。近些年，随着当地政府对旅游资源的重视和开发，其绝美的姿色逐渐被世人所知，"四姑娘"秀美的芳容打动了一批又一批的旅行者。此前做了些功课，四姑娘山不仅长得好看，而且是中国大西南地区珍稀动物的宝库，生活着众多国家级保护动物，比如金丝猴、白唇鹿等，加之植被丰富，也是许多珍稀、濒危植物，如四川红杉、岷江柏、四川牡丹、独叶草、星叶草、延龄草等的主要分布区。

一路上，路况甚好，天气渐热，中午艳阳时分，三车九人两宠物狗顺利抵达日隆镇。沿河而行，寻了一处农家歇息进食。下得车来，活动活动手脚，正为眼前这片浓荫遮蔽的小楼而欣喜时，我突感眼前一花，头部一阵剧痛，差点栽倒。几分钟后缓过劲来，慢慢爬上小楼，立刻趴在桌上，依然头晕、胸闷、气短、腿软，所有高反症状一应俱全。生病的小女也和我一样，完全没有精神和食欲。没想到刚一落地，"四姑娘"就给了我们一个下马威。半晌之后，症状稍缓，开始对一桌的美食有了进攻的欲望。

四姑娘山最高海拔6250米，系典型的高原气候，此时才3000多米，同行的朋友已多有不适，商量后决定休息半日，第二天骑马进山，目的地是海子沟。海子沟位于四姑娘山南面，沟长30余千米，因其海子（高山湖泊）成群而得名，现已对外开放的有大海子、花海子、犀牛海和夫妻海等。沟内湖泊众多，湖水清澈，水草丰茂。蓝天、白云倒映湖面相映成趣，水下，小鱼不时嬉游于湖边，或翔浅底，美不胜收。

　　第二天起了个早，半日的休息之后，所有的不适全部消失，感觉神清气爽。一行人买过马票，各自寻到自己的马夫，浩浩荡荡向海子沟而去。刚开始，大家兴致很高，快马扬鞭，恨不得个个都当领头马。但海子沟的马道经这么多年的践踏，道路崎岖，坑坑洼洼，十分狭窄。据我的马夫介绍，他们这群马帮，多是从20世纪90年代初就开始做租马生意，刚开始几十匹马，后来发展到几百匹，最初是零零散散，各自为政，再后来逐步发展成马匹出租公司，有了行规，开始统一管理。马夫中有一位14岁的男孩引起了我的注意，一问，他说是利用暑假挣学费。再问他喜不喜欢读书，他说："喜欢。"我注意到，他的背袋里露出了一本书的一角，只是没看清书的封面。

　　一路吆喝，一路欢笑，一路跟马夫闲聊，上山的路感觉甚好。途遇几位骑高头大马的"侠客"，很绅士地让道，戴黑色宽边墨镜，西部牛仔帽，着侠士披风，肤色早已变成古铜色，看似冷峻，实则不然。当我挥舞遮阳帽向他们致意时，两位侠客脸上立刻露出成熟男人的迷之微笑。带着侠士的微笑和满眼青翠，以及高山草甸成片成片鲜艳的格桑花、酥油花、野菊花，姹紫嫣红一路，繁花似锦如春。

　　正陶醉于美景中的我们，一路担心的是，太阳出来，会被暴晒，哪想到，后面的遭遇截然不同。越靠近大海子的地方，气温越低，单衣薄衫的我们，开始打冷战。上到大海子处，狂风呼啸，站立都有些困难，所有的人冷得发抖，全部挤成一团，围在小小的一处避风的木屋外面，屋里已挤满了游客，全都呼呼地哈气、搓手、跺脚。眼看天气陡变，乌云密布，马夫说，快下雨了，下起雨来，再往前走就更冷了。回去的路也难走得很，十分危险。同行的男士们不甘心，两个8岁的双胞胎女儿仍心有不甘，随马队继续前行，两位妈妈包括我开始打道回府，准备先行一步，在路上等着他们。

刚骑上马，雨便下了起来，不到5分钟，已大雨倾盆，密如珠线。刚刚买的简陋的雨披很快被淋湿，沾在身上，雨水顺着脖子流进内衣，裤子是遮不住的，早已湿得可以拧出水来。偏偏这时马夫说："我这匹马最怕打伞，所以对不起，我没有准备伞。"不过，想来有伞也不好拿，那样泥泞的山路，不双手抓紧缰绳，肯定跌下马来。

回程变得异常艰难而遥远。马背上的我不时被马颠得左歪右倒，有时，马也累了，站在大雨里不肯走，须使劲吆喝才又勉强前行。尤其是最险的那段山路，怕伞的这匹马为了给对面10余名打伞步行的游客让路，一直让到了悬崖边上，左蹄一滑，差点掉下山去，吓得我"哇哇"大叫，紧紧抱住马身，早已花容失色。幸好马夫机灵，一把拉住缰绳捆在一棵树上，另一只手紧紧抓住我的手臂，实实在在体会了一把什么叫悬崖勒马。这一惊吓好半天都没回过神来，脑子一片空白。

继续回返的路上，这匹名叫小青的白马多次马失前蹄，一路跌跌撞撞，经过开阔的草甸时，一撒开蹄子快跑起来又几番刹不住，路上险象环生，我的一颗心自始至终提到嗓子眼。待回到拴马庄，下得马来，我的两条腿麻木得早已不是自己的了，浑身湿透，雨水小河般往下淌，又冷又后怕的我颤抖不止。

想看风景的两个女儿和同行的伙伴们仍在路上。身为警察的老同学凯途中遇险，竟被受惊的马直接摔到了泥水里，马也摔倒了，压在他身上，可谓人仰马翻。做医药的老同学江被淋得受不了时，在大雨里高喊："我不想活了，我要完蛋了！"在传媒公司的朋友翔回到宾馆便高烧不止，当晚靠退烧药才稳住病情。途中两个女儿远远落在最后面，也早已冻得小脸变色，不知所以。两位马夫大婶又背又扛，两个女儿步行加骑马，亦是跌跌撞撞。我在拴马庄望眼欲穿，总算看见两个"小红点"在大雨中向我缓慢移来。等到她们快到跟前时，我快步冲进雨里，将她们从马背上抱下来。两个女儿脸色发青，浑身透湿，眼睛木木的，没有表情，显然已经冻僵了。我霎时心疼得泪满眼眶。

回到宾馆，洗过热水澡，喝过姜汤，换过衣服，所有的人都窝在被子里取暖。两个女儿居然什么事没有，总算宽了我的心。可怜我这个勤快人，屁股没沾一下椅子，把所有人换下的一大堆衣服全部洗完才得以歇下来，这时，我已累得快直不起腰了。

这一次的四姑娘山旅程，虽然惊险连连，却给我的旅途留下难忘的记忆。对长大后的女儿们，无论何时聊起，都是回味无穷。只是在以后的旅程中，越发增强了风险意识，光有冲劲是远远不够的。

（写于2005年夏，2022年略改）

神秘丹巴，关于碉楼的无穷想象

关于丹巴，曾经有神秘的想象无数次地萦回在脑海。2004年，我在四川大学参观一个法国的文化机构举办的丹巴碉楼考察成果展示，瞬间就被那些精美的图片、宝贵的建筑文物所震撼，心想哪一天一定要亲自去看看。一年后即梦想成真。

丹巴之旅，不仅仅是文化之旅，还是藏羌风情之旅。途中看见会议旧址，忍不住驻足，短暂停留，看碑文记事，触摸风吹日晒的铁索吊桥，那斑斑印痕无不写着当年的故事，浸润着历史的沧桑。

一路行来，阳光普照，道路畅通，村村落落掩映在绿色如盖的老树之下，只是少见人烟。朋友发话了："哪里有什么丹巴美人啊？"我偷瞄他，这动机不单纯嘛。话音刚落，就见一中年村妇闲坐屋门口，一只穿着绣花鞋的脚轻轻踏在门槛上，一手托腮，目光游移，脸呈高原色，活脱脱一幅人物肖像画摆在眼前。她算不算是传说中的丹巴美人呢？好像不是，但这幅天然而成的"画作"却令人眼前一亮，自然之态全在画中。看路边广告牌上的美人，五官端正，鼻梁高挺，眼睛大大的，画中美人看上去当然很美，但似乎并不如眼前的"画面"更加令人怦然心动。

据当地人介绍，要看丹巴美人，得等到夜里，深入村寨，围着篝火，丹巴女子就会从各自的家里走出，载歌载舞，与游客同乐。但我们当日的目的地是马尔康，路上著名的夹金山风景区因为修路暂时封闭，丹巴村寨只能一掠而过。

虽然没有看到夜色中载歌载舞的丹巴美人，但令我一路心旷神怡的是，我终于看到那些神秘的碉楼了。这片位于川西北峡谷地带的嘉绒藏族聚居地，具有独特的文化和丰富的自然景观，雪白的墙、深红色的屋檐，一幢幢藏式房屋散落在绿树丛中，美眸盼兮。听说春天里漫山的梨树、苹果树，花海似雪，秋天里果实满枝，满眼是丰收的景象。尤其是依山傍河矗立于群山之间的座座碉楼高大、挺拔、帅气威武，流传下"千碉之国"的美誉。

碉楼是丹巴独具特色的建筑，在丹巴全县都有分布，主要集中在河谷两岸。或三五一组，或独立山头，碉楼之间相互呼应，依山成势，集中的地方，目力所及，数十座碉楼连绵起伏，形成蔚为壮观的碉楼群落。据当地朋友介绍，在众多碉楼群中尤以梭坡乡境内的碉楼群最为集中，大约有84座，为世界之最。从丹巴县城沿大渡河而下，车行大约7千米土路便到达了梭坡乡，碉楼就在大渡河对岸。一眼望去，座座碉楼拔地而起，高的有三十余米，低的也有十六七米。走进村寨，近观碉楼，皆为片石砌成。虽然皆由片石砌成，但墙体表面光滑，缝隙紧密，棱角笔直，可见建筑师具有高超的设计能力和工艺水平。

关于碉楼的传说很多，比较多的说法是，很久以前，大渡河河谷之中有凶猛的妖魔，专门摄取男童的灵魂，为了保佑孩子成长，谁家生了男孩，便要修筑碉楼以御妖魔。孩子每长一岁，碉楼就要加修一层，而且要锻造一坨毛铁。孩子长到18岁时，碉楼修到18层，毛铁也锻造成了钢刀，此时将钢刀赐予男孩作成人礼物。鼓励他勇敢战斗，克敌降妖。另一说是碉楼与战争相关。据史学家考证，这种说法是成立的。丹巴的碉楼可以分为四种：要隘碉、烽火碉、寨碉、家碉，尤以家碉、寨碉为多。修建在屋后的高碉与居住的楼房紧紧相连，属家用碉，较矮小，一般用作贮藏粮食柴草、防御匪盗，遇有战事，亦可作防御；寨碉则是保护村寨、部落和地区的防御工事，与城栅的功用相类似，又比城栅更灵活；要隘碉建筑在要隘险道上，有许多碉楼矗立在悬崖峭壁之上，用于阻止敌人的进攻，坚固工事；烽火碉则用于传递战争信息，同时具有其他高碉的防御功能。

丹巴的民居与碉楼在建筑风格上是一脉相承的，其神秘奇秀的风光，吸引着一批又一批摄影家、考察者、观光者纷至沓来。2004年，我曾在《华西都市报》副刊做过法国伽马图片社5位著名摄影家的图片专题。其中一位叫胡勇的摄影家在1994年途经丹巴时被神秘的丹巴高碉吸引，一住就是8天，之后在全球数十个国家发表过摄影图片，引来全球无数称奇的目光。

碉楼是羌族发展的见证，在羌语里被称为"邓笼"。《后汉书·西南夷传》记载说："依山居止，垒石为屋，高者至十余丈。"追溯人类活动的历史，早在5000年以前，一个多部落的民族就聚居于此，长期繁衍生息，据说全盛时有近万座，可见那时这个民族是多么强大而富庶，若没有大量的人力和财力，怎能修建起这历经世事风霜、坚固耐用的堡垒？

伴随对碉楼的无穷想象，带着此番没能深入其内的遗憾，回望那些渐行渐远，静静矗立在河岸边的碉楼群，在心里默默地许愿：希望这些古羌人用血汗与智慧留下的艺术结晶，带着羌族淳朴厚重的古代遗风和精神文化，能在保护中代代相传……

（写于2005年夏，2022年春改）

卓克基藏寨的细碎时光

马尔康县（今马尔康市）为阿坝州、县、镇三级政府所在地。县城地处梭磨河谷中游地带，距成都395千米，东与梭磨、卓克基相邻，南接松岗镇，西连脚木足乡，北接沙尔宗、大藏两乡。马尔康市总面积6633平方公里，有16条街巷。这是2005年我第一次认识的马尔康。

车子一驶进县城，那份安安静静的小镇风情，那份惹眼的金黄和藏红，立刻让我柔情泛滥。我忍不住脱口而出："好喜欢。"喜欢的另一个原因是马尔康有朋友在。时任《阿坝日报》总编辑龚学敏在电话里约了晚上以酒会友，那年他的长诗《长征》单行本正在热销中，相谈甚欢。他还帮我们联系了第二天的卓克基土司官寨参访，一切都是那么美好。

第二天清晨在一家小店吃早餐时，和当地人闲聊，没想到，随便一问，就遇到一位文化人，也是一位旅行者，还是专门研究藏文化的旅行者。他告诉我，马尔康在嘉绒藏语中的意思是火苗旺盛的地方，这里是旧时的茶马交易地，茶叶多从江浙运来，想必是兴旺发达之地，这一点我们在卓克基土司官寨参观时，从当地旅游局的小马口中也得到证实。但时光荏苒，古道衰落，转眼马尔康较之新兴的繁华都市，反成了人烟稀少的偏僻之地。一路车行，清晨的阳光斑斑点点地洒落在路上，这颗小巧玲珑的高原明珠在晨曦中安静地闪着温润的光，那条清澈蔚蓝的大河穿城而过，小城沿河两岸依山而筑，处处呈现鲜明的民族特色。

旅游局的小马已经在卓克基土司官寨等着我们，远远地就能看到成片的西索民居。我立马加快了脚步。一到寨子门口，小马就给我们当起了义务导游。两个女儿一路都把卓克基念成"坐飞机"，当看到卓克基三个字时，一行人顿时安静下来。卓克基土司官寨是全国重点文物保护单位，享有"东方建筑史上一颗璀璨明珠"的盛誉。该官寨始建于1918年，为四层碉房，后于1938年由土司索观瀛组织重建。小马说，其实，最早这座官寨还不止四层，共有六层。门前一面是猛虎下山，一面是麒麟的照壁，也是后来重建的。整个官寨将藏汉两种民族的建筑风格融为一体，造型优美，结构精巧，技术高超，线条流畅，汉式四合院布局。下面为一楼一底，是土司接待贵宾的客厅和经堂，东西两侧分别为三楼一底和四楼一底，作为土司家眷及僧人的住房、书房，一楼多为农奴生活居所，二楼为主人居所，三楼有藏宝室等。整个官寨以片石砌成，用石灰加糯米汁勾缝，极为坚固，尤其是回廊边柱及每层房屋楼板，不用一钉一铆，融入了极为深奥的建筑原理。后来许多建筑学院的学生都来此观摩学习，研究其精深的建筑奥妙。

官寨右外侧有一乱石砌成的碉楼，呈小方锥状，顶高与官寨相等，系土司在紧急时储藏珍贵物品及藏身防御之用，也是土司至高无上统治权力的象征。石碉静静倚天矗立，犹如武士手中直刺苍穹的长剑，守望着官寨。如今岁月的风霜、历史的重压已在土司官寨刻下道道裂痕，土司官寨显得凝重而苍凉，它把嘉绒藏族的历史和文化延伸至未来。

官寨对面就是嘉绒藏族最具典型的村落——西索民居。西索民居保持了嘉绒先民"垒石为室"的传统风格，寨子错落有致，远目望去，犹如一座壁垒森严的古城堡。进入寨子后，说话声在高耸的石壁间形成回响，踏着青石板小路，看到各家各户紧紧连成一片，顺着细长的小道延伸，有种曲径通幽的韵味。这些线条分明、棱角突出的石头建筑，与周围险峻的山峰、陡峭的崖石形成新的整体，鲜艳的图腾，屋顶红色的瓦片，四周飘动的经幡，又添了几分神秘。小马说，嘉绒石碉建筑是嘉绒藏族民族意识、信仰与自然条件融合的集中体现。

卓克基土司官寨，这座看得见的与天堂最接近的地方，无处不流淌着藏族文化和宗教文化的气息，时间书写历史，历史填满时间的年轮。阿来在马尔康完成了长篇小说《尘埃落定》，卓克基土司官寨自然成为作品改编电视剧的拍摄基地。这方水土为阿来提供了乳汁般创作的源泉，阿来用作品替这方水土揭了盖，为世界贡献了一部文学经典。

我们走进一户藏族人家饮茶歇息。达吉老人热情地为我们现场制作酥油茶，还捧出了新鲜的核桃、瓜子招待客人。酥油茶是嘉绒藏族生活的必需品，常与糌粑相配饮用。他们在劳累一天后喝上一壶解乏提神的酥油茶，是件十分开心的事。达吉老人用藏式普通话打开了话匣："我们不只有酥油茶，还有清茶，也叫马茶。还有奶茶，奶茶就是将熬好的清茶去渣后加入鲜奶，好吃得很。"我们一边喝着浓香的酥油茶，一边听老人讲故事，茶香温润，时光美好。

（写于2005年夏，2022年初略改）

云朵上的萝卜寨

2005年夏，自驾从茂县回成都途经汶川，上午11时左右，突见路边广告牌上一行醒目的大字：云朵上的羌寨！多么诱人的几个字，能在云朵上生存的古老民族是怎样的民族？当即决定上山。

一秒钟的扫视，一分钟的思考，一瞬间的决定，方向盘一转，行程当即改变。一家人一辆车的自驾，无须更多的商量，从来就是这么任性。发现更多的未知，不走寻常的路线，每一次的旅行带给我们的收获往往是计划之外的。

上山的柏油公路越来越陡，几乎变成"之"字弯，车速降到了20公里每小时，车子不知不觉便挂在了半空中，不敢往下看，也不敢往后看。左边是深不见底的山崖，对面的山峰渐渐平行，岷江山谷越来越深不可测，弯弯的公路像条缠绕在山间的长长的腰带。心开始收紧，不知何时才能到达，担心做了错误的决定，但已别无选择。终于见到一个山民，一问，他说："不急，马上就到。"看他淡定的神情，稍稍宽慰。继续往上开，一直到达山顶。停好车，像是一下子打开了一扇天窗，终于换了口气。眼前陡然一片开阔，地势变得十分平缓，羌族民居依山而建，清一色的土木黄泥建筑，黄土色的外墙与蓝天白云相互映衬，充足的阳光金灿灿地照射着这片安静的土地。偶有几声犬吠将宁静打破，寨子便活了过来，我惊喜得一时说不出话来。

寨子高了，与天近了，真像是长在云朵间了。鱼儿和可儿两个欢快的身影，也变成天空下飘动在身边的两朵莲花。大手牵小手，伸手捉白云，朵朵白云也调皮，和她们玩起了捉迷藏，忽而在头顶笑，忽而在前边跑。果然是名不虚传、不同凡响的云上村寨啊！

这座位于汶川县雁门乡境内岷江南岸高半山台的羌寨，距省会成都仅150千米，处在去九寨沟的必经之路上。古老的萝卜寨有多古老无人说得清，只知道资料上说它已有4500多年的历史，是现今所发现的世界上最大、最古老的黄泥羌寨，也是迄今中国羌族人口最多、建筑最密集、最大的村寨。在当地人的心里，它就是"云朵上的街市"。没上来时，它只是一段文字里的传说。贴近它时，它就像一颗擦去尘土的夜明珠，默默地在这片神奇的土地上散发出耀眼的光芒。

在寨子里一家小清新风格的餐馆用过午餐，开始在村子里漫无目的地转悠。时值盛夏，正是阳光最炙热的时候，穿过长势旺盛、茂密无边的玉米林，脚底的热土已被太阳晒得发烫，烈日下，走在村寨里的每一步都冒着暑气。三三两两背着柴火的孩童回头望着我们偷笑，还有穿着色彩鲜艳的羌族服装的少女羞涩地回避着我们的目光。寨子四通八达，均由一条条小巷连通，走在复杂的建筑群落所形成的巷道里，确如穿越到了远古，其独特的建筑格局像是在云雾里布了一盘棋，各人的解法不同，答案也会不一样。如此户户相通又宛如迷宫般的布局，吸引着探险族、摄影家、文化学者、历史建筑专业人士前往探秘，尽管它藏在深闺人未识，但依然时有外来人士的身影从身边飘过。当地人说，遇上天气好时，早上初升的阳光照在黄灿灿的寨墙上，整个村落在云中若隐若现就像海市蜃楼一般，美丽虚幻，亦真亦假。

在几千年的历史长河中，萝卜寨的建筑特点就是抵御。据寨子里一户王姓人介绍，羌族的房子都是家家相连、户户相通，形成上、中、下三层立体交织的军事堡垒。在这个立体网络中，上层为每家屋顶相连的屋顶交通网，这个网络对打击入侵之敌有着强大的功能，面对进入寨内的敌人，居高临下防御，正应了"关起门来打狗，堵着笼子捉鸡"的俗语。中层即为条条巷道构成的交通枢纽，这些弯弯曲曲的巷道对外来者犹如八卦图，很容易迷失方向。下层则是萝卜寨的地下通道，据说过去的萝卜寨基本上户户地下通道也是相通的，就像一张密布的地下网络。遗憾的是萝卜寨最后一段地下通道在20世纪90年代被填埋。我们爬上王姓人家的屋顶，果然看到连通的屋顶变成了一个宽阔的大平台，平日里各家都在大平台上晾晒收割的毛豆、柴草及农作物。有一些经营头脑的王姓人家还在屋顶一角营造了一个小小的民族服饰、用品展示区，其小儿的照片挂在了显眼的地方。

顺着指示路牌向左，便是2005年3月，四川省考古研究院陈显丹院长及李绍和、周科华等7位考古学家考察、发掘的现场。正是学者、专家们论证得出，萝卜寨的历史在4000年以上，那时这里就已有了人类居住的遗迹。大约2000年以前，萝卜寨形成了一个以羌民族为主的政治、经济、文化、宗教中心。考古发掘展览现场将我们带到古羌人遥远的历史长河中，感知这个经历了凤凰寨、富顺寨、老虎寨直至现在取名萝卜寨的漫长变迁史。

站在考古现场外，透过那些远古人类的火坑、石斧、石鱼坠、土陶罐，我仿佛窥见这个曾临水而居的民族代代繁衍、生生不息的壮阔迁徙图景。著名的社会学家费孝通先生说，羌族是一个向外输血的民族，许多民族都流着羌族的血液。这个民族崇拜白石，据说当年战争中，逃奔到山顶的羌族儿女以白石抗击敌人，终于赢得了战争的胜利。从此，他们以白石作为图腾，伴随中华文明的每个脚印，他们一步一步走到今天。历史学家认为，羌族是中国最古老的民族之一，也是世界范围内最古老的民族之一，是一个被历史和人们忽视了的东方大族。

顺着指示牌向右，则是一座有着2000多年历史，始建于汉明帝时期的龙王庙。1988年经各方捐资，该庙重新修建，庙虽不大，却是萝卜寨乃至周围人的朝圣之地，一年四季香火不断。萝卜寨，生在云朵之巅，离着太阳最近，常年雨水稀少，逢干旱时雨水更是珍稀，干旱是寨民们生计之痛。在龙王庙里时时都可见祈雨的村民，因为他们相信心诚则灵。

提到阿坝州，总离不开从这里走出去的著名作家阿来。2019年，他推出了一本以萝卜寨为原型的小说《云中记》，作品中写到了云中村的消失，更传递出作者对传统文明消失、精神家园流落的叹惋。有评论家说，云中村覆灭的悲剧在于它建在了滑坡上，重建可以重新选址，而文化传统的消失在于现代文明"闯入"带来了根本性改变。阿来在书写中有过这样的表达，大地震动，只是构造的原因，并非与人为敌。大地震动，人民蒙难，因为除了依附于大地，人无处可去。云中村作为永远的精神家园的象征，寄托了阿来内心的坚守。在物质世界飞奔向前的时候，我们总是希望精神世界走得慢一些。这又像是人类命运的一个悖论，为了生存，必须要物质向前，但却发现物质发展物化了人类，而美好的简单生活一去不复返。

对比其他人，阿来在《云中记》中塑造了一位坚持生命信仰的人——阿巴，《云中记》是阿巴个人的精神历程，也代表了作者的精神历程，它是中国乡村的精神之殇，也是人类命运的注解。这个注解告诉我们，人不能只有自己。

不管怎样，当我再一次走进汶川，看到的是高楼屋宇，城市欣欣向荣，人们生活平和安宁。看到的是万山红遍，层林尽染，漫江碧透，岷江水长流。而萝卜寨在经历了阵痛与重建后，必将迎来新的永生。

（写于2005年夏末，2022年8月改）

罗江，梨花如雪的诗魂

2006年的春天，在"梨花又开放"的歌声里，以诗的名义走进德阳罗江。从此，看罗江的目光跟从前便不一样了。

"一个城市有一个城市的幸福/于是/在春天开始写诗。"诗之历史，从《诗经》开始，铺就了一种繁花似锦的香园意境。我们谁不是吟咏和浸泡着古诗词长大的呢！那年，跟着一群来自全国各地的诗人朋友一起，迎着随风飘落的花瓣，徜徉在诗歌的海洋，看罗江的城市风格，从古至今与诗的丝丝相连，这座小小的历史文化名城，因为诗而变得厚重且深刻。2006年首届"中国罗江诗歌节"在这个春意盎然的季节迎风落地，2008年中国首座诗歌博物馆在这个名不见经传的小城秀龙山马尾松林悄然诞生那一刻，更多人看到了罗江的诗歌基因和小城诗魂。到2021年，罗江已成功举办了7届诗歌节。每年的春天，诗因罗江而流芳千古。

诗的城池历史文化潺潺流淌

罗江，地处成都平原东北边陲，史称"三国险阻之区，两川咽喉之地"，西晋末年开始设县，已有1700多年历史，其间曾三建三撤。一个城市的历史总是要经历些曲曲折折，就像白马关前历经千年的古驿道，风雨侵蚀，战火洗礼，4.7千米长的青石板路，长满历史的青苔，岁月留痕，车辙深邃，蜿蜒逶迤，北达八百里秦川，南连益州千里沃野。金牛古蜀道由此开始，也由此终结。杜甫曾感慨放歌："及兹险阻尽，始喜原野阔。"

罗江的历史文化，就是一部三国蜀汉文化的演绎史。忠绝刘备，奸绝曹操，智绝诸葛亮，义绝关羽，勇绝张飞……在这里，最值得一提的不是上述人物，而是才勇稍逊诸葛亮一筹、外貌又黑又丑的庞统。话说三国时，刘备颠沛流离到湖北荆州，偶遇水镜先生，其为刘备指点迷津，曰：皇叔戎马半生，却寄人篱下，难有出头之日，此皆为缺少大贤辅佐也。并为刘备推荐了"卧龙凤雏"，说此二人得一可安天下。所谓"卧龙"即诸葛亮，"凤雏"则是庞统。庞统人虽长得又矮又丑，但却足智多谋，初出江湖，赤壁之战即表现不俗。刘备正是采用了庞统的"火烧赤壁"计，让曹操上当，才大获全胜。之后，庞统忠心辅佐刘备。声名大振后的刘备志向空前，遂亲自挂帅率军从湖北一路西进，直取成都，并令庞统为军师。一路攻城略地，直抵罗江白马关。就在从白马关进攻雒城一战中，刘备与庞统兵分两路，临行前，庞统坐骑突然受惊，摔落马下，情急之下，爱惜将才的刘备遂将自己的白马让与庞统。不想这个情深义重的赠别竟成了庞统代主蒙难的信号。就在出师攻雒城中，当庞统骑着刘备的白马率部行至一名叫"落凤坡"的山丘延绵处，联想到自己号"凤雏"，自感忐忑不安。果不其然中了埋伏，但已无退路，两边树林中突然杀出千军万马，对准刘备的白马万箭齐发，可怜被当成刘备的庞统万箭穿心，凤凰折翅，命丧黄泉，时年才36岁。刘备痛失军师悲痛不已，大哭一场后，封他为靖侯，厚葬于鹿头山的落凤坡。鹿头山的香火从刘备点燃那天起，一直燃到今天。后人为了纪念忠心耿耿、有勇有谋的庞统，将绵竹关改名为白马关。

"鹿头何亭亭，是日慰饥渴……悠然想扬马，继起名硡兀。有文令人伤，何处埋尔骨。"古人伤古人，其情可堪。如今，以庞统祠为中心的鹿头山白马关成为人们跨越千年的时空经典，罗江的庞统祠也成了唯一纪念庞统的专祠。红烛流泪，香火绵绵，耳边犹闻受惊的白马声声嘶鸣，庞统中箭的落凤坡、诸葛瞻与张遵殉难的八卦谷古战场历经沧桑，带着满身伤痕，悲壮地与广汉三星堆共同构筑成交相辉映的古蜀三星堆遗址、三国蜀汉文化遗址。

调元故居而今翰墨冉冉飘香

　　文化是城市的灵魂，建筑是凝固的音乐。在建造罗江诗歌艺术博物馆的同时，已建成的李调元纪念馆是罗江的另一道人文风景。李调元何许人也？字羹堂，号雨村，别署童山蠢翁，罗江文星镇人，清代戏剧理论家、文学家、诗人。"叔侄一门四进士，兄弟两院三翰林"，这四进士指的就是清代的李化楠、李调元、李鼎元、李骥元，他们为罗江留下了厚重的文化瑰宝。掩映在罗江云龙山麓的李调元纪念馆依水傍水，是一座民居式园林建筑，亭台楼阁、纹水清波、虹桥古城，走在回廊中，无不感受到空气里弥漫的古朴、典雅的气息。透过茂密的树叶向下看，可以看到碧绿的纹江水，夜晚，可以俯瞰到灯火阑珊的纹江河畔，星月相映，江面金波闪烁，构成一幅绝妙的迷人画景。

　　翻开泛黄的史卷，又一位蜀中文坛巨匠跃然纸上。李调元为化楠长子，清乾隆二十八年（1763）进士，历任翰林院编修、吏部主事、广东乡试副主考等职，嘉庆七年（1802）病逝。李调元著述颇多，有戏曲理论、民歌集、诗集等852卷。著述包含历史、地理、金石、考古、语言、音韵、诗词、书画、戏曲、民俗、农业及庖厨等方方面面。

　　民间关于李调元的段子很多。一说李调元出生在书香世家，自幼便在父亲的严格指导下攻读诗文。他记忆力过人，凡经眼经书大多过目不忘。李调元7岁时一首《疏雨滴梧桐》诗："浮云来万里，窗外雨霖霖。滴在梧桐上，高低各自吟。"一时传遍乡里，被誉为"神童"。又一日，李父指着屋檐上织网的蜘蛛信口而出："蜘蛛有网难罗雀。"李调元当即信口对道："蚯蚓无鳞欲变龙。"足见李调元的天赋异禀。还有一个段子流传甚广，说是乾隆年间，李调元奉旨出任两江主考。六个自恃才高的学子对李的才华不服，邀李调元同游西湖，想借此羞辱他。西湖夜景，波清月明，六学子频频向李调元敬酒，李很快醉了。六学子你一句我一句，作了一首藏头诗："李白醉死诗难填，调到河里喂龟鼋。元是川中浪荡子，也来两江做昏官。"哪知李调元是伴作醉态，听后大怒，马上回敬一诗："十九月儿八分圆，七个才子六个癫。五鼓四点鸡三唱，怀抱二月一枕眠。"吟毕大笑。六才子见李调元大醉之后尚能信手拈来就是诗，一个个惊得目瞪口呆，心服口服。

信步纹江河畔，望穿一池秋水。与纹水相依相存的李调元大型群雕"文峰函海"令无数平民百姓仰望苍穹，冉冉墨香飘过沿江两岸。诗人杨然有诗道："从这岸望去，对岸文峰郁郁葱葱/染绿了罗江半壁江山/敞露千年的纹江之魂，函海深深/卧藏一百五十种文风……"

歌的盛宴端出家园精神百味

诗者，歌也。古人的诗都是唱出来的。诗文化一旦落地到城市，便是一个城市的精神，一个城市的名片。打造城市的精神名片成为罗江的一件大事。

2006年，阳春三月，春暖花开，全国30多位著名诗人云集罗江吟诗作文，画家泼墨描绘田园之美，摄影家将镜头对准万千变化，一场诗歌的盛宴在春天开席，道道美味佳肴囊括古往今来多少繁华旧事。江山依旧在，几度夕阳红。看空中焰火升腾，品天下第一诗宴，听诗人大声吟咏，述光阴流水年华。相约一个共同的愿望，相聚一个有味道的小城，说不尽英雄豪杰，道不完文坛趣事。每年的春天，罗江成为文坛诗友释放情怀的地方，情之至境，歌之瀚海。

　　这样的诗人聚会由来已久，并无须理由。回溯民国时期，罗江中学与山东济南一中师生合并创办六中四分校，著名作家李广田，诗人陈翔鹤、方敬等在此任教，培育了一大批爱国人士和文学艺术人才。著名作家沙汀、诗人卞之琳等多次在罗江聚会，探讨研究"五四"以来中国诗歌的发展，镌刻下历代诗人深深的足迹。世人熟知的《黄河大合唱》也是在这所中学首度唱响，并唱遍全国，唱到今天。说唱之风，从出土的东汉文物说唱俑、吹箫俑、抚琴俑上可见一斑，诗与歌，在一江春水之地，完美结合。

　　如今，走在这方轻轻巧巧的小城，不经意便能从路边老人的嘴里听到隋代写罗江的四川民谣《绵州巴歌》："豆子山，打瓦鼓。扬平山，洒白雨。下白雨，娶龙女。织得绢，二丈五。一半属罗江，一半属玄武。"宋代陆游，清代姚鼐、张问无不题诗于此，残存墨宝依稀可辨。如今，大批诗人再度联手圆桌，年年开流水席，诗人叶延滨、舒婷、梁平、牛汉、林莽等无不欣欣然执笔，信手拈来，句句飘香。叶延滨："风远去了/云也飞入了千年历史/远远地传来雷声/说是诸葛还不心死/还在擂那面鼓……"梁平："白马关过往的马都要停留/在镜前验明身份……所有阳光下的阴霾/都不能伺机/从明镜前蒙混过关。"舒婷："这里的风吹过，都有诗歌的浓郁。"顺着这条诗路，仿佛自古"凡名人入蜀，必至其地，至必有诗"。

　　一座小城成为历史名城，绝非想有就有，一个与诗结缘的小城注定涵墨深厚。一个历史、宗教、民俗文化水乳交融的城镇，展示的正是一幅宏大的城市文明进化史。"仰望百年丰碑，诗歌丰收大地。"或许，到不了的都叫远方，渴望而不可得的都被写成了诗。在罗江这个小城，既有更接地气的平凡生活、记忆乡愁，还有三国遗迹、调元故里的厚重大书可慢慢品读。邂逅一首诗，即邂逅一段美好的生命。这就是罗江，诗情画意俯首可拾，到不了的远方都在诗里。

　　　　　　　（写于2006年，2022年春改，原稿曾刊于《华西都市报》）

守望，最后的女儿国

作为大香格里拉环线上的一颗明珠，泸沽湖成名已久。好多次，我都与向往已久的这片神秘的水域擦肩而过。2006年借着第二届凉山州冬旅会前采访的由头，得知要去泸沽湖时，我的眼睛和心被同时点亮。

已经是入冬时节，阳光却暖和得像一床柔软的绸被，倾情地铺展在从西昌通往泸沽湖的路上。进入盐源以后，秋冬的景致更加迷人，色彩也万般丰富起来，尤其是那无边落木萧萧下的图景，更是撩拨得我一颗敏感的心阵阵酥软。踩着这样金黄的时光，我知道我离那个神秘的女儿国已经越来越近了。

泸沽湖，神仙居住的地方

位于川滇交界处的高原湖泊——泸沽湖，湖面海拔2690米，水域面积58.8平方千米，最大水深93米，是我国最清澈的高原深水湖泊之一。湖边世代居住着一支古老的部落——摩梭人。泸沽湖，是摩梭人的生存家园。摩梭人亲切地把泸沽湖叫"谢呐咪"，意思就是"母海"。正是这片美丽富饶的"母海"养育了摩梭民族，并孕育出"以母为尊，以女为大"的母系氏族文化。

秋冬的泸沽湖，湖光山色以黄白蓝构成三维色彩立体空间，正是黄绿交替之际，四川所辖的10平方千米草海，成片的柳林枝叶垂挂，静静地守护着这片辽阔的湿地，各类低矮灌木穿插其中，编织成又一道围湖造海的屏障。红的果，黄的草，白的云，蓝的天，绿的水，天然绘就一幅绝色山水油画。那条全长560米的木板走婚桥静卧在水草间，承载着过去多少青年男女快乐抑或忧伤的情事，如今，看着新建的走婚桥蜿蜒的身姿，老桥淡定地面对隐退的命运。

一只只小小的猪槽船的出现，在惊呼声中掀起快乐的高潮。穿行在道道水草间，勤劳的摩梭女人轻轻地拨出清脆的水声，湖鸟成群地在低空翱翔，出草海，入亮海，舒张的脉搏，清甜的空气，倒映在湖水里的半个月亮，正应了20世纪20年代，美国学者约瑟夫·洛克在《中国西南古纳西王国》一书中，对泸沽湖由衷的一声赞叹："这真是一个适合神仙居住的地方！"

从地图上看，有"香格里拉蓝月亮"之称的泸沽湖自然摆出半月形，17个沙洲、14个湖湾、21个冲击地带、18个山包、5个全岛、4个半岛点缀其间，跌宕多姿。据介绍，如今，因为湿地保护得当，每到秋天，天鹅、黑颈鹤、斑头雁等许多原本已经消失的鸟类重新回到这里栖居，最壮观的时候，密密匝匝布满整个湖面，可谓洋洋大观。

花楼里，永远的神秘走婚族

摩梭文化的精髓，即以人为本，万物有灵。无论是格姆神山还是女神传说，无论是"转山节"还是"成丁礼"，都成为这片小小疆域的女性表征。摩梭人保存至今的母系家庭和"走婚"习俗，被海内外社会学家喻为"人类母系氏族社会的活化石"。

母系家庭的特征，世代按母系血缘计算，家庭成员都是一个或几个老母亲的后裔。家庭成员中的成年男女，男不娶，女不嫁，实行"阿夏走婚"。所生子女，都属于女方。母系家庭的一家之长叫"达布"（意思是女主事人），由家庭女性成员中最能干、最公正的人担当。"达布"具有天然的威望，负责一个家庭所有事务。家中成年男性，一般以"舅舅"的身份和名义进行活动，并关照和抚育姐妹的子女，财产共享共有。

我们在格萨古寨走进一户叫叶落友抓次尔的家。这家三代同堂，家中有7个男子，大都外出打工，"达布"的两个妹妹能歌善舞，长年跟随歌舞团远赴秦皇岛演出，一家人早就用上了手机，出门有摩托，政府帮着改建的"木摞子"、小院、花楼在夕阳里格外明亮，热情的主人脸上洋溢着真诚的喜悦。他们家的建筑结构充分体现了母系家庭的习俗、思想理念和精神信仰，成为摩梭文化的一个缩影。

走婚是泸沽湖一道特别的景观。走婚中的"阿夏"关系建立在感情基础上，不受门第限制，不受家庭约束，双方充分平等自由，感觉不合时自然分手，不产生财产纠纷。最近北京大学人类教授蔡华研究摩梭人生活的一部著作获法兰西学院金奖。过去的学术研究一直认为没有婚姻家庭就没有社会，甚至人类都无法生存，但蔡华先生的理论成果让世界学术界感到惊讶：没有婚姻的家庭，摩梭人的社会运行得也很好。

作为一种文化现象，古老的并不一定都是落后的，摒弃的是糟粕，保留的是精华，或许随着新的文化冲击又会慢慢淡去，自然消失或改变。摩梭人古老的生活方式所形成的观念和文化，对于当代主流社会正在建构的文明，仍有着不可忽略的传承、借鉴和启迪意义。

女儿国，守望蓝色的男人们

一个湖是风景中最美丽、最富于表情的姿容。它是大地的眼睛。观看着它的人同时也可衡量着自身天性的深度。湖边的树是这眼睛边上的睫毛，而四周树木郁郁葱葱的群山和悬崖，则是悬在眼睛上的眉毛。这是孤独的梭罗在《瓦尔登湖》中的一段美丽的文字。瓦尔登湖给了梭罗心灵的极大安慰，诗人海子在结束他的生命时，身边有四本遗留的书，其中一本就是梭罗的《瓦尔登湖》。

一个湖能给人这样震撼的影响，在过去是我不能想象的。这次，在泸沽湖边，我真切地感受到了这种超凡的魅力。

邱礼农——一个在青年时代一不小心坠入这片土地的男人，对这片湖水及摩梭文化的痴迷不亚于梭罗对瓦尔登湖的迷恋。他一年有大半的时光泡在泸沽湖边，最初他随马帮来写生，后来他写书，将杨二车娜姆的名声传播出去，再后来又在《末代皇妃》中推出了肖淑明。他写了近30首摩梭情歌，作词作曲，每首都被广为传唱，他也被摩梭女人们爱戴地称为"情歌王子"。他说，这一辈子，他与女儿国的渊源将成为永远的不了情。

还有一位20多岁的小伙子，他叫洪枣，本来在成都一家房地产公司干得好好的，但现实的浮躁，亲人的离去，让他找不到心灵的归依。他来到了泸沽湖，在这里，他说，虽然挣不了多少钱，但有信任，有寄托，有快乐，还有逃离纷繁世俗的简单。他喜欢。

还有好多，他们有的是摩梭人，有的不是，但都成了这最后的女儿国忠实的保护神和守望者。

诗人荷马曾形容爱琴海有"醇厚的酒的颜色"，那是蓝与白的组合，是浪漫与爱情的经典，那就是天堂的颜色。

泸沽湖也是蓝与白的组合，蓝的是自然的赐予，白的是人类的文化传承。回味远去的美丽故事和传说，心已被迷人的蓝色梦幻包围……

（写于2006年7月，2022年略改，原稿曾获四川省报纸副刊散文一等奖）

春天，行走在遂宁

广德寺沉思

千年南柯一梦，往事并不如烟。

一脚跨进广德禅寺，历史瞬间退向两边。

曾经，这里是大西南最大的寺院建筑，背依卧龙山，彰显王者风范。王者有着怎样的风范？殿宇九重，亭榭处处，皇室宗亲，东西列列。仰望大雄宝殿，胸怀虔诚之心。轻抚狮身立匾，顿感岁月如梭。

"翠柏森森掩卧龙，梵宫宝刹夺天工。"眼前这一片宏伟的历史存留，存留下多少古往今来事；那神来之笔的"西南第一禅林"绝非无从溯源，袅袅香火从最早的石佛寺燃到保唐寺、禅林寺，直至今天的广德寺，经久不绝，代代相传；那独具一格的塔宇相连的建筑，后人可知克幽金骨就埋藏其中，个中许多曲折，个中几多故事，岂非三言两语能尽？皇帝十一次敕封，善男信女奔走相告，见证了那时多少浩荡皇恩。在中国历史上，由皇帝赐封给佛教寺庙的玉印屈指可数，而幸运的广德寺就独得两枚。物华天宝，这样的珍稀文物价值几何？除了惊叹，无人能语。

穿越时空，回想凡尘旧事。那时观音轻驾祥云，往来于如今的遂宁上空，莲花盛开处，众生皆得福，观音故里从此得名。

返璞归真的梦

人间四月天，花事缤纷月。

在通往遂宁的高速公路上，大片大片的金黄无比惹眼，满树满山的翠绿充满诱惑。观音故里佛音袅袅，田园风光尽收眼底。这个位于四川盆地中部、背依涪江的城池张开温暖的怀抱，迎接八方游客前往踏青。

拜观音，一定要心诚则灵；赏宋瓷，一定要心静才行；漂死海，一定要高空冲浪；游农家，一定要与土地相亲。到了船山，两千亩桃园景观10万株特色桃种，让人眼花缭乱，心花随桃花一齐盛开。洁白如玉的"白雪公主"、形似菊花的"菊花仙子"、红白同枝的"鸳鸯相会"，人在花中，花在人丛，这时，幸福或许真的需要有人提醒。

行至蓬溪，其人文地理转入另一道场。"五史之乡""古壁画艺术之乡"还有书法、文物、墨宝，甚至孝道也成另一道看得见、摸得着的风景。说到射洪，近年也呈繁花似锦之势，四季皆有声有色，看天上飘飞的各色风筝就知地上有多少快乐的乡民。

安居，一个和谐动听的名字，两江两湖绿水依依，万亩梨花白雪飘舞，清泉怪石、奇异地理、神秘传说融汇交织。遂宁有这样的后花园，怎不安心安居？

春天，踏上通往遂宁的原乡之路，还原一个返璞归真的梦想。

灵泉有灵

一方一水土，一地一人文。

地处遂宁的蜀中名刹灵泉寺，建于隋朝初期，已历经1400余年。1400余年足以洗尽人间铅华，淘尽百世沧桑。

相传观音菩萨就在此修行得道，从此普度众生。由此，蜀中最高观音像落座灵泉寺。比之广德寺，其建寺历史还早百年。比之广德寺，观音金身更令人浮想联翩。

到遂宁，必到灵泉。灵泉寺依山递进，三大群体坐落在密林之中，山幽、林茂、泉甘、寺古、景秘已是闻名遐迩。清朝文华殿大学士张鹏翮诗赞："中川名胜古今传，清净无尘一洞天。灵山信有烟霞住，圣境能消俗累牵。莺巢绿树喧流水，风动飞花落舞筵。多少词人题不尽，高峰更有醒心泉。" 历代多少文人名臣，自唐至清，贾岛、陈子昂、杨甲、杨慎等，游寺览胜，留下多少千古诗文。匾对石刻，虽历经兵荒马乱，仍有珍稀文物保存至今。

灵泉有灵。灵泉三口古井因其造化不同虽各有深浅，但灵泉的圣水多喝几口便多几分善心。回来的路上，说来道去竟都是如何助人与被助之事，心中也多了几分人世感怀，多与温暖同存。

美丽的传说

由灵泉山脚沿平路而上，有古柏一棵，冠幅11米，古柏离地3米处，等分三枝，苍翠宜人。一个美丽的传说就掩隐在古朴入画的柏枝间。

传说此树是观音菩萨三姐妹的化身，当年三姐妹化泉救了父亲和遂宁的乡亲后，将各回自己的道场继续修行，在此执手惜别。这一别，要过数万年才能再见面，因此三人洒泪痛哭。当她们踏云而去后不久，其伫立之处长出一棵柏树，长到半人高时，一分为三，这就是今天的观音柏。

观音柏不仅见证了观音三姐妹的手足亲情，还见证了历史的大分大合。

那建于灵泉山绝顶之上的观音阁，是另一深藏神秘典故之地。阁内身高18.6米的滴水观音面容慈祥，亭亭玉立，当年的开光大典，海内外高僧云集，其盛况无与伦比。

作为观音道场的广德寺，一直以来，红烛高照，前来讲经说法的大德高僧，叩头朝拜的善男信女，千年不绝。朝拜之余，广德寺斋饭也成可书可点的人文一景。

罢了，传说连着遂宁前世今生，观音情牵遂宁迎来过往，那谜一样的玄机，那梦一般的遐想，那翻不完的经书，读不透的石刻，望不穿的庙宇，饮不够的甘洌，除了沉迷，还是沉迷，除了流连，唯有流连。

走出观音故里，留下深深一瞥。

（写于2007年5月遂宁采风归来，曾刊于《华西都市报》）

犍为，两次散文诗般的约会

　　有些地方名不见经传养在深闺，却是天然雕成，朴素无华。外地朋友来川，总是羡慕地对我说，四川真好啊，出门就是风景，处处都是美食。而四川的乐山，不只有乐山大佛，还有像犍为县这样只有走进了才会发现妙趣的小城。

　　上半年，参加一个集体活动，去了犍为和距犍为不远的罗城古镇，既品尝了当地最好的饭菜，也在村野的山民家中吃了地道的当地民食。其中，笋子作为罗城的一大特色，煎、炒、泡、煮，那苦中有甜的风味加上厨师"十八般武艺"的发挥，几乎做出了满汉全席的豪横。还记得犍为河边上休闲纳凉的躺椅、高高低低的石梯、停在河边的船形茶餐馆，以及圆圆的甜甜的小枇杷，刚出炉的热馅饼，真是叫人垂涎啊！

　　在滨河的宾馆小住一晚，凉风习习，美美地安睡至天亮。唯一的遗憾，就是没能体验到那最后的蒸汽小火车，据说它不仅是四川的唯一，有可能还是世界唯一的窄轨蒸汽小火车。临走时坐在一位朋友的车里，朋友说，下次再来啊，一定带你去感受一下哈。随口就答应了，心里却想，下一次是哪一次呢……

　　转眼"十一"国庆大假，本没有安排远行，但不愿天天待在家里，于是又有了计划，目的地是凉山州的雷波和马湖，天不遂人愿，因为修路最终折返。回程途经乐山犍为县，临时决定刹一脚，没想到

"下一次"这么快就来了！两次不经意的约会，就这样丰富了对犍为县的记忆，一幕幕回忆叠加成一首散文诗，原来看似平淡，味道却如此悠长。

我在犍为的罗城古镇，第一次相遇便如相约多年，这次又来，又把我拉回到童年，那些刻进心里的影像。罗城古镇，并非一入眼就有如丽江、阳朔般非凡的吸引力，它更像一位未经修饰、未见世面的村姑。四川省西南建筑设计院曾航拍罗城的街道，其中心街道凉亭街满是罗城旧时代的影子，被当地人叫作"船形街"。挂在政府楼下的一张全城俯瞰图，印证其就是一只待航的帆船，或者说是一把巨大的木梭。

罗城太适合怀旧，没有特别的高楼大厦，一切都停留在往昔。木板的房屋，高高低低的街巷，多像我小时候经常去买醋、买酱油的那条小街。那些上了岁数的老人，心无旁骛地坐在街边打纸牌，十分地安静，十分地满足，脸上没有惊鸿，没有焦虑，条条皱纹里刻满岁月的印迹，这或许才是真正的岁月静好吧？那些小小的摊铺，便宜的小商品和小挂饰，五颜六色里飘荡着几分乡土气息。那扇半开的木格窗明明暗暗地透出生活的亮光，缝纫机的踩踏声勾起我藏在记忆深处的熟悉，那分明是妈妈的背影。那幢空置的戏院旧楼，想必是当时的文化娱乐生活中心，依稀可忆曾经的热闹和繁荣，如今虽已成风中残烛，但依然映照着老人们永远的美好回忆。

提到火车，那是我们这代人的另一份执念，它几乎是我童年时代唯一可炫耀的交通工具。儿时每每春节回乡下看望外婆外公，都是天不亮就被叫起床，又冷又困，睡眼惺忪地去赶火车，火车只在途经的县城小站停留不到10分钟，每次都得被妈妈拖着狂奔，好一场大仗！不过那时坐火车终究是兴奋的，乡下的外公外婆和那个承载我童年生活的小院是我快乐的期待，春节返乡也算生活中的一件大事。坐火车自然也成为期盼之一。如今，坐火车也成了女儿们生活中的一件大事和期盼，但她们的期盼和我小时候的期盼却是完全不同的，在坐过小汽车、飞机、轮船、高铁后，唯有火车尚在想象中。于是，为了满足她们的愿望，哪怕这只是一次体验性的乘坐，犍为的蒸汽小火车似乎能给到这样一个机会。

其实，犍为保留下来的原始蒸汽动力窄轨小火车，如今作为旅游体验项目，于我而言，也是令人有几分好奇的存在。满脸煤灰的火车司炉，喷着刺鼻的浓烟，过山洞时扬起的煤灰和粉尘呛得人呼吸都有些困难，座椅窄小，这个好像只在故事或童话里才会出现的"博物馆藏品"级小火车，在轨距仅76.2厘米的窄窄的铁路上，日复一日往来穿梭，给我们的体验感并不舒服。这条在岷江边上从石溪镇至芭沟镇全程仅19.84千米的铁路线上，嘉阳蒸汽小火车已驶过了数不清的春夏秋冬。它如黑白电影情节般地运送着煤炭和沿途乘客，如果遇上当地的"大事"，还可以变通地"刹一脚"。

有资料记载，这辆被称为"18世纪工业革命活化石"的老式窄轨蒸汽机车，在犍为县已有近半个世纪的运行历史。1958年，为解决煤炭运输难的问题，嘉阳煤矿（四川嘉阳集团前身）修建了这条铁路，并于1959年7月12日正式通车。由于其轨距仅为普通列车轨距的一半，也被称为"寸轨"火车。通车初期，小火车客货混装，主要运煤，兼带载人；20世纪60年代初开始客货分载，每列煤车后面加挂两三节客车；自1978年开始，小火车实行客货分开专列，每天运行6趟；20世纪90年代初，芭蕉沟老矿区的煤被采完后，小火车改为完全客运，目前已成为老矿区的生活专线，每天4趟运送着山里山外的职工、家属和当地的村民。每年有大量国内外蒸汽机车爱好者到此参观。

走走停停，一路观光，所有火车上的经历都一一再现，脑子里却反复幻想着1937年的上海滩，幻想着许文强在火车站与冯程程相遇的情景。这样的老式火车让你不由得一再产生黑白老电影的幻觉，明明不是在梦里，却偏偏像是在做梦。

（写于2007年11月，2022年春略改）

一路向北，探黄河之源

　　行走，是我大假的绝对主题。几乎没有哪个七日是停息的。又到了要走的时候，向南还是向北？向东还是向西？出发，这次我们向秦岭以北而去，向黄河之源而去，向红色延安而去，向黄土高坡而去。

鹳誉名楼，一首诗的绝唱

　　一天的长途奔徙，宏伟壮阔的风陵渡黄河大桥已被甩在脑后，耳边仍刮着黄河岸头狂浪的风。高高掀起的长发，吹乱的衣裙，仿佛黄帝与蚩尤之战就在眼前。远望是一片茫茫黄沙，深沉的吼声一直响到永济的古蒲州城西。

　　伴随一路风尘，鹳雀名楼已入眼帘。那首世人尽熟的古诗顺势滑到嘴边，大家便在对讲机里高声齐诵："白日依山尽，黄河入海流。欲穷千里目，更上一层楼。"女儿的声音尤响。诗是再熟不过的，而作者却有了几个版本，往鹳雀楼前一站，正确答案已在脑中。

　　大唐诗人王之涣一生作出多少诗？何以被称作古代诗坛的骄子？唐朝大诗人多的是啊！李白、杜甫自不必说，还有贾岛、温庭筠、王昌龄、高适等不计其数。而王之涣的杰出何在？就在一首诗——《登鹳雀楼》，冠功盖世之作，脍炙人口之诗，开笔即有缩万里于咫尺、使咫尺有万里之势，后两句则将写意与哲理融合得浑然一体。号称

"慷慨有大略，倜傥有异才"的王之涣，因这首"压卷之作"的五言绝句，既成就了鹳雀楼的中华美名，也成就了他自己的一世英名。

穿过门前的迎宾广场，站在鹳雀楼下的小我仿佛淹没在人海中的一片树叶。这样一座唯一的北方名楼，能与武昌长江之滨的黄鹤楼、岳阳洞庭湖畔的岳阳楼、南昌赣江之滨的滕王阁齐名，历史渊源何在？依稀犹存，鹳雀楼，是北周时一位守将为了镇守蒲州，在蒲州西面的黄河东岸建造的一座戍楼，作为古边塞战场上的瞭望楼，起着重要的军事前沿哨的作用。不幸的是，在金元光元年（1222年），蒙古攻打蒲州古城一战中，为延缓敌兵攻城，金军守将侯小叔不得不下令将鹳雀楼以及附近的蒲州浮桥等军事设施焚毁，可怜大火后的鹳雀楼只遗留下断墙残壁，延喘至明初时，还有故基犹存。从现场碑文中获知，该楼存世700余年，历经北周、隋、唐等五个朝代，楼毁之后，又遭遇黄河泛滥，河床变址，鹳雀楼故址被彻底淹没，再无人重建，空留下无数学仕游人几多遗憾，都随滚滚河水翻腾进了沧海。直到盛世来临，百废俱兴，尤其是改革开放后，重修鹳雀楼的呼声日益强烈。1992年7月，建筑学家郑孝燮、国家文物局专家组组长罗哲文在永济县主持召开了鹳雀楼复建方案论证会，同年9月，近百名专家、学者再次联名倡议，在国家领导人的高度重视下，到2002年10月1日，鹳雀楼终于得以正式对国内外游客开放。

历经10余年，几近一个轮回，再现雄姿的鹳雀楼，串起了今日和古时。唐朝边塞诗人高适曾有诗云："雪净胡天牧马还，月明羌笛戍楼间。"此戍楼或许非彼戍楼，但情景却是一样。顺楼而上，层层登高，登至楼顶，眼前已是一片壮阔景观。相当于现在五层楼高的鹳雀名楼，放眼远望，风景之秀丽，佳气荡漾，想当年俯瞰大河滚滚，看今日盛世繁华美景，怎不叫人豪气倍增？事实上，唐朝诗人中登高望远，面对眼前壮阔之景，一抒胸臆的，岂止王之涣一人？中唐诗人李益、畅当、耿湋，晚唐诗人司马札等都留有"登鹳雀楼"的诸多佳句，但遗憾的是，虽都"能状其景"，但景以情见，物由志显。王之涣生在盛唐时期，眼里诗外都是满腔豪情和大好河山，而其他几位则已处在由盛至衰，甚至晚唐哀歌时期，无论是历史沉思、现实感慨还是个人感伤，都已有种"事去千年犹恨速，愁来一日即为长"的悲悯情怀，加之无论名气还是诗作都没能超越王之涣，令后世之人为之感叹。

鹳是一种鸟，似鹤而顶不丹，嘴长而直，色黑，多生活在江湖池沼旁，喜欢把巢建在高树之上，也喜欢栖于高楼。史书上说，鹳雀楼由此得名。现在，作为旅游胜地的鹳雀楼，已看不见这样的鹳也看不见这样的雀了，唯有诗人的千古绝唱仍气吞山河，令无数后人千里追寻，百般感思，五分玩味，一生仰望。

晋北古镇，黄土中心动千年

夜里9时，4辆挂着"川A"牌照的车披着一身黄土进入夜色中的平遥古城。看到平遥的第一眼，是从夜开始的。穿城过堡，慢行小巷，问客寻店，忘了饥饿和疲惫，一双双眼睛新奇地打量着这个晋西北的古镇明珠。

"五一"大假的平遥，各家民宿、客栈都人满为患，终于寻得两家，将一行人分头安顿。来不及细细打量入住的这家二层小楼，带着小女费力地将行李箱顺着窄窄的木梯拖上二层，虽然房间很小，惊喜的是，推开木格窗望出去，却是满满的古城夜景，顿时心满意足。稍事洗漱后，迫不及待地出门觅食，虽然夜色已深，但街头的游人过客依然一阵紧似一阵，红红的灯笼循至古朴的屋檐和写满历史的街道，古城的厚重仿佛无时无刻不从触手可及的细节中溢出来。跟着人群流水样顺行至主街明清街，在最大的一个院落停下，跨过雕花的门槛，落坐四四方方的大方桌旁，店家小妹款款而来，吧台的北方婆姨热情上茶，栲栳栳、水煎包、搓鱼、猫耳朵、碗坨、莜面、酱鹿肉、麻辣肚丝、心肝口条、大烩菜，再从老字号的食铺里买点地道的黄酒和点心。了解这座古城风韵之前，先从一桌的北方美食品起，食物是最好的起点，每道菜里都写着这方水土的故事。饥肠辘辘，没有给我细品食物的机会，但还是留下一个无法抹去的印象，那就是实实在在体会到了什么叫山西陈醋的无处不在，几乎每道菜都跑不掉的酸，像是十足的标配，就连我这个对酸有着特别偏爱的人都望尘莫及。

平遥的清晨来得格外早。热闹从天亮时分便开始了，没有过渡。这座始建于西周宣王时期、距今有着2800多年历史的晋中古城，作为迄今为止汉民族地区保存最完整的四座古城之一，伴随第一缕晨光，便打开了一幅穿越明清的画卷。旧称"古陶"的平遥县城，被高约12米的古城墙分隔为风格迥异的两个世界，城墙外是新的，城墙内是老的。如今保存较好的古城墙，将我们从新世界带回古老的时光里，街道、寺庙、衙署、市楼、店铺、民居组成一个庞大的古建筑群。"两寺一墙"构成平遥永久的艺术辉煌，中国银行业的"乡下祖父"日升昌成为昔日中国金融业衍生的标志性符号。明清街61号的镖局博物馆，以清朝华北保镖业三个有影响的人物为代表，神枪王正卿、铁腿左二把、形意拳名家戴二闾，几多被掩埋的传奇故事虽已消失在漫漫黄尘中，又重现于影视作品里。松柏千秋，千年道场，说不完的人物典故大多风干在历史的烟尘里。唯千年平遥戏院仍戏鼓声声，高亢悠远的晋戏唱腔余音绕梁。天元奎、协顺隆精致的四合院，大院套小院，院院相通，安谧宁静，百年老宅飘浮着旧时的画影，一把古色古香的座椅足以让你心绪起伏，遥想蹁跹。漆器、平遥牛肉、长山药成为平遥的特色，哪怕街头手工坊里一针一线缝制的绣花鞋，都是你心头回望千年的物证。

依然深深地为曾经替民遮风挡雨、阻隔外敌的古城墙而沉醉。或许，那时的百姓以为有了城墙就有了安然无恙的世外桃源，但城墙再坚固，也抵御不了世道的沧桑。一路走到今天的平遥古城，作为古建筑的瑰宝，它纵横交错的四大街、八小街、七十二条蚰蜒巷构成的略呈方形的格局，让我们看到十分周正的古城风貌里，曾经行走和生活在这里的平遥人，在饱经战火和苦难中渴望和平的朴素本质。平遥的整座城墙由墙身、马面、挡马墙、垛口、城门以及瓮城构成，城门六道，南北各一，东西各二，城门都建有重门瓮城。城墙顶部的附属建筑物包括敌楼、角楼、城楼、文昌阁、点将台，环城共72座，垛口3000个，据称寓意孔子弟子3000人、名徒72人。城内有马道，城外有护城河。站在高高的城楼底下，遥想那时旌旗猎猎，甲胄铿锵，晨晖万里，夕阳无限，一幅非同寻常的文化、社会、经济及宗教的完整历史画卷就在这方小小的夯土城垣间。联合国教科文组织世界遗产中心如此描述：平遥古城是中国古代城市在明清时期的杰出范例，平遥古城保存了其所有特征。

　　几年后，因为工作关系，受《晋商》杂志邀请，跟随各大商帮代表再度走进平遥。故地重游，心随景移，想起那句"平一座城，遥一场梦"，真的就像是与旧梦又相逢，忍不住再次翻开这本厚厚的大书，读了起来。

大院文化，回望从前家园兴衰

　　2006年播出的一部电视剧《乔家大院》以及张艺谋导演的电影《大红灯笼高高挂》，成全了乔家大院的美名，让当年慕名而来的八方游客差点将大院的门坊挤垮，街道踏破。若不是早早加强了防护，那是万不敢想象其后果的。

　　出山西省府太原，傍汾河左岸南行，沿108国道西折，绵延100多千米，便是俗称汾河湾的晋中盆地。平遥古城是晋中盆地的一部分，乔家大院距平遥不过五六十千米，位于祁县城东北12千米处的乔家堡村，更是身在富足的晋中盆地间，与祁县著名的中华周易宫、延寿寺、九沟风景区、渠家大院、明清街巷、长裕川等构成流水般的风景线。若不是千万年前的造山运动，把属于黄土高原的三晋大地分为东西两部分，哪里有后来丰厚的褐色土壤，哪里有绵绵不绝的晋中子民，哪里有清朝谜一样"海内最富"的晋中商人，哪里有如今供后人仰视的"皇家有故宫，民宅看乔家"的乔家大院？

乔家大院是晋商大院的代表之作，是几代晋商传承的精神家园，是历史沉淀下来的文化瑰宝。走进乔家大院，迎面看到的是一块福字照壁，上书"尊古"二字，讲的是要遵从古代礼学规范。照壁的两侧各有一副楹联，是说在商业经营与人进行买卖往来，要诚信守法，要真诚实在。照壁在中国古代建筑中十分常见，它起着区隔内外、保护隐私、满足礼制的需求，风水上也认为，强风直入不利于藏风聚气，照壁则可以挡风化煞，趋利辟邪。但乔家大院不同的是，在照壁后面还有一壁，壁上是一幅精美的"百寿图"，百寿图上方书"履和"二字。"履和"出自《中庸》，意思是奉行以和为贵的做人准则。两边书一副对联："损人欲以复天理，蓄道德而能文章。"这前后两壁联系起来，就是乔家家风传承的人生哲理，也是乔家商业长盛不衰的重要秘籍。

乔家大院共有院落六座，花园一处。六座宅院分两种类型，北面的东北院、西北院是三进五连环套院，东南部设大门，入门是东西狭长的外跨院，外跨院北设正院和偏院。南面的三个院是二进双通四合院，东南院和新院一样，进门是外偏院。跨院西北辟二门入正院。可见乔家大院是一群四合院的有序组合，院院相连，其屋宇营造、结构布局皆与南方大院有异，大气而工整。祠堂、甬道极尽讲究，砖雕石刻、斑斓彩绘堪称艺术珍品，古风遗迹无处不在，左宗棠、李鸿章都曾亲笔题款题字。尤其"里五外三穿心楼院"的主院，巧设三级台阶，寓意连升三级，步步高升。至此，乔家200多年创业、守成中卓尔不群的商业表现，至今仍为榜样，乔家六代、家规家风永不失其典范意义。大院外围的文化许多都不复存在，而虚望与往事的空间正在现实中延伸，无不引人浮想联翩。

我国东西南北都有四合院，但由于地域不同，气候、地形地貌各异，风土人情不同，大院风格特色自然有别。云南的四合院精致玲珑，像一颗印章，山水相间，灵动无穷；江浙的四合院多由数个小天井组成，称为"四水归堂"；北京的四合院宽敞明亮，四四方方；四川的大院坐北朝南，川东与川西都不尽一样。而乔家大院从空中俯瞰，像极了一个"囍"字。风云变幻，这所大院从古至今，躲过了多次劫难，能保存下来可谓苍天开眼，历史恩存。

乔家大院更多的是实演了一部清朝晋中商业发展史。乔氏从清代乾隆初年创业，从卖豆腐、豆芽白手起家，经过几代人的锐意进取，不断开疆拓土，发展到钱庄、茶庄、票号，生意可大可小，最兴旺时南征北战，从包头到内蒙古都有乔家的生意，油粮米面、绸缎布匹、蔬菜杂货、车马贩运，什么都干，刻画了一幅"先有复盛公，后有包头城"的商业版图。乔氏凭借包头这块发祥地，进而覆盖了内蒙古市场，并陆续将其商业版图扩展至平、津、东北，直到长江流域。极盛时期，国内各大小城镇几乎都有它的字号，独领风骚200余年。乔家六代，艰苦耕耘，辛苦打拼，代代都有可造之才，乔秦两家商业往来也是一段说不尽的历史佳话。乔家总结的经商之道、用人之道、家教之道都可圈可点。乔家兴，兴在勤，乔家衰，衰在命。一部乔家兴衰史，就是一部晋中商业发展史的完美演绎。从前的家园不在了，从前的乔家老爷去了，犹如盆地的断裂，隆起的是福，降落的是祸。旧戏已落幕，但时代的新戏却无时不在上演，从历史的风云中，学古知鉴，传承优良，今天风起云涌的一代代新晋商，必将书写更加辉煌的商业新传奇。

不怕财富不聚盆，不怕文化会断根，吉光片羽，这样的一刻，我们需要从倏忽的记忆链条中，借着这片沧桑的土地，再现一段新的晋中传奇。

黄河壶口，奔腾的空谷回响

俗话说："不见棺材不掉泪，不到黄河不死心。"来时的路上，途经风陵渡大桥，已被眼前黄海漫漫的景象所震撼，奔腾的黄河之水猛一下出现在眼前，忍不住阵阵惊呼。当即将车停在大桥上安全停车处，用劲打开车门，一股强劲的几乎要将人吞噬的风疯狂地袭来，所有的人乱发飞舞，而畅怀的感觉却在笑声中飞扬。

此番晋北行走进了黄土高坡，怎能不到黄河壶口瀑布？无须犹豫，同行的伙伴们瞬间达成一致，行走路线直奔壶口瀑布景区而去。壶口瀑布风景区西临陕西省延安市宜川县壶口乡，东濒山西省临汾市吉县壶口镇，南距陕西西安350千米，北距山西太原387千米，凝聚了两省旅游资源和风土人情。路上，我想着：枯水期的黄河，瀑布会不会变成涓涓细流？问题即出，对讲机里另一车的伙伴差点笑掉大牙，作为新闻界见多识广的前辈，黄爷的声音传来："你就等着瞧吧。"

转眼来到壶口大坝前。远远地，想象不出瀑布在哪里。南方的瀑布多依山而成，有高山才有瀑布，瀑布都是站立的。"飞流直下三千尺，疑是银河落九天。"早有李白的诗文写尽高山瀑布之雄伟气势。而黄河瀑布又是怎样的形态？黄河瀑布被称为中国继黄果树瀑布后的第二大瀑布，世界上最大的金色瀑布。直到离开时方才醒悟，金色易解，而它长成啥样若不亲眼所见，靠想象是断然无法实现的。你听说过中国唯一的潜伏瀑布吗？当黄河水自巴颜喀拉山发端，一路蜿蜒而行，历经九曲十八弯，奔流至此，遇两岸石壁峭立，河口收束狭如一把巨大的茶壶，将奔腾不息的黄河之水尽收于此，故又叫壶口瀑布。壶口瀑布不是站立的，而是藏起来的，踩着被黄河水千年冲刷的大坝，越是靠近，越是心紧。那深沉浑厚的吼声已由远及近。及至眼前，霎时有种迷惑的感觉，由于壶口一带，黄河西岸下陡上缓，崖岸陡峭，宽阔的幅面深不见底，壶口的瀑布是要向下看的！尽管如此，它高高腾起的渗着黄沙的巨浪却是一浪高过一浪，一浪压着一浪，狂涛激流，翻滚着雄性的荷尔蒙，水沫飞溅，烟雾迷蒙，其声震如洪钟响彻云霄，以一种势不可当的澎湃之势滚滚向前。

问及现场一位工作人员，他在轰隆隆的水声中，艰难地介绍说，瀑布的黄河水面宽达300米，但是在不到500米的长距离内，却被压缩到20—30米的宽度。1000立方米/秒的河水，从20多米高的陡崖上倾注而泻，才形成了眼前"千里黄河一壶收"的宏伟气势。

"远看黄河水汽蒸，近闻瀑布如雷声。"穿越人工修造的湿漉漉的龙洞，这时才真正进入观瀑布的最佳视角。"风在吼，马在叫，黄河在咆哮。"此时的黄河怒吼着，咆哮着，发起一轮轮冲锋。此时此刻，我才体会到什么叫"千重骇浪目惊心"的惊心动魄。在黄河边生活了70多年的一位老人，望着奔腾不息的黄河，抽着旱烟说，汛期到来，黄河会上涨几十米高，这个大坝就没了。要是黄河发起脾气来，更是不得了。由此可以想见，历史上数次黄河泛滥是何等场景。

告别瀑布，出壶口不远，夜宿壶口附近一座民窑。窑洞大红的门框彰显着喜气，土炕一溜排开，按人头收费。背后是一座不算太高的山岳，陕北民歌一首接一首从高音喇叭里传出，《蓝花花》《黄土高坡》，高亢的调子、淳朴的民风、刚刚种下不久的沙枣树、正在扩展的大平坝、远远的黄河的涛声，拉开一幅完美的"山西好风光"图景。

傍黑时分，一个人沿山而上，在夕阳余晖中静静地看苍茫大地，触景生情。想想祖祖辈辈生活在黄土高原的人们，或许曾经贫瘠的土地寸草不生，一旦黄河泛滥又带来无法抗拒的灾难，使得老百姓饱受生活的疾苦。但同时，古老的黄河文明和中原文化又孕育和沉淀了无限的生机，生发了无限想象，养育了无数中原儿女。到今天，一代一代的后生们不仅对黄河进行生态治理，改天换地，更是将中原文化挖掘创新，发扬光大。躺在松软的枯草地上，人气、地气相融，远空、远景相连，月亮像一面镜子悄悄爬上来，满天的星星也不惊不扰地眨着眼，俯视大地，夜色张开臂膀将山岳包裹，窑洞里亮起温暖的灯光，与星空呼应着将黄土地上的夜晚点亮。院里传来女儿甜美的呼唤，我赶紧收回天马行空的思绪，奔着那片暖暖的柔光归去。

（写于2007年9月，2021年底略改）

年画村之魂

出成都上成绵高速，从八角井出口，进入德阳市，两个多小时的车程，便走进绵绵浅丘、四季气候皆宜的四川古城绵竹市。绵竹，就像它的名字，细软悠长，尤其是盛夏，仅是这两个字就能带给你一片绿荫和清凉。

因为剑南春和剑南春的酒文化遗址，这里有浓厚的酒文化渊源；因为诸葛亮的孙子在绵竹的最后一战，这里有历史悠久的三国文化；因为祥符寺的烟火，这里有神秘的宗教文化；因为梨花节、尝果节、楠木沟之夏等过不完的节日，这里有丰富的文旅资源。尽管如此，多少年来绵竹依然不温不火。不料，2008年绵竹市却因为那时一个只有6.2万人口的小镇孝德镇火了，因为"年画"火了。在孝德镇，家家画年画，处处是年画，那一幅幅颇具创意和想象力的年画跃上村头巷尾的墙头，所有远远驶过的车辆、走过的行人，无不被生动的年画吸引。在政府推动渐成规模的年画节叫响之后，古城绵竹市让一个小镇叫响了一方旅游的兴盛，让绵竹成为成都乃至四川、重庆和更多地方的旅游规划新路线。

绵竹以传统木版年画著称，与天津杨柳青、山东潍坊杨家埠、苏州桃花坞的年画齐名。绵竹年画作为一种古老的民间绘画艺术，始于文化兴盛的北宋，兴于明代，盛于清代，是世世代代民间画师们勤劳和智慧的艺术结晶，体现了巴蜀人民乐观向上的思想和古老的民族风尚。绵竹年画用的纸取材于绵竹之竹，质纤柔长。渐渐地，绵竹发展成了专业加工、制作、经营绵竹年画系列产品的年画生产基地。

大震之后的绵竹，经历了巨大的伤痛。震后一个月我走进了绵竹，走进孝德镇、遵道镇等年画老村，满眼望去，看似平静的表面下却隐藏着深沉的默默吞饮的泪水和震后的余悸。这一次，跟旅游无关。这只是我规划的"走进重震区"中的一站。开车去了崇州、彭州、都江堰参与捐赠，其间和央视友人陈建中一道去了绵阳、德阳等重灾区，和四川浙江商会的友人一道去了青川、映秀、汶川、北川，一个人自驾二度重返什邡、汉旺等地，重访曾经无数次旅游过的虹口、九龙沟、青城后山，足迹几乎踏遍受灾地区，只想用自己的眼睛去记录，用亲历的脚步去共情，用一点点微弱的力量去传递温暖，重建信心。

走进绵竹年画村那天，迎来一场飞天大雨，我在雨里奔走，落下一身的寒意，但雨后的稻田，却呈现出一片震后少有的宁静与安详。那个如桃花源般的村中有画、画中有村的美丽乡居，已经在政府的关注下，在江苏援建人员的帮助下，擦干眼泪，顽强地逐步恢复生产。

据了解，年画村的村民们已向当地政府申请，请来专家对当地房屋进行质量检测。经测定，年画村幸存下来的大部分房屋排除了安全隐患，于是，停工20多天的年画村又开始了往日的烟火。与此同时，在成都，一个关于非物质文化遗产的大型展览在大震之后首度亮相，其中，绵竹的年画显得格外引人注目。

在旅游局小曾的带领下，我来到年画村最老的南派传人陈兴财家。88岁的老人正在他的画坊作画，老人的孙子陈刚在展示厅给新完成的一批年画上色。陈刚说，镇上来了这么多外地志愿者，许多人是慕名而来，生意反倒意外地好，甚至有点儿忙不过来，连库存作品都销完了。我明白，这背后是另一种方式的帮助。88岁的老人则一边抽着旱烟，一边介绍他挂在墙上的门神、关公、孝女等作品。

　　大约是2002年2月，为了配合绵竹市中心村工作，孝德的新农村建设火热兴起，蕴含绵竹地方特色的落地门神被搬上龙门，在白墙碧瓦映照下，既气派又古朴，既古典又时尚，村民们十分喜欢，形成了颇有味道的孝德特色。同年3月，市委决定，以绵竹年画南派掌门人陈兴财的家乡孝德镇射箭台村为中心，建设一个年画村，将村子变成一个天然博物馆。

　　通过一系列的工作，孝德镇年画村规模越来越大，年画村的建设也从当初的射箭台村延伸到茶店村等村庄。6年过去，一条条古色古香的街道已经建成，一幅幅具有浓郁特色的绵竹年画呈现在每家每户的墙上，而颇具特色的川西民居也让前来参观的客人为之精神一振，成为川北旅游走廊一道独特的风景。多次成功举办的绵竹年画节，不仅实现了年画艺术与旅游文化的有机结合，年画村的发展，更显示出绵竹年画的思想熏陶、文化浸染以及强大的感召力。

　　从纸上走下来，打造年画产业发展新天地，年画村的传统年画正逐步朝着产业化、规模化的方向发展。2007年，该村实施了两次规模化的年画产业培训，年画产量从最初的年产3000—4000幅增至3万幅以上。时任绵竹市旅游局局长庞小梅说，绵竹旅游将保留三大旅游特色：一是休闲避暑度假游，尽快重建银杏沟、玄朗沟、楠木沟、花石沟旅游带；二是三国文化、酒文化游，剑南春古老的酒窖作为国家级文物保护单位和十大考古新发现之一，仍然有它无穷的魅力；三是首批进入国家非物质文化遗产保护名录的绵竹年画，将作为"旅游+"产业经营，成为绵竹的旅游之魂。

　　时任绵竹市委宣传部部长罗应光更是充满信心地说，地震震垮的是物质和建筑，但震不垮的是基业和文化。绵竹是个有丰富文化底蕴的城市，大震之后，人们的旅游观念也在发生改变，旅游恢复的早晚不取决于资源，而取决于人们的心态。新的生态地质结构带来的是新的旅游机遇，新的地貌特征带来的是新的发展机会，我们有绝对的信心，要让全世界的人都相信，绵竹依然是一个山清水秀的好地方，当梨花盛开的时节，当花果飘香的时节，当年画飞舞的时节，绵竹呈现给人们的将是更加美丽的川西风情和受用不尽的安乐之乡。时任绵竹市市长李友成介绍，绵竹市大力实施沿山开发战略，充分利用沿山梨花这一旅游资源，以花为媒，以节会友，逐步形成春赏花、夏纳凉、秋赏果、冬观景，集生态、旅游、观光、休闲为一体的乡村特色旅游和产业发展精品带。梨花节，好年画，已成为绵竹一张独具特色的城市名片。

手握丹青妙笔，品味乡土绵竹。2016年我重访年画村，耳边回响的是当年几位政府领导铿锵有力的声音，眼前看到的是碧绿的田野环绕着村庄，宽敞的水泥路通到每家每户门前，八幅传统仕女图和八幅新仕女图排列在进村的道路旁，她们代表着美丽、好客的年画村人热情欢迎各界人士的光临。一路走来，还有二十四节气图、栩栩如生的年画娃娃，琴棋书画跃出画面，福禄寿喜送至面前，年画村人崇尚的包拯塑像一如镇村之神矗立街头。沿着一栋栋新居继续前行，年画广场聚人气，广场右边是高高的凉亭，左边是曲曲折折的回廊，两边镶着鹅卵石的彩虹道把一个个院子错落有致地连接起来。小桥流水、画廊庭院，绿树青竹、白墙灰瓦，绵竹年画无处不在，艺术氛围、人文景观相得益彰，这哪里还是传统的村庄？这分明是天上人间、人间天堂啊！

青山依旧在，几度夕阳红。我似乎触摸到了年画村人世世代代坚韧不拔的文脉和魂脉，正在他们的画笔下向着诗意的远方延伸。

（写于2008年8月，2016年重访后补记）

七里坪往事　　Chapter 2

　　2008年，像是一场蓄谋已久的等待，不期然地走近，无意中的踏勘，成就了一生的渊源。10多年过后，当年的蛮荒之地已建起城中新城，当年小小的山村已变成文旅康养新地标。当年的新发现，引发了一场全新的居住革命，而10余年的行走和书写，也在我的心里注入了一笔抹不去的眷恋和乡愁。

2013年，筹备纪录片《神奇七里坪：生命的秘密》又访七里坪

2014年，策划撰稿的纪录片《神奇七里坪：生命的秘密》在七里坪举行开机仪式，与几位巴蜀笑星合影

2008年的一次转身

多次游峨眉山，总是在零公里处分道去了雷洞坪，众所周知的风景向左，一个隐秘的人间仙境向右，仅是一个转身的距离，却全然不知。直到2008年年初驱车驶上乐峨快速通道，从苏稽立交桥到高山铺收费站，一共237个大大的问号挂在路边，又是一个左和右的关系。它引发了我脑海里更大的问号与猜想：七里坪是个什么地方？它在哪里？事实上，有关七里坪现象和七里坪仙居的话题，就像春天里的花粉早已在空气中弥漫开来。一个关乎七里坪前世今生的秘密就此拉开，一个崭新的休闲避暑岛横空出世。

大震之后，人们更渴望安宁的心灵栖居。到哪里搁置疲惫的身体？顺着乐峨快速通道那一个个巨大的问号，一路朝着秀甲天下的峨眉山而去，只需在峨眉山风景旅游区进山口处转个方向，绕着干净、平坦、不带一丝尘土的盘山公路曲折而上，车行3.5千米左右，七里坪就在峨眉山北部，在那云山雾霭、烟笼寒沙中若隐若现。

七里坪几乎是一个在地图上找不到的盲点。那里上百户的山民，也一直过着朴素无忧的山野生活。一条蜿蜒的小河自山顶而下，清澈见底，养育着沿河两岸的村民，高高低低、错落有致的山体蕴藏着无数的宝藏和大山的秘密，云雾缭绕、隐隐约约的大台地，就是渴望放飞身心、度假安居的人们的理想居所。

据专家考证，地球北纬30度聚集着较高程度的人类文明，比如埃及金字塔、广汉三星堆、百慕大三角、巴比伦空中花园、雅鲁藏布大峡谷、喜马拉雅山等。而七里坪机缘巧合地正处北纬30度,海拔约1300米,属峨眉中山区,位处凉山山原与四川盆地过渡区域,为盆周山地地貌,区内地势整体为西南高,东北低。虽行政区划在洪雅县境内,却一直在峨眉金顶佛光的佑护之下,因而自带三分仙气、七分柔光,集千年造物之精华,蕴含中国传统地理之大美,凝聚成今日稀缺的天造人间仙境。

发现七里坪,不是偶然而是必然。就像一件绝世精品,总有见诸阳光的那一天。养在深闺的七里坪,披着一袭薄如蝉翼的纱幔,抖落一地的晨风与清凉,变幻着各样的身姿,超凡脱俗地展现在世人面前。而便捷的交通,是揭开梦幻七里坪的基本条件。成都到乐山直线距离120千米,驱车走成乐高速1个多小时可达乐山,从乐山到七里坪也只要1个小时。一旦峨—乐—成—绵城际轻轨通车,车程只需半小时,即可到达峨眉山脚下。从眉山到洪雅通过柳江古镇、高庙古镇,或者从雅安望鱼古镇、瓦屋山也可快捷方便地到达七里坪。一个可容纳12000名常住人口、占地约12平方千米的现代国际休闲度假城,将在七里坪依山而建。届时,峨眉山旅游将更加成熟,七里坪度假置业将成为一种象征。由此引发的是新一轮度假时代的来临。

七里坪过去是一个未被开垦的原生态村落,但它又不是孤零零的一个村落。环绕七里坪周围,展开的是一幅生动的自然资源和人类聚居的人文地图。距七里坪约23千米处是有着古朴民风民俗的高庙古镇,毗邻的是次中心柳江古镇,有着典型川西民居风格的曾家大院吸引着无数前来游玩的人们;距七里坪约65千米处是生态洪雅县,距七里坪约32千米处是国家级森林公园瓦屋山。七里坪,其实是峨眉山、乐山大佛、洪雅瓦屋山森林公园和雅安周公山等旅游景区旅游交通线上的重要连接点。

行走西南坤位,文运粲然,应对时辰未方,万物皆成。七里坪半山，暗合九六中分，大道易数，造化无穷。

北宋科学家沈括，晚年居润州（今江苏镇江），筑梦溪园闲居，以其科学实践与平生见闻，涉猎天文、气象、历法、地理等几十种门类，写成传世之作《梦溪笔谈》。而今日的七里坪台，则是现代"梦溪笔谈"的探索源头，是另一部展开的自然、人文科学大书。今日的"沈括"们无须自筑梦溪园，有七里坪山居体验，可成就多少"梦溪笔谈"。

山中一日，世上千年。七里坪1300米的海拔线，成就了它16℃—24℃多年不变的气温，降雨量1801毫米，日照1000小时，年降雨天数为185天，雨季期在4—9月。这一串看似枯燥的数字，却是七里坪真实气象的写照。

温和的气候，充沛的雨量，滋养了茂密的植被。四季分明，雨热同季，给予的是不同的体感；夏无酷热，冬无严寒，少霜雪，正是在钢筋混凝土的城堡里待久了的人们最渴望的放飞。每到春季，七里坪的气温早早开始回升；每到季长雨也绵长的秋天，七里坪"天高云淡，望断南飞雁"的景致勾起多少美丽的惆怅；每到漫漫冬季，七里坪银色的世界又给人多少惊喜的想象。最值得一说的是酷暑期，有人曾在相同的三天，分别在青城山、银厂沟、成都城区、乐山城区、七里坪等几处进行同一时段的温度监测比较，结论是，七里坪气温比成都、乐山城区同一时段低5—8℃，比青城后山低3—4℃。夏季如春，脱胎换骨，最适宜人体的温度，可遇而不可求。

同为暑夏，清晨的七里坪烟朦胧雾朦胧，雨朦胧鸟朦胧，整个台地被仙气笼罩，时隐时现，若有若无，丝丝缕缕，连绵不绝。时而在成片的楠竹顶上栖息，时而轻盈地在山坳间舞动裙袂，飘浮的云朵游移的是一种心情，勾勒的是一幅幅变幻莫测的绝美天然水墨图。如果你起得再早一些，在七里坪看日出，初阳就像一位清纯的少女，一脸粉霞、步态轻盈地从金顶背后缓缓升起。待晨曦散去，红霞满天，便是一个万里晴空的好天气。

　　行走于七里坪低缓的坡道上，眼睛是干净的，鼻孔是干净的，脸是干净的，空气中凉丝丝的透明气息将你的心也涤荡得干干净净。因为七里坪周边植被覆盖率达95%以上，又没有任何污染型的工业生产场地，高负氧离子使得空气无比清新。一般情况下，空气负氧离子的浓度晴天比阴天高，夏天比冬天高，上午比下午高，森林及绿化带周围的负氧离子浓度更高。因此，阿尔卑斯有"香槟空气"之称，而峨眉半山则有"薄荷空气"之誉，由此成为全世界唯此两处的高品质"清凉"之地。

　　面朝大海，春暖花开。而七里坪的东面，则是一个很深的峡谷，最深处距台地落差六七十米，惊险秀美，很适合开展溯溪等探险活动。峡谷中巨石林立，潭水清澈见底，还有几处天然形成的小瀑布和神秘水帘洞，是个浑然天成的亲水戏水大峡谷。

　　七里坪水资源不算丰富，但水质很高，所有水源都是山泉，可直接饮用。当地山民从古至今日常饮用水都取之山泉，夏凉冬暖，山民们普遍少病，老人矍铄，孩童健康。

　　进入七里坪高山腹地，茂密的原始森林层层叠叠，高山植被密麻交织。每到四五月份，各色高山杜鹃开满山野，小熊猫等各种珍稀野生动物更添了一种幽深的意趣。

　　与峨眉山、洪雅县的其他地方相比，七里坪的地形地貌拥有其独特的不可比拟的优势。它是三山公路沿线从峨眉山方向过来的第一块开阔台地，也是沿线最大的待开发农业耕种良地。一定坡度的起伏，使得七里坪度假区内每小片区域相对独立，利于小区域内的主题景观营造，适宜的地形坡度也增加了驾车、步行、活动空间，未来依地形而建的建筑物、景观园林等可形成立体生动的场景。

由于七里坪独特的地理位置，天气晴好时，面朝东南方向，还可清楚地看到峨眉山金顶及十方普贤金像。晴天时连蜀山之王贡嘎神山也清晰可见。

《说文》释："半，物中分也。山，土有石而高也。"山之一半，俯仰之间，景色宜人。峨眉半山在这蜀山高岳之间，超然出一种气度。南撷天下之秀，北望天府之都，西掩瓦屋之顶，东纳岷江之韵。

半山之地，七里坪台，凝聚着峨眉清凉的精华。

西方哲人尼采说，不要在平原驰骋，也不要在山巅远眺，半山一眸，世界最美妙……

（曾刊于2008年夏《华西都市报》）

打开"田园城市"新范式

　　田园城市是人类理想的居所，将田园的气息带给城市，把城市的活力带给田园。城市与乡村不是简单的结合，而是情感的融合，是大地上最美的联姻。

　　1932年，著名建筑师赖特甚至提出"广亩城市"的概念。广亩之间，城乡依然，理想的人居不仅仅是城市和乡村的联姻，而且是后者对前者的吞并，个人在自己的土地上对自己生活方式的一种选择。

　　半山七里坪，将是田园牧景与城市人居生活完美结合的典范。

　　自然而成的农家小院，鸡犬相闻，幼儿的哭闹也像音乐般好听，屋顶的炊烟展现的是恬静的山野气息，桌上的菜肴大都来自屋后那绿油油的菜地，自家熏制的腊肠透亮透亮，搅动记忆的味觉，令人垂涎无比。屋后堆积的柴火、屋前泛着陈色的风车，不远处飘浮着玉米清香的田野以及轻舞飞扬的谷穗，还有房前屋后成片成片的楠竹林、沿山路而上因四季不同披红挂绿的冷杉，都是最丰富的油画底色。暮色时分，走在任何一处乡间小道上，都能听到一种清脆的有节奏的"咚咚咚"的琴声，那是七里坪独有的弹琴蛙在歌唱。

　　最喜人的是山坡上那深海般碧绿的茶山，清香四溢的峨眉仙芝是否就出自这片茂盛的茶园？《梦溪笔谈》中有描写茶牙的一段："茶牙，古人谓之雀舌、麦颗，言其至嫩也。今茶之美者，其质素良，而所植之土又美，则新牙一发，便长寸余，其细如针。唯牙长为上品，以其质干、土力皆有余故也。如雀舌、麦颗者，极下材耳，乃北人不识，误为品题。"余山居有《茶论》，《尝茶》诗云："谁把嫩香名雀舌？定知北客未曾尝。不知灵草天然异，一夜风吹一寸长。"

在这样一幅"山中画、画中山"中生活的挑着担子披着蓑衣的农民，那些天真无邪、眼睛清亮的孩子，无疑都是城市生活中最期盼的回归。半山七里坪度假地，即将导入的正是人们心底最柔软的部分，它是无拘无束的心灵自由，它是功能齐全的山中新城，它是本真生活的昨日再现。

1933年，国际建筑学会便在希腊雅典制定了关于城市规划的纲领性文件《雅典宪章》，曾提出工作、交通、居住、游憩是人类四大功能活动，而居住外的游憩则为住所更添活力。1999年，联合国在伊斯坦布尔召开的第二次人居大会，正式提出人居可持续发展理念，由此成为世界关注的焦点和未来发展方向。

从神性到人性，从理想到现实，从天堂到人间，乌托邦已成为过去，而人类理想的居所究竟在哪里？一个西方人的百年梦想，走过数千年的历程直到今天，一个新的度假时代正从峨眉半山蔓延开去。

正如著名思想家卢梭所说，文明的进步也许是社会的倒退！高度工业化、城市化之后的田园城市再次沦为"城市乌托邦"的幻象。"田园"不过是对经济功能痴迷后的本源回归，几何图案的模纹花坛显示了心灵浮躁的本性，呆板冷漠的草坪是对自然破坏后的象征性补偿，大规模城市美化运动甚至将野外的千年古树移植回城市，拼凑起混杂的岁月！

当代杰出科学家、英国著名学者李约瑟认为："在人类居住的建筑上，再也没有其他人像中国人那样热心体现他们伟大的设想——人不能离开自然的原则，城乡中无论集中还是散布在田园中的房舍，经常呈现一种对称的'宇宙图案'，以及作为方向、节令、风向和星宿的自然象征主义。"

　　老子云："人法地，地法天，天法道，道法自然。"自然生态社会是最合理的社会制度，天人合一是最完美的境界，"甘其食，美其服，安其俗，乐其业。"以礼仪社会比照自然秩序，是中国文化的核心。魏晋时期，寄情山水和对隐逸的崇尚，使得游隐山林和经营山居成为一种风尚。文人雅士在悠闲平静、超然无欲的山野世界里，显示出飘俊飞扬、逸然超群的魏晋风度。正如王羲之《兰亭集序》中的居所情景：崇山峻岭，茂林修竹，流觞曲水，列坐其次。仰观宇宙之大，俯察品类之盛，所以游目骋怀，足以极视听之娱，信可乐也。

　　唐宋时期，山岳逐渐成为佛道修持之地，文士游栖之境，学者授徒之所，诗画审鉴之域。著名诗人王维的《辋川别业》，画中有诗，诗中有画，禅画一体，诗境一处。北宋著名画家郭熙的"可望、可行、可居、可游"，成为山水画与人居的经典诠释。南宋之后，山岳已经不单单是崇拜道佛的寺观之地，不单单是陶冶性情的游赏之境，已经开始走进尘世，融入世人的生活，书院讲学，居士入堂，山麓村镇，乡野耕读，中国人居文化真正进入山居和田园时代。

　　人们追逐于自然的变迁与农耕诸事，在时光的轮回中选择休憩居所，人与自然和谐共生，在风与水中激发灵感，在山与林中释然归隐，在耕与读中构建和美家园。

　　随着城市建设的不断发展，大城市的人口不断膨胀，大量的汽车尾气导致城市空气混浊，带来"热岛效应"，严重影响了人们的生活品质和身体健康，各种各样的疾病向脆弱的人类袭来。越来越多的城市人开始逃离城市的喧嚣，到有山有水的地方去寻找清净，去呼吸大自然的清新空气，于是城市人开始追求"5+2"生活模式，将第二居所选在了依山傍水的风景区，将自己的健康交给一个更加洁净的自然环境。

　　从目前已大量出现的第二居所看，大多以开发商个体开发为主，即使是带有旅游度假概念的项目也主要是民居，比较成熟的区域代表是青城山前后。青城后山开辟了成都平原最早的度假乡村，依托青城之名，借助后山之境，筑起大量农家乐式的休闲基地。但实际上，无论接待规模、设施配备，还是人居意象，都呈现明显的初级度假模式。

　　回眸史上最早度假别院之一的上林苑，在高峻的终南山下，在幽远空洞的山谷之间，汉武大帝的权力感召与司马相如的旷世才情交相唱和，编织出一座盛美的度假宫苑典范。历史上的长安华清池，依着千古涌流的骊山温泉，从周至唐，兴而不止。特别是那千年绝唱，"春寒赐浴华清池，温泉水滑洗凝脂"，赐予的是唐玄宗真挚的深情与爱意，洗去的是杨贵妃的俗世与烟尘。还有那巍峨雄伟的承德避暑山庄，宏伟的建筑视野与海纳百川的大国情怀，不仅弥合了朴野淡雅与金碧辉煌之间的缺痕，在历史与现实、民族与发展之间，更留下一座难以跨越的精神丰碑。

　　王朝的奢华，远去的光影，留下的是一声慨叹与追昔。

　　千年风华，历朝历代早已在历史的尘埃中洗褪铅色。逐景而栖，觅境而居，对于别院庭所的凝刻与精求，却宛若一脉不绝的尘缘，贯穿始终。昔日封闭的皇宫园囿随着封建政权的坍塌而开放，度假已成为普众追觅闲逸的生活态度。山地之间那"苍润高逸，秀出东南"的庐山，滨海之畔的秦皇岛与三亚，已成为中国人的生活时尚。当然，那也只是时尚，因为度假与生活需要的不仅是短暂的欢愉，也不仅是炫耀与肆意，更是可以沉淀的平静与安宁。

　　因此，中国度假时代，是将史上那份仅属于达官贵族的闲逸还给黎民苍生的"世众度假"，是从喧嚣尘世脱离继而回归自然山水的"洒逸度假"，是享受人人之美与天人之合的"回归度假"。身在尘世，而居置世外，心神游其间，这是中国未来的度假选择，这也正是蜀中峨眉半山拥有的居所图景。远眺金顶，时吞祥云，是川派山水的延续与对现世的感召。

　　我们从荒野走来，理应有回到荒野的勇气。如今，越来越多的城市人将自己的居所选择在远离城市的山水之间，试图重新拥有自然芬芳，呼吸泥土的气息，重返自然，栖居山野，是重新开始用系统性的观点审视世界：这是一个息息相关的世界，你我之间互相欣赏，更互为因果。

　　从现代都市度假趋势看，国外以分时度假为主要手段，中国正在从城市中心游憩区向景区复合型度假区转变，人类从自然来到城市，继而再次开启离开城市。从青城后山到峨眉半山，一路上的田园牧歌正在召唤无数城里人开始新一轮的大迁徙。从成都平原到周边山地，正在实现从1居所到1.5居所，再到2居所的置业转变。峨眉半山，领先创造最宏大的新型度假物业，房地产、旅游业、娱乐业、休闲产业、餐饮业……给身心疲惫的城里人一个更加开阔的养生地。

　　在这里，没有什么容积率，所有的户型都依山而建，间距可远可近。这里也没有森林覆盖率，因为所有的房子都被森林包围。这里更不会谈什么绿地率，那些在城市里挤出来的绿地在此是最奢侈的铺排。这里也不谈什么湖泊草坪，草坪天然而成，高山湖泊本就在。

　　门含峨眉之月，是为半山之闲。

　　菊花、古剑和酒，被咖啡泡入半山。

　　天下山水之观在蜀，蜀之居在半山。

（曾刊于2008年夏《华西都市报》）

新上山下乡时代

房子从山地里长出来

日益繁华的当代都市到处是高耸的楼宇，我们背负着沉重的按揭十字架，花去一生的时间，为的只是在钢筋水泥的森林中购置一方属于自己的空中楼阁。然而，在我们的内心深处，却向往着朴素的自然和山水。于是，我们开始在周末回到乡野，寻找心灵的家园，小桥流水人家的意境，成了心中挥不去的牵引。

这是新的上山下乡时代，也是心灵的上山下乡时代。

这一切似乎离我们很遥远，但现在，因为半山七里坪的建筑革命，这一切离我们越来越近。坐拥峨眉山自然人文双遗资源，抬头便是金顶十方普贤佛光普佑，一个峨眉半山的最佳黄金分割点，一座引领居住革命的半山之城从此诞生。

一山一净土，七里一世界。也许，这里以前是神仙住的，但以后便是你住的。

先有山，后有城，先有城，后有人。山是自然的，城是社会的，而山中之城，则是自然进化与社会进化的极品之作。七里坪的避暑建筑更是体现了极品中的极品。这里的每一座房子都像从山地里长出来的。有的开放如白雪公主的童话世界，有的独立如专享私密单元，有的拥天有地、层层退台、五面观景，犹如一个观景包厢。休闲度假、得佛得福，可传家传世。退亦是进，进亦是退，舍去一些可得到更多。还有躺在床上望星空的星星屋、比景更美的树中墅……你可以有现成的喜欢，也可以订制一款未来的梦想，你可以亲自参与设计，也可坐享他人智慧。建筑是凝固的音乐，建筑是永恒的生命，天地房人，和谐统一。在设计师思图德先生眼里，他要体现的是现代生态建筑风格。尊重世界遗产的价值，保留场地原有魅力，山形水势协调布局，东西艺术交相辉映。在这里，景比房多，花比人多，房子建在景中，房子也是风景。

这里的每一处建筑，每一处景观，既是一种艺术，更是一种魔术，它是天马行空的创新，更是前所未有的体验。是世界外的世界，也是经验外的经验。

最值得一提的是对老年的关怀。自组而成的养老四合院，层进院落，分则独立，合则联络。露台上可以一曲音乐起，同舞手中剑；院落里泡上一壶茶，追忆似水与流年。没有孤独的守望，有的只是亲如一家的甘甜。它既是老年人的天堂，更是老年人的乐土。

夕阳下，所有的别墅，从草原风格到田园风格，从田园风格到乡村风格，从乡村风格到半山风格，房子下部是粗粝的石头，中部是朴素的木料，露台是通透的大窗，建筑就这么一步步进化成了生态房子。它从土里长出来，再沐于阳光之中，建筑自此有了流淌的生命。

无运动，不人居

半山七里坪国际旅游度假区在规划中描述：有清新的空气，就有避暑物业；有温热的山泉，就有休闲物业。因岭而设，就有国际运动场地；因岩而设，就有户外运动广场；因溪而设，就有高山湖景观。利用大自然的恩赐，再融入人类文明，这或许就是标准。

有人说，一周不锻炼就相当于一周不做个人卫生。高压之下的现代城市人，每天忙碌着，追求着，迷失着，亚健康无时不摧残着他们的肌体。每天，健身房里挥汗如雨的身影，球场上奔跑的身影，游泳池里来回游动的身影，攀登、露营、徒步、自驾游、越野等户外运动的蓬勃兴起，无疑都是对现代都市白领们强劲的诱惑与吸引。未来，将是一个运动的世界。

半山七里坪最靠近国际标准的正是它的运动理念和超前设计。极地越野、攀岩溪降、山地自行车、半山网球、斯诺克、传统武术，以及各种户外运动、室内体育，将构成度假区最完善的运动体验核心；房车露营、等待日出、追逐夕阳，成为新的度假时尚。

与运动配套的一是医疗康复中心，二是度假区外的景观设计。在运动中赏景，在中西方艺术景观交融、原生态与时尚元素混搭的氛围里，获取一份健康的身心，无疑是人们的最佳需求。负责半山度假休闲区外景设计的正是诞生于1947年，有着丰富设计理念和经验，也有着世界级设计大师之称的英国罗宾迅景观设计公司。有着30年景观设计经验、获得过无数国际大奖的首席设计师克莱夫说，他最满意的是七里坪体验中心的景观设计。原生的松树林再补种松树，原生地有竹子就再种些竹子，原生地有野生茶树就再种些茶树；原有竹器、木器、石器等，就依其纹、顺其理，打造自然景观中的人文景观。越是风土的、风俗的、民族的，就越是国际的、原生态的、世界的。

每一处设计都体现着精致和细致，每一个运动项目都体现着健康和阳光，每一个配套设施都流露出充分的人文关怀。从这里，你可以看到法国Avoriaz滑雪度假区、美国Black Hok乡村俱乐部、瑞士Anzere滑雪度假区的影子，但是，是它又绝不是它们。

又见篱笆墙的影子

"白天山地休闲运动、夜晚小镇风情体验""夏天休闲避暑、冬季温泉赏雪"，这是关于七里坪休闲度假区的基本构想。休闲是体验一种"自由时间"，休闲是一种生活状态。人类在经历了海滨度假、古镇度假之后，迎来的是山地度假。优异的资源、优美的环境、优雅的品位，加上健康的运动，适度的放松，获得的是身心巨大的满足。

七里坪的半山风情小镇，有购物街，有小酒吧，有茶肆会所，有商业中心、田园温泉，每个独立单元都有服务中心，每个独立单元都有独特的名字，各个单元之间有小桥相连、有小道相通，单元与单元之间是一个符号，又是一段缘起。虽然没有篱笆、老人和狗，又见篱笆墙的影子。

上山下乡了却的是心头的牵挂，而走村串户连接的是人与人之间的情感。进村是回家，出村是游历，家就在景里，景就在家外。

在我们对民居的描述中，最熟知的莫过于西方哲人所吟咏的："人诗意地栖居在大地之上。"然而在东方社会中，人地和谐的居住理念早已存在并发展。四重理想并无高下轩轾之分，确是每个人对居所理想的不同追寻，而对不同理想的亲近，也是每个人心灵迁徙的领悟过程。审美的眼光变得更加多棱，可选择的变得更加多样，居所理想的实现看似容易，实际却越发复杂。我们永远是在自然与心灵的迁徙中寻找理想的家园……

户外酒吧醉小镇，书院温泉悟大道。躺在露天温泉里，泡去一身的疲惫，获得身心的巨大解放。道亦有道，道亦生道，心境自然开阔，心胸豁然开朗。

在七里坪这块全新出炉的避暑山城里，名流会集，骚人墨客往来穿梭。从篱笆墙到云台书院，如果说是一个矛盾的交融，那么从艺术村到书画村的往来，就是一个心领神会的眼神。当生活成为艺术，艺术演绎为生活，人生便是脱俗的又一重境界。这块土地曾经为伟大的三苏父子提供了最早的诗情画意，良好的环境是艺术家成长的摇篮，也是文化得以传承的土壤。文化，是我们的纽带；文化，是我们得以发展的原动力。七里坪引入文化艺术的概念，使其与山水古镇水乳交融，无疑将影响我们的当代建筑规划和人居环境理念的根本改变。

不论是分时度假，还是完全自有的度假住宅，体验式的深度度假方式必然将超越此前的走马观花式的度假方式。这一住宅类型的发展，也伴随着经济与观念的发展。马克·吐温对德国的温泉疗养胜地巴登巴登有句著名的描述："泡十分钟，你会忘掉你的时间；泡二十分钟，你会忘掉你的所有。"

实际上，中国的旅游业与房产业快速发展的今天，中国的巴登巴登同样会应运而生。

半山七里坪，正在引发新一轮旅游地产和生活方式的革命。

（写于2008年，曾刊于《华西都市报》）

烟雨中迷失的清凉

　　从冬到夏，忙忙碌碌的都市生活，有一阵儿没去七里坪了。她就像闯入我梦里的一个意外，忽而海市蜃楼般若隐若现，忽而又美若仙女般触手可及。当再次驱车驶上成乐高速，熟悉的七里坪几个字快速跃入眼中，又飞一般掠过脑后时，那份山中的清凉和甜丝丝的森林气息已提前扑面而来，一切都是记忆中沉淀已久的味道，勾连的正是那段深入骨髓的情结。

　　半小时后落脚七里坪，已是午后时分。刚刚开业20天的七里坪华生国际酒店以崭新的面貌迎接我们的入住。6月6日，一场高规格的"中国旅游胜地度假生活高峰论坛"就在这里盛大举行。届时，七里坪将迎来许多远道而来的专家、学者及贵宾。而就在一年前，这里还是一片待建工地，来此旅游避暑的人们只有一个选择，那就是农家乐。而不久的将来，七里坪温泉酒店及在建中的各式依山而生、从山地里长出来的度假房，必将成为无数避暑七里坪的人们追逐的心灵栖居。

　　在丽江，最容易迷失的是夜色酒吧，而在七里坪，无疑则是那一抹萦之绕之的清凉。每回上山，在七里坪已经待了一年多的朋友李先生总忘不了提醒多带外衣。半山的七里坪，浓郁的森林植被隔离了外界的喧嚣，清泉汩汩，鸟鸣天籁，水润青山，惠风和畅。尤其是一早一晚，可谓凝聚了峨眉清凉气候的全部精华。借着佳节从重庆赶来度假的黄老先生夫妇，那一脸的满足和欣喜，仿佛洗去了炎炎山城所有的酷热，其迷醉的眼神注定将与七里坪结缘后半生。

傍晚时分，推开偌大的客房落地玻璃窗，浓郁的黛色山林泼墨而成自然山水国画，天然地悬挂窗前，沁人心脾的透凉气息有多少负氧离子在淘洗我们的鼻孔和心肺？五月的凉风吹拂着脸庞和发丝，忍不住打了一个寒噤，顿时有点迷蒙。抬手关窗，拥被入睡，一夜无声。

次日清晨，早早爬起，再度推窗。守着晨雾点点散去，露出七里坪无边的翠华魅影，对面的刀片山棵棵直立的青松，密密地排列成矩形方阵，树叶交织，轻轻拍打出沙沙的琴韵，又似海边起伏的涛声。清凉，还是清凉，我真正体会到了"空翠湿人衣"的绵绵意蕴。

充足的假期，给了我深度重访七里坪足够的理由。

午后，顺着通往高庙的公路前行，一座通体透亮，以玻璃、木质、石材为主，顺山势架构在几条主干道交叉点上的旅游度假接待中心，变得异常热闹。接待中心首先呈现的正是设计师、美国HZS豪张思公司思图德先生想要的，中西结合又透着时尚元素的现代生态建筑风格。接待中心连接的几条主干道旁开始排起长长的车队，从车牌看，来自重庆、眉山、成都、乐山等邻近地区的客人居多，不远处还看到风尘仆仆挂着北京、广东、深圳车牌的外地宝驾。据介绍，每天来此游玩度假的客人平均至少百人，尤其是近一个多月，每天人流不断，呈大幅度上升趋势。

站在接待中心的露台远望金顶，我们惊喜地看到十方普贤金身。许多人也纷纷站起，极目远眺，感受半山之间这一特别的吉祥之光。佛光照耀下的七里坪，更添一层被佑护的珍贵和神圣。在年轻漂亮的梁小姐引导下，行走在7米宽无尘、无土、无噪音的沥青大道上，最引人注目的莫过于一路相伴的杜鹃长廊，它给了我一幅山地杜鹃竞相绽放、山花烂漫、无比美妙的空间想象，虽然刚刚移栽的各色杜鹃尚未吐露芬芳，但它正在延伸的壮观景象已是来日可期。

　　走进A区望峨村，首先看到的是一幢"连体姐妹"房。梁小姐说，这只是山景房之一种，保留场地原有的山势，顺山形而布局的一幢幢花园洋房，真正体现了现代生态建筑风格群的特质。上为白色栗色交叉外墙，中有栗色仿木栏杆，栏杆内部由水泥钢筋构成，为的是防潮防腐，房屋下部由当地玄武岩粉末加工而成的文化石作支撑，给人坚实稳固又深邃遥远的历史厚重感。为了防潮防火，房屋都有架空层，每幢小楼房前屋后均有篱笆墙围成的菜园子，可租可买。长久待在都市里的人们渴望的那一亩三分自留地，在这里将真实地还原你心中潜藏的田野情怀，"故人具鸡黍，邀我至田家"的田园牧歌不只是梦乡。

　　时间就是这么不经意。不到一年，初来时这里还是一片尚未开垦的高山台地，寂寂的千户农家，逐步演绎，人气骤增，而今车轮滚滚，一派欣欣向荣。

　　从半山避暑休闲规划图上了解到，12平方千米的半山坪地，将有3个度假风情小镇。梁小姐说，年底前，规划中的第一个小镇将首期呈现。风情小镇里的茶楼酒吧、吊脚商铺、娱乐场所、购物场所会逐步完善，还有当地传统的非遗手艺如造纸术等也将从农家搬移过来，原汁原味地展示并可参与体验。距风情小镇不远的天然温泉会所，已经建成两层，据介绍，总共三层的温泉会所，一层是康疗运动区，二层是接待区，三层是温泉体验区。为了给旅居者提供多样度假生活，公司在风情小镇以北开辟出了露营区，还将启动"帐篷避暑节"等活动，让旅游度假更加有滋有味。

　　穿行在各区之间，梁小姐特意招呼我们钻进一片密林。正在诧异时，闻听潺潺如悦耳音乐般的流水声，林中更是凉爽宜人。清澈见底的溪水自上而下，林中栅栏栈桥曲径通幽，仿佛走进《桃花源记》中的世外桃源，一时不知归路，亦不知世上已过千年。记得一年前也曾寻幽探秘，只知有类似的溪流穿过度假区，殊不知，像这样自然而成环绕区内各村的小溪流共12处之多，可以说，各村各户，村村通亭台，户户见清泉。想起当地老乡告诉我，这里1000多户原住村民，活到90岁以上的老人有数十个。这一切会不会跟青山秀水无尘无染的自然造化有关呢……

春夏秋冬，四季轮回，是大自然赐予人间最美丽的景色。半山七里坪迎来了开工后的第一个金色之秋。几个月后，我再次融入了七里坪的金秋里。

一脚踏上七里坪的土地，佛光山色顿时像一幅金色的画卷在眼前展开。一叶落而知秋之将至，七里坪的秋是从那一片原始彩林开始的。叶子红了，叶子黄了，秋天的七里坪变成一个万紫千红的世界。秋天的七里坪，空气更加清新，眼睛格外清亮。放眼望去，天高云淡，大雁南飞，金色的太阳毫不吝啬地普照大地，层林尽染，草木葱郁。炎热烦闷的暑气在此隐退，舒适而温暖的气息在身边萦回。周围的农家，门前屋后挂满收获的喜悦，那金灿灿的玉米、干枯的秸秆、叼着旱烟袋的老汉以及陪在他脚下懒洋洋的狗，眼前的景象令人心旷神怡。

原来荒芜的山坡上，已经开出了数条通往各规划区域的道路，宽阔的道路像血管一样连接着这座即将诞生的养生之地，并且正向纵深处外延。因修路而堆积在路旁的厚厚的黑土，可以清晰地触摸到时光的经脉。据介绍，这里的黑土含有丰富的矿物质，也许是一次又一次的造山运动，这些肥沃的土壤将千年腐叶、万年根须通通融到了岁月的尘埃中。

踩着松软的枯叶，深入到茂密的灌木林里，循着潺潺的水声，一条清澈见底的溪流蜿蜒而下。将来，这条自然而成的溪流将环绕在各居所的周围，清清亮亮地原生态保留和呈现，无须人工挖掘，大动干戈。而围绕着不远处那座全通透的敞亮的玻璃房，又添了整齐的各色杜鹃，诱惑着你的眼，更诱惑着你的心。走进七里坪风情一条街，漫步街头巷尾，有想要的美食与美景，浪漫与温情，有想要的快乐与轻松。七里坪因缘分而缘定今生。

度假区偏南方向的梯级温泉会所，从上而下直达山谷中奔流而去的潺潺石河。虽然眼前还是一片缓缓延伸的坡地，被低矮的灌木覆盖，但我似乎已经看到升腾而起的滚滚热浪，一如黄龙那层层叠叠的钙化五彩瑶池，更如散落在九寨天堂那碧绿的翡翠珠玉。往北方向则是独具特色的户外运动规划地。穿梭在茂密的林地，身心都在奔放的运动中得以放松，得以舒缓。

回望我们所居的城市，闪烁的灯光和发达的资讯充斥着我们的世界，人类以文明的名义构建了自己城堡式的生活，每天忙碌着，追求着，迷失着，却很难有这样的一个夜晚，远离喧嚣，褪去浮躁，面对最本真的自然和自己，静静地感受，静静地面对，静静地思考。山永远在山的那边。让"鸢飞戾天者，望峰息心"，让"经纶世务者，窥谷忘返"，匆匆忙忙的都市儿女和归乡的行者，但愿半山七里坪，能停留无数不安的疲惫的心灵。

遥想历史，我们现在已很难有机会再度寻找到这样原生态的未开发台地，因为我们的祖先正是在台地上创造了原初的人类文明，台地是人类最初辉煌的舞台。看着眼前纷纷扰扰的汽车人流，虽然宁静的山野被打破，但台地上的避暑山居，能给都市人提供一个改变生存状态、改变人居方式、改革居住理念的理由，未尝不是一次新的居住时代的革新。

我们从台地走来，在崇尚回归的今天，台地生活给了我们追寻历史情感的现实版本。半山七里坪，正是这样一块适宜度假生活的奢侈台地，虽非本源创造，却弥漫着充足的回归气场。

（曾刊于2009年6月、9月《华西都市报》，2022年合并改）

又一次梦想之旅

又闻粽香，又到端阳。我又到七里坪去了。3年来，这句话每年都像一个固定时刻的闹钟，总会适时地响起。两千多年前，浪漫主义诗人屈原因遭排挤，带着一颗破碎的心被流放荒原。但今日，携着对诗人的尊重并借着纪念的日子，给自己放个假，却是以快乐的方式放逐自己。

如今的七里坪，已不再是一个只有农家乐的山野之地；如今的七里坪，也不再是3年前藏在闺中的寂寂荒山。四川三年巨变，半山七里坪也在发生根本改变。度假区已落地、生根、发芽并茁壮成长，不仅改变了七里坪的容颜，并且吸引了国内外成千上万人关注的目光。这3年，我以一个观察者、见证者和记录者的身份，以一个热爱度假生活的普通行者，一直不间断地行走在这片土地上，从发现到重访，从再访到又访。今年，我把约定的度假季再次放到七里坪，走近她、解读她、品味她。

3年来，就像吹响了集结号，来自省内外及国内外的知名旅游、地产、经济专家上百人频上七里坪，驻扎七里坪，研究七里坪，设计七里坪。金杯集团引领的正是新的山地休闲度假生活方式。

冬有温泉嘉年华，夏有避暑养生季，春有踏青赏花周，秋有彩林体验游，一年四季，都有前往七里坪的充足理由。这一切就像一个公开的秘密，被口口相传，逐渐成为近年来被广泛关注的一个热点。尤其到了周末和假期，带着度假的快乐心情，带着安置身心的目的，"去七里坪"成为很多人的心向往之。端午小长假期间，成都、重庆甚至更远城市的游客成群结队纷纷驱车出城，他们再次将目光锁定在这个可以仰望金顶、越发稀缺的桃源之地。

早上8点，带着晨起的轻爽和满满的能量，我驱车从成都出发。上成乐高速，一个半小时后与乐山朋友相聚午宴。餐后上山只需半小时。下午两三点钟，当车轮驶进度假区，我被眼前的景象再次弄得眼花缭乱，尽管每年都会来，但每次来看到的都不一样。就像燕子筑巢，一点一点的改变让我欣喜有加。此番上山，当我从前台拿到崭新的公寓房卡时，意味着我已真正住进七里坪全新的度假房了！房内除了酒店日常必备，还有微波炉、小冰箱等设施，若是自己去山里采了原生的野菜、蘑菇，或是在农家采买了生态的小菜、鸡蛋及山货，还可以自己动手，像是一个移动的温暖的家。

凉爽宜人的下午，我在园区内四处漫游，享受自由的呼吸、自由的打望，手中的相机一刻未停地抓拍着各种瞬间。此时的七里坪度假生活，已可以满足从早到晚多样的需求，或登临茶山体验采茶之乐，或在河边小憩感受戏水之欢，或返璞归真回到田间地头，体验劳作和挥汗的畅快，或下至溪谷栈道漫步私语。喜欢运动的话，或租辆山地自行车沿山而行，或拓展营地适时组合，让户外运动激活肌体。

傍晚时分，度假酒店阳光餐厅备有可口的原汁原味的农家饭菜，木桌木椅还透着新鲜的树木气息，饭菜融合着山水阳光的清香，纯朴的山里妹子带着可人的微笑，一切如暗香萦怀，沁人心脾。除了阳光餐厅，更有温泉会所明亮的大厅和四面美景的包房，还有露台上的天然景致，配上色香味俱全的各式餐饮，亦是半山七里坪给予度假的人们又一选择。一边品着山里的高粱美酒，一边吃着山里自产的蔬菜野果，听耳语清风，忘身外之事，碗里盛的、嘴里咀嚼的都是舒心的满足和满满的幸福。借着傍晚的余晖，沿溪谷栈道有氧散步是件十分惬意的事。又闻弹琴蛙奇特的合鸣，"咚咚咚咚"，此起彼伏，奏响绿的小夜曲；又见漫山满坡的野花尽展芳菲，花姿纷呈，轻吟诗情画意；又享茂密的植被输送的饱满的负氧离子，真是山上山下两重天。此时城区里正酷暑难耐，而七里坪更显示出它独有的不可比拟的气候优势。

天渐黑，橘黄色的灯光点亮了七里坪之夜，美好的夜生活从掌灯时分开始缓缓流淌。半山温泉会所和半山风情小镇率先拉开七里之夜"体验、避暑、养生"的生态度假示范。当温暖的汤池飘荡着锶、硫黄、碘等微量元素混合的气流，将鱼一般滑入温泉的人们一一包裹，那一身的疲惫也罢，那满心的焦虑也罢，都从肌肤的每一个毛孔到筋骨的舒展中，从精神到身体得以完全放松。那一刻，听着松涛阵阵，看着对面明明暗暗的山色剪影，我只想说一句，感恩大自然最完美的馈赠。是夜，回到公寓，在山色环抱中拥被而眠，一如乘上诺亚方舟，正从现实的此岸驶向梦想的彼岸。

有人说，人生赏心悦事莫过于以下情形：清溪浅水行舟；微雨竹窗夜话；暑至临溪濯足；雨后登楼看山；林间踏雪寻梅；柳荫堤畔闲行；花坞樽前微笑；隔江山寺闻钟；月下东邻吹箫；晨兴半炷茗香；午倦一方藤枕；开瓮勿逢陶谢；迎客不着衣冠；乞得名花盛开；飞来家禽自语；客至汲泉烹茶；抚琴听者知音。想想，好像其中单一样并不算难，若是都要齐活的话，那非半山七里坪莫属了。

（写于2010年6月初，曾刊于《华西都市报》）

以爱的名义留下

度假旅游是旅游发展的更高形态，从观光到度假，这是旅游发展的客观规律。中国人已快步进入常态化的新度假时代。

"槐夏阴浓，笋成竿、红榴正堪攀折。"又是一年，带着观察的眼、放飞的心和虔诚的爱走进七里坪，与七里坪的山山水水和生灵、人群融为一体。

走进正在加紧施工迎接6月11日开街盛典的半山风情小镇，一眼就醉了。错落有致的小镇顺坡地一步一景，景与景相连，从镜头里望去，永远找不到相同的画面。据说，这个构思还有一个故事，那就是来源于四川金杯集团总裁张军小时候的经历。他说，在他的老家，印象最深的就是出门便是七八十级台阶，不规则的台阶以及台阶两旁的阡陌街巷，就像戴望舒诗歌里打着油纸伞、等待丁香姑娘的背景，诗般的意境给了他创意和灵感，"烟火万家人上下，风光应不让西湖"，这样的景才是他要的。在张总的坚持下，设计师们克服了坡地建筑的各种技术难题，综合了嘉州画派和川西民居的风格特点，同时融入了沈从文故乡湘西凤凰、云南丽江滴水古镇的风物面貌，在原有的民居建筑上对屋脊等处作了改良，图纸上一年，修建又一年。清流潺潺，水波不惊。如今依山势而建、顺溪谷而生的半山风情小镇，充分利用了峨眉半山独特的山地地貌特征，并辅以天然的峡谷溪流，浅池叠水山地风味中创造性地引入水的灵动，同时，用环保理念的现代石材造就的坡度、出檐和街道，得到省市旅游专家的高度青睐。打造完毕的风情小镇有别于四川所有古镇，它看起来更灵气，更灵动，更灵巧，更具半山风情。

"2010半山七里坪温泉养生嘉年华"活动像冬天里的一把火，将半山点燃。喜欢汤泉的各地游客率先体验了一把七里坪雪地"硼氟硫"温泉的魅力。据四川省科学养生促进会专家称，七里坪半山温泉井深2500余米，是从古老的震旦系地层打出的"老汤"，井水出口温度≥55℃，日出水量达2000吨，除了富含氟、硫、偏硼酸、偏硅酸等具有医疗价值的元素，还富含锶等对人体有益的微量元素，达到国家医疗热矿泉水标准。温泉是最好的养生大师。步入温泉会所，沐浴、干蒸、湿蒸、浸泡、按摩、擦修等项目应有尽有。最心仪的莫过于依山而建、面山面河、大大小小50余个梯田温泉池。冥想阁、花溪泉、沐芳亭、莲花泉、禅悟泉……每个汤池均有来历，每个名字均有深意。禅悟泉讲的是禅的修持方式和悟的修持结果。而花溪泉正如诗中所言：花开泉畔，意随流水俱远；结庐空山，心与白鹤同闲。

半山一泡，不仅养生养性，更与温情泡在一起。

在七里坪漫步，邂逅一幅温馨画面。一位老人抱着一条棕色卷毛的贵宾犬正悠闲行走于花间小道。又见篱笆墙、影子和狗。遂上前招呼。老人容光焕发，完全不像他自己所说，已76岁高龄。他说，他原是成都五冶搞建筑的，爱人是吊车工。如今老两口早已退休，孝顺的儿女2009年为他们置了度假房颐养天年，2010年装修后当年便移居入住。老人说，他自从第一次来就喜欢上了这里的空气、环境。他兴奋地描述去年冬季的那场大雪，整整一个月，在城里是绝对看不到的，他和爱人还在雪地里堆了一个两米多高的雪娃娃。

问及老人目前的生活，他说，他已经很习惯现在的生活方式，每天六七点钟起床，用山泉水泡一壶茶，洗漱完毕，茶水正好，喝过早茶后和小狗散散步。爱人等他遛弯儿回来，磨好豆浆或温好牛奶，两人一起吃早餐。天气好的时候，他们每天上午一次、下午一次，或上山采春茶、采野菜、挖山药，或在自家屋后的菜园子种花弄草、栽种菜蔬，有时也去农家小院串串门，唠唠嗑。老人特别欣慰地说，原来在城里，每到冬天手生冻疮，到了山上，冬天气温虽低，但冻疮却没有了。原来在城里，总是腰酸肩痛，严重时手都打不开，到了山上，肩周炎竟一次也没有犯过。前不久，女儿从上海回来探亲，上山住了几天，一看父亲身体康健，心情大好。

偶读清代李密庵一首《半半歌》，甚觉人生大智，受用无边："半中岁月尽幽闲，半里乾坤宽展。半郭半乡村舍，半山半水田园。半耕半读半经廛，半士半民姻眷。半雅半粗器具，半华半实庭轩。衾裳半素半轻鲜，肴馔半丰半俭。童仆半能半拙，妻儿半朴半贤。心情半佛半神仙，姓字半藏半显。一半还之天地，让将一半人间。半思后代与沧田，半想阎罗怎见。酒饮半酣正好，花开半时偏妍。帆张半扇免翻颠，马放半缰稳便。半少却饶滋味，半多反厌纠缠。百年哭乐半相参，会占便宜只半。"

其实，人为半生所累，一定留半生给自己给亲人，工作之余别忘了，生活的一半是休闲。一生在城市为功名利禄奔跑，钢筋水泥困扰，何不留一半清醒做个半山隐士，给自己半时空间不被惊扰？在爱中修行，在爱中享受家的滋润和温情怀抱。居心静，可除世间炎躁；居心简，可化世俗之繁；居心正，可离仕途之妄。

以爱的名义，留驻七里坪。以爱的名义，拥有七里坪。能在自己的度假房里看一些温暖的老电影，也许正是风华正茂的发哥主演的《秋天的童话》或《上海滩》，同时怀念一些人，听忧伤抒情的老歌，或者翻出里尔克的诗集，拂去整个夏天的落寞……

（写于2011年6月，曾刊于《华西都市报》）

惊喜像花儿一样绽放

　　就像前世的缘分，自2008年初夏的赴会，就是那一眼，这一生便不能再有失约。这是一份心灵的契约，让我心甘情愿被它"精神绑架"。5年来，我不厌其烦地奔赴与七里坪的约会，爱上它，描绘它，歌唱它，并安逸地享受它宽厚的大山般的胸怀，还有那稀缺的不可多得的种种的好。

　　2013年，成都的暑热虽然来得晚了些，但依然十分强劲。已经存了一年的相思和翘首企盼，当再次从零公里分路，驱车驶上七里坪度假区，心便扑通扑通跳跃不停。当扑面而来的崭新面貌从天而降时，巨大的惊喜瞬间将我包围。时值午后3时，成都的温度已近40摄氏度，烦恼和焦虑像火山上的岩浆一浪盖过一浪，当车驶进峨眉景区，空调已自动失灵。再过零公里，凉凉爽爽的山风和冰清玉洁的空气顿时一扫所有的阴霾，不由自主地深呼吸，不由自主地松弛下来，从身体到内心。

　　几年来，随着度假区快速推进，大量休闲度假置业人群的追捧，也带动了沿途农家的兴盛和相关产业的发展，度假区周边陡然增加的无数农家乐已让人有些猝不及防，新开业的几家酒店更是停满了避暑的车辆。眼前阡陌纵横，花园洋房像空降的降落伞，已依山遍坡，错落有致，缤纷的夏季，各色山花烂漫绽放，飘舞的彩旗猎猎生风，溪谷栈道连通宿雾酒店和风情小镇，温泉会所人潮涌动，新开的水疗会所格外醒目。七里坪小镇一改开街时的模样，所有商业全面入驻，医疗机构、儿童设施、风情酒吧、茶会、餐饮、超市……一应俱全。一时之间，我有些迷茫，一时之间，若没有人指引，我想必又会迷失方向。

总是那么容易被感动，总是那么容易就心动。七里坪旅游度假区，是一个你来了就没法不被打动的地方。为了今年7月开幕的"2012中国·峨眉半山七里坪避暑养生季——首届山花节"，工作人员再次撒下2吨近30种花草种子，精心培育。如今面积200余亩的山花地毯不仅全面绽放，近万盆鲜花盆景也争奇斗艳，更有从昆明引进的万只彩蝶纷飞，每一个人都深陷"七里芬芳迎佳客，彩蝶蹁跹舞半山"的壮观场面。真可谓"山花照坞复烧溪，树树枝枝尽可迷"。眼前无处不在的玻璃海棠、天人菊、孔雀草、虞美人、杜鹃花、木兰花、山茶花、油茶花、四照花、龙虾花、野百合、木荷花、灯台花、玉叶金花等摇曳多姿的迷人景观更加让我沉醉，忍不住频频启动手中的微拍，留下它们美丽的倩影。更有那高达16.8米的巨型方口花瓶，在我叹为观止的同时，王小姐自豪地说，他们还将申报吉尼斯世界纪录呢。

行至风情小镇，最大的变化便是商家形态更加丰富，休闲服务功能更趋完善。小镇的招商经理笑着说："人气旺了，商家的生意好做了，酒吧里的歌声、笑声越来越多了，夜色越来越美了，我也该下课了，呵呵！"玩笑归玩笑，其中的自豪却是显而易见的。我被那些颇有些来头的店名所吸引，"手上春秋""香巴拉""三杯茶""管家""享生驿站"等，每个名字都耐人寻味，忍不住想靠近，看看各家都有哪些秘密和绝活。

七里坪度假区开建5年，其升级换代远不只这些。从介绍中得知，2011年，峨眉半山七里坪已荣膺"四川省首批省级旅游度假区"称号，这标志着七里坪已从单纯的旅游地产向成熟的旅游度假区华丽升级，其作为国家级旅游度假区的业态已基本形成。更于2012年加入金钥匙联盟，使物业管理与国际接轨，开启了管家式服务，成为度假区又一里程碑式事件。2013年7月26日，全省重点旅游项目建设现场工作会议首次在七里坪度假区召开，包括省市领导在内共计400余人的高规格大型会议落地七里坪，七里坪不仅经受住了考验，并且交上了一份完美的答卷。

过完冬季温泉嘉年华，从端午节开始，便掀开七里坪新一年的热闹周期，天天都像在过节。王小姐说，今年5月，我们过了一个最古风的端午节，粽子DIY（自己动手制作）、射五毒、投壶、抹雄黄酒、捉吉祥鱼、送礼（李子）、铜人表演……古筝、太极、坝坝宴，还有丰富多彩的端午晚会。7月7日启幕的"2012半山七里坪避暑养生季——首届山花节"系列活动将持续数月。还有"帐篷节""吊床节""魅力半山·光影七里坪摄影展""亲子夏令营""周周乐"等，月月有主题，周周有精彩。

"禅意山居，惬意云庭。"在端午节那天拿到钥匙的周先生这样对我说，他已经开始期待"小楼一夜听春雨，深巷明朝卖杏花"的安逸生活了。面前30亩人工湖面波光粼粼，水天一色，静静地聆听山语、鸟语与花语。大视野落地采风窗，坐观山景一线，云起云落多了几分写意人生的遐思，因其地势较高，视野开阔，四面入景。携手做七里坪的幸福邻居，面朝金顶，晨品禅茶一味，午沐温泉水滑，夜尝麻辣鲜香，再邀峨眉山月，将自然之美，人文之韵，养生之所，自由之境，融入人生四季。

天地山水间，以天工琢天物。从养生到养心，从湖光到佛光，凡是有过切身感受，都希望私藏这一方水土，多少的可遇而不可求，只为这一世的避暑养生天堂。从今天开始，七里坪度假生活要蘸着阳光写诗！

（写于2013年，曾刊于《华西都市报》，2022年略改）

2009——2017 Chapter *3*

淡月清光，天长地久，回声依旧，愿人生从容。

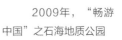

2009年，"畅游
中国"之石海地质公园

2007年，一路向北于鹳雀楼

2011年，走访天津四
川商会之天津海港

2009年8月，全家"畅游中国"之北戴河

2009年5月，"走进香格
里拉腹心地"之屋脚乡小学

香格里拉手记

　　一个人的站台，一个人的火车，一个忐忑不安的夜晚。2009年5月下旬，我作为凉山州委宣传部发起的媒体记者"走进香格里拉腹心地"采风行的一员，实现了3年前的心愿。但并非一切美好的心愿都是阳光雨露，这一次的香格里拉之行在收获经历的同时，也给了我许多的猝不及防，并注定成为一次不同寻常的旅程。

从西昌到木里

　　清晨5点30分，天尚未大亮，风里透着一丝寒气，我紧了紧外套，提着行李走出了西昌火车站。刚到出站口便接到时任州委宣传部副部长陈大哥的电话，打过招呼后，我随车先回州政府招待所休息，陈大哥继续等着接四川新闻网的三位记者。

　　早上8点，除了去俄亚乡的央视记者一行先行几天进了山外，其他旅游类、新闻类媒体的记者已在州政府大院会齐。我是唯一财商类媒体的代表。此行以年轻的女孩子居多，还没上路已是叽叽喳喳，麻雀似的，想必路上不会寂寞。四辆越野车整装待发，我被安排上了2号车，司机姓何，是四位司机中年纪最大的，50多岁，看上去有点微胖，但面相十分和蔼。记者的职业优势就是在不经意中快速搞到"情报"，几句闲聊便知，何师傅退休后自谋职业，挂靠在某租车行，有车出车，没车在家休息。同车的是四川新闻网两男一女共三位同行，我被他们主动安排到副驾座，他们三人则挤在后排，大概是因为他们三人关系更熟吧。这个不期而来的待遇，在接下来日渐艰难的颠簸行程中才发现，挤坐在后排有多么辛苦，内心默默地感谢同行们的照顾。

　　除了宣传部带队的头车，媒体车辆全部满座，尤其从北京来的《户外探险》《时尚旅游》《旅游天地》几家杂志社的老记者们，在后备厢除行李外还塞满了各种拍摄用的"长枪短炮"。上午8点30分，印着"走进香格里拉腹心地"字样的越野车队正式出发。万万没想到的是，刚刚开出州政府大院不远，还未上高速，我们的2号车就有股很大的汽油味，赶紧靠边停车检查，糟糕的是，居然油箱漏油！这可开不得玩笑，何师傅马上请示头车，刚好不远有家修车铺，何师傅带病车去修理，我们则被临时安置到路边等候。出师不利，大家心里隐隐有点不安。好在，病灶清楚，很快修复，其他车辆则相约在高速路口等着我们。耽误了一个小时后再次出发。时值西昌三角梅盛开的季节，姹紫嫣红的三角梅将道路和路边的小院装点得格外秀美，自然忍不住要刹车记录下这邂逅的美丽。看着满眼的娇艳和五月的鲜花，刚刚发生的漏油事件暂时被抛到了脑后。

　　路上，大家相互介绍后，渐渐熟络起来。何师傅是个十分幽默风趣的人，反应快，段子多，因为车上有美女相随，话头也很劲。四川新闻网三位都是年轻人，从他们的只言片语和无意中的一些小动作，我判断其中两位关系十分暧昧。中途休息，我悄悄问另一位叫钻木的，他们俩是否是恋人关系，钻木诡异地笑着说，也许吧。搞得我有点将信将疑，不敢乱说话。

　　从西昌到木里，据当地人说正常车程也要五六个小时，我们的车队肯定不止，差不多这一天都在路上。途中道路多变，有高速也有国道，当车队穿越一片低矮的树林时，阳光打在笔直的起伏的路面上，宽阔的路上既无车辆又无行人，像极了《非诚勿扰》里的场景。我在车里回头抓拍了几张，一色的车队顺着泛着光泽的柏油马路延伸开去，在蓝天白云下成为一道迷人的风景线。后来才知道，这是途中走过的最好路段，当中午在盐源午餐稍事休息后，下午的车程就"前路莫测"了。

中午时分，一行人在盐源一家早已联系好的餐馆用餐。五辆车的人相互混坐，大家再次加深认识。北京女孩韦娜、何亦红大赞凉山美食的原汁原味，说她们在北京吃的猪肉感觉都有化肥味儿，这儿的猪肉真香。尤其是那盆鸡汤更是被一抢而空，连添两次都被扫得精光。吃饱喝足后再次启程。昏昏欲睡中，感觉光线忽明忽暗，车辆颠簸得厉害，车里的人不得不紧紧地抓着扶手，被颠得忽左忽右，后排的女同胞时不时发出紧张的"啊啊"尖叫。我偷瞄经验丰富的何师傅，只见他手脚麻利地控制着手中的方向盘，嘴里叼了根烟，但并未点燃，神情看似不经意实则专注有加。二三十千米，车队驶上盘山公路，坡高路陡，蜿蜒曲折，一路惊险，脑子里便想，或许无限风光在险峰，我们寻觅的是风景，但对于生活在偏远大凉山腹地的人们，要与山外的世界全面接轨，还有漫长的道路要走。

下午5点左右，车队终于抵达木里县城外的老虎口，时任县委常委、宣传部部长呷绒翁丁与县旅游局局长等一行早已等候在此，献上洁白的哈达，递上一碗苏里玛迎客酒，在豪爽欢快的歌声里，按照当地习俗，大家围着白塔转一圈，表达祈福平安之意。仪式过后，又开了10多分钟后，车队真正进入县城。

黄昏的木里县城，被高原金色的阳光环绕，这座斜插在山腰上的小城市披上了一片神秘的色彩。接待晚宴被安排在金色为主色调的一家宾馆餐厅，旅途的疲劳和路上的辛苦在一杯杯美酒中慢慢缓解。从带队的凉山州委宣传部杨副部长嘴里又获得"情报"，眼前帅气的呷绒翁丁是个地道的康巴汉子，兼具藏族与汉族血统，不仅人好，酒量好，而且能力强，还是西南民族大学硕士研究生，精通藏汉双语。酒至酣处，呷部忍不住唱起了深情的《惜别》歌："朋友啊，亲人啊，我们心里无比欢畅……我们祝你如意吉祥……"来自《凉山日报》的总编辑彝族人马黑尔哈也是位能歌善舞的汉子，他动情的演唱再次将现场气氛引向高潮。

饭后在呷部、杨部陪同下，几个意犹未尽的美女记者沿着木里县城散步，想多多了解下这个地方。呷部娓娓地讲了一个故事，多少年后，每每想起那次街头漫步和那晚的白月光，就会想起呷部浑厚的声音。他说，小时候读书，书里都讲东方红太阳升，太阳都是红的，可是在他眼里，怎么看都觉得太阳是白色的。直到在成都上了大学，有一天清晨看太阳升起，才第一次发现太阳果然是红的。原来由于木里天空无尘，阳光直射，强烈的光线将太阳反射得发白，使得木里的太阳就像一个透明的发光体。

不长的几条街很快走完了，夜风起，气温降，凉意升。小小的县城早已安静下来，该回房休息了。当晚，我这个自诩很会察言观色的人还是差点犯了一个错误。在分配房间时，我主动邀请同车的女孩晶同住，晶当时面露难色，最终钻木看不下去了，把我拉到一边说，人家两个是夫妻，你就别添乱了。搞得我十分尴尬的同时，也因此获得了一个特权，已经分配完房间的一行人，独剩下我一个，由此这一路，我都一个人享受着单独的房间，忍不住暗喜。等到全部行程结束后才得知，当天的美食和当晚县城的一夜宾馆，已经是最好的条件了。

美景与风尘

为了早早赶到木里的长海子景区，拍到长海子最美的日出，《国家地理》与旅游类杂志的老记者们提出5点就要出发。尽管兵分两路，他们吃过早点后6点左右便先行一步，余下的我们还是在6点被叫醒了。出门在外，懒觉肯定是睡不成了。却不想，前方先行的车队起了个大早还是赶了个晚集，他们到达长海子时，依然错过了日出最美妙的时刻。

木里的天亮得特别早，6点半，我们在宾馆外的早点铺吃米粉、稀饭、包子时，天色已经快大亮了。我实在没胃口，只喝了几口粥就放下了。两位部长有经验，悄悄帮我们打了包以备路上补充。何师傅更是十分有先见之明地装了五六个白面大饼，他自信地说："到时候你们就知道它的作用了。"

吃过早饭，部长们催着我们赶紧上路。呷部站在路边目送，杨部继续陪同前行。不料车队出发不久又出状况。一路上好几个加油站都加不了油，协调不通，车队不得不原路返回县城，加足粮草再重新出发。两个车队又合并成了一队，按这样的节奏，无论如何都赶不上长海子最好的拍摄时间了。我们一车人也都闷声不语，各想心事。

出了木里县城，道路开始变得异常崎岖，比来时最难行的那段更加颠簸。事实上，从这天开始，就再也不知道宽阔平坦的大马路在哪里，之后的每一天都在各种复杂惊险的林中山路上艰难行进。部长们虽早已打了"预防针"，但真正走起来，还是远远超出了想象。其间行至一片原始森林，道路从林中穿过，并且变得异常狭窄，最要命的是，泥土路面历经风吹雨淋，又被重车反复碾压，深深浅浅，凹痕遍布，越野车只能循着前面的车辙，歪歪扭扭，以缓慢的车速前行。在这样的路上，大家都绷紧了神经，幸遇风趣幽默的何师傅一边高度集中地在那些高低起伏的泥地上操纵着方向盘，一边想着法逗大家说笑，缓解紧张的情绪。不知不觉，艰难的一个多小时就这么摇摇晃晃地过去了。上午10点左右，美丽的长海子以迷人的身姿出现在大家眼前，老记者们迫不及待地冲下车，瞬间忘记路上的艰辛，欢呼着，奔跑着投入到美景里。

久负盛名的长海子距木里县城35千米，海拔3400多米，属高原积水湖泊。呈南北走向，四面环山，山上森林茂密，绿草成茵，古木参天，林地与草地相间，犬牙交错，春夏秋冬四季，景色各异。置身长海子宽厚的胸怀，无比舒缓的碧蓝的水面铺陈在眼前，既洗去了路上的尘土，也洗去了尘世的烦恼。远处，海天一色的勾连，山环绕着水，水倒映着山，形成山中有水、水中有山的奇特景观。此刻正值五月花季，蓝天白云，山峦湖畔，野花盛开，各种草木、野花争奇斗艳。附近成片的紫色索玛花低调地散发着忧郁的美丽，当我们爬上高高的草甸，展现在山顶背面的则是五彩斑斓的高山花湖，仿佛莫奈的印象画派，勾勒出无穷无尽意犹未尽的图画。那五彩斑斓的花湖犹如醉卧的梅花鹿，又如花仙子的七色彩裙，而脚下绵软的草甸则像一张宽大的花床。那份惊艳与紫色索玛花形成鲜明的对比，一边是妩媚的花姿，一边是含羞的低语。还有远处积木般零星的几座小木屋，连同无边无际的大草甸，在蓝得透明的天空映衬下，一切都显得那么宁静祥和，好一处纤尘不染的世外净土。一时忘我，任由耳边呼呼的风吹乱飘散的头发，扬起衣袂，我张开双臂深深地陶醉在美景里。

　　从长海子到康坞大寺是一条旅游休闲路线，离开长海子后，车队朝下一个目标康坞大寺驶去。边走边感觉海拔在增高，强烈的身体不适提醒我可能高反了，加之早上没吃东西，腹中空空，大脑开始缺氧。何师傅让后座的晶赶紧取出储备的干粮，我和晶先是一人分享了一个昨日晚宴后偷偷跑到厨房开小灶打包的玉米糕，依然难受，此刻何师傅的白面大饼隆重登场，每个人都小口小口地慢慢嚼着饼，既是在补充能量，又在细嚼慢咽中舒缓情绪，转移注意力。此刻的何师傅像长辈一样监督我们说："好吃不好吃都给我吃下去。"正是那大半个面饼，让我撑到了康坞大寺，没有在路上倒下。

　　但我还是没能坚持住。到达大寺后，一脚跨出车门，接过鹿绒住持手中的哈达，我突然眼前一花，呼吸急促，脚下像踩着一团软软的棉花，下意识地扶住大寺门前的柱子，靠着柱子瘫软在地。大家围拢过来，几分钟后，在大家手忙脚乱的帮助下，我苏醒过来。晶说："你把大家吓坏了，脸色煞白，还以为……呸呸……说错了……"杨部将我扶起来，嗔怪道："叫你早上多吃点，不听话嘛。"我歉意一笑，让大家虚惊一场。休息了10多分钟，感觉又活过来了，才跟着大家来到大寺二楼的正厅，喇嘛们早已备好了酥油茶、青稞面、饼干、水果糖，几位小喇嘛跑前跑后忙碌地招呼大家。这便是当日的午餐，过去一直不会喝酥油茶的我，为了尽快适应环境，在后面的行程不再添乱，我强迫自己小口小口地喝下一碗，浓浓的原本有些起腻的酥油茶在嘴里来来回回停留得多了，竟也觉出它的香来。再尝试着将一勺青稞面放进嘴里，干得半天嚼不动，还糊了一嘴一脸。偷偷看杨部，他很有经验地咀嚼着，十分享受的样子。再看其他人，晶的老公倒是十分受用酥油茶，喝了一碗又一碗。也有和我一样洋相百出的，没吃着青稞面却惹了一身的面粉。

吃饱喝足，开始参观这座大寺。据介绍，木里最著名的大寺除了康坞大寺，还有瓦尔寨、木里大寺等。康坞大寺地处海拔3060多米的山坡上，像雄鹰落地般坐落在两条山溪之间。四周古木遮天蔽日，高高的雪峰终年积雪，百花盛开的草原上，从树林中溢出的清流如玉带缠绕，将草场分割得绚丽多姿，特别是杜鹃花盛开的季节，成群的牛羊，悠扬的牧歌，伴着古刹的晨钟暮鼓，使无数游人为之倾心。

木里境内大多数人信奉藏传佛教，早在1580年，藏传佛教就已传入木里。翻开康坞大寺辉煌的曾经，原来已有近400年历史的大寺，鼎盛时竟有600余名喇嘛，僧舍200多间，星罗棋布的僧舍，众星捧月似的环绕在大殿经堂周围，曾经的各种庙会节日、法务活动，让大寺的香火常年兴旺。大寺的开山祖师严顶次成绒布喇嘛精通三藏，从拉萨来到木里，在上师指导下修造寺院，广收信徒，尊师重道，传授佛学。在他的言传身教下，僧人云集，佛事兴隆，代代相传，从而让佛教在木里源远流长。但世道苍凉，缘聚缘散，历经岁月坎坷的大寺而今只剩下30多个喇嘛了。尽管如此，寺院完美的建筑、精细的雕刻所体现的藏传佛教文化的内涵，凝聚着藏族人民的价值观念，包容着人类与自然、历史与文化、宗教与传说的诸多深层基因，依然在林立的佛塔间、僧舍间、白墙金顶间、经轮幡幛间，绘成一幅神圣、庄严、神秘的自然佛刹景观。

12年后，当我和作家、摄影家朋友一行有机会再次走进木里，在已调任木里县人大常委会主任的呷绒翁丁陪同下，得以重返大寺时，更加心潮澎湃。当再次见到当年的老友依然帅气如昨，想起他的"白太阳和红太阳"的故事，只是当年喜欢唱歌的他改喜摄影，一张张美图从他朋友圈里溢出时，便能深深地感受到他对这片熟悉的土地爱得有多深沉。细雨中，当再次触摸到大寺殿堂的柱饰、梁枋、斗拱、门饰、佛龛、宝座、法台、佛像、飞檐、窗棂、回廊栏板时，当再次站在当年晕倒的门柱前，当细雨将我从梦幻般的回忆中拉回时，我一边为大寺依然明亮的长明灯祈福，一边为没能见着鹿绒住持而遗憾，一边更加为我们在又一个岁月轮回后还能重逢而感慨万千。

当晚入住的目的地是木里大寺，下午离开康坞大寺，车队继续朝木里大寺前行。此时前车传来一个不好的消息，说是木里大寺停水停电一天，要做好思想准备。大家顿时无语。接下来的路况更加超出预期，除了起伏更大的凹坑，车子几乎倾斜着寻找着可行的轨迹，很多路段几乎无路，车子只能长时间一挡缓行，边走边找路。更恼人的是，因为木里已半年无雨，干渴加天旱，路上高高扬起的尘土几乎形成一道厚密的屏障，5米开外便不见任何影子。窗子是断不敢开的，就这样尘土照样无孔不入。一旦打开，瞬间便是满头满脸的沙，稍一张嘴，沙土就钻了进去，根本不敢说话。其实也就20多千米的行程，蚂蚁般缓缓前进的车队，足足走了3个小时。

当经历了这黄沙漫漫的3个小时车程后，风尘仆仆的一行人想着无电无水的夜晚，所有人的沮丧可想而知了。

木里大寺的钟声

这次出行，每天都起得格外早。一来花在路上的时间多，二来艰苦的条件和原始的美丽不断交替冲击着大脑，让人难眠。

清晨几乎是被关不严的窗户外一股冷风吹醒，一睁开眼，便回到了昨天傍晚落脚大寺后的那些情景里。大寺宾馆停水停电，一下回到原始的生活，没有了那么多的干扰，反倒变得简单了，原以为的失落很快被转移了。安顿好后，大家纷纷端着脸盆，带上毛巾、漱口杯，沿着一条小路来到小河边，掸掉满头满身的尘土，就着清凉的河水一边洗漱，一边嬉戏。正是晚霞满天的时刻，晴朗的天空下，霞光映照着潺潺的河水和一群年轻的活力四射的媒体人，胸中顿时涌起一股柔情，让紧张了一天的心舒缓下来。晚餐就在宾馆内，饥肠辘辘的一群人顾不得许多，以虎狼之势饱腹为主，快速解决战斗。

木里的黄昏把白昼拉得很长，夜色降临前，金色的大寺在暮色中闪着神秘而庄严的光芒，身着深红色袈裟的僧人们快速地从我们眼前闪过，长长的石梯下面，就是大寺的正殿以及与正殿连在一起的数十间僧舍。依稀可见，背后一段破败的残墙，高高地耸立在原野之上。

晚饭后，皮肤黝黑、有一双大眼睛的当地固增乡乡干部公布次尔陪着大家聊天，他娓娓地介绍起大寺源远流长的故事。木里大寺曾是康巴藏区规模最大的黄教喇嘛寺庙之一，在藏区具有特殊的地位。始建于公元1656年，历时3年建成，占地8万余平方米，鼎盛时期有喇嘛770余人。从当年洛克拍摄的照片看，殿宇呈东西向，依山势排列，数百间喇嘛僧房、院落重叠错落，宏伟壮观。尤其是后殿供有一座高26.73米、号称世界之最的镏金甲瓦强巴大铜像，金光灿烂，盛名远扬。洛克在日记里描述木里大寺说，木里大寺无论在艺术风格还是在建筑工艺上，都是藏、汉民族智慧的结晶。1982年由国家拨款在原址基础上重建一座小经堂，经堂里还保存着当年洛克与木里土司的合影，以及洛克拍摄的木里大寺全景照片。在酥油灯摇曳不定的昏黄光影中，看着这些发黄的照片，时光好像又倒流回洛克那个发现木里的时代……

落日余晖中听公布次尔讲故事，询问当地民情，记录体验时光，时间不知不觉从身边溜走。因为没电，大家选择早早上床就寝。迷迷糊糊中，听见同伴们找杨部问询，关于手机、相机等设备如何充电的事，不知杨部用了什么办法帮他们解决了。我还好，带了充电宝，白天一直省着用，估计还能维持一天。夜里，在散发着浓浓的酥油茶香的小屋里，似乎连梦都流淌着酥油茶的味道。

木里大寺的一天是从喇嘛们默默的行动中开始的。清晨6点，陆续有喇嘛开始在大寺门前的院子里走动，洗漱，转经筒，做每天的必修课。一群喇嘛开始忙碌日常杂务，有的做清洁，有的帮助厨师，大多数则围在一起洗长明灯的灯碗，叮叮当当，清脆的灯碗碰撞声将安静的早晨打破，他们低低的嬉笑声穿插在灯碗的碰撞声里，汇成一曲清亮、纯真带着一丝神秘感的乡村牧歌。

大寺外则是另外一番情景。仍有偷懒晚起的喇嘛悄悄跟进大殿，似乎这里并没有特别严格的作息时间。外面洗灯碗的小喇嘛十分随意。而厨房里的两位喇嘛却格外辛劳，他们在为所有的喇嘛准备酥油茶，这是他们的早餐。油亮的酥油茶在喇嘛们的手里飞舞，柴火映红他们的脸，浓浓的热气将他们包围，他们脸上的汗珠混合着蒸汽，一切都显得生动又热烈，热气升腾。

一个小时后，酥油茶被送进大殿，由小喇嘛们分派给大家，有家境好点的喇嘛则悄悄拿出装着青稞面的布袋，混合着酥油茶一起吞下，23岁的喇嘛次仁便是其中一位。我悄悄跟进去后，盘腿坐在他旁边，只见他将布袋里的青稞面抖出一些，混合着酥油茶汤，用手轻轻捏揉，不一会儿，碗里的东西便成了一个面团，他掰下一块放进嘴里，慢慢咀嚼，再喝上一口酥油茶，吃得特别香。看得一旁的我十分眼馋，悄悄要了一小块放进嘴里，细细嚼来，似乎真的别有一番滋味。

从大殿出来，我绕到屋后的残墙边，看着那一片被摧毁的破败的残迹，眼里再现昔日的盛景，只是时光不再，光阴一去不复返。大寺背后的达尼牙布山峰此时光影变幻，恍若隔世。随着太阳升高，光芒逐渐强烈，像巨大的探照灯，将白墙黄瓦的经堂照得发亮，也照出了残垣断壁里深藏的历史变迁，四海沧桑，岁月的无情涤荡，宿命的安排召唤，仿佛都聚焦在这一刻。

上午没有太多安排，很舒服地坐在宾馆前的大院里，和同行们闲适地聊天，一边整理采访素材，任时间在蓝天白云下水样地滑过。其实，这里的一切，都在他们自己的秩序下，和谐共生，人与人，人与大自然，一切都是那么井井有条。我们来与不来，他们都在这里，我们去与不去，他们依然在这里。想必在人们的心里，已经各自有了一个自己的香格里拉。

直到11时左右，大家才在杨部的召集下，恋恋不舍地离开，踏上前往下一站——原始村落屋脚乡的路。

古老村落的晚歌

地处中国大香格里拉生态旅游腹心地带的木里，曾经不为人知的惊世之美，最早被美籍奥地利科学家约瑟夫·洛克发现并公之于世。他分别于1924年、1928年、1929年三次经云南省宁蒗县抵达被他称为古佛教王国的木里，并在丽江、木里、泸沽湖等地先后居住达27年之久。1925年4月，《美国国家地理》发表了洛克撰写的《中国黄教喇嘛木里王国》一文，通过他的介绍，木里名声大振，被外国探险家称为"上帝浏览的花园"。1934年，英国人詹姆斯·希尔顿根据洛克的游记写成《消失的地平线》一书，描绘了人类梦寐以求的世外净土，并首次引入"香格里拉"一词，引起极大轰动。

就是这样的木里，一直以来却仍因地处偏远，交通不便，在保留了原始生态和自然之美的同时又被严重制约了发展。生活就像两条平行线，那个交集的点在哪里？答案还在探寻中。

又是一路的颠簸，同时被茂密的郁郁葱葱的森林、高大的树木深深吸引，一边是心跳，一边是火焰。总有些奇奇怪怪的东西闯入眼帘，会忍不住停下来一探究竟。其间步行至密林深处，发现一种长须状的东西垂挂至树腰，在风中微微摇摆，十分好奇。一问才知，这种被当地人称作"树胡子"的植物学名叫松萝，丝丝缕缕浅黄色的长须攀附在树上而生，据称它对环境要求零污染，只要有一点污染就会变黑，慢慢死亡。它就像一面环境监测的天然镜子，用生命在传递环境质量的好与坏。心里一时涌起无限的涟漪。

午餐是在野外一条小溪边完成的，请村民帮着搭了一口柴火灶，取了溪水烧开，每人一盒方便面、一根火腿肠或泡或煮，就着蓝天白云竟吃得格外香。下午4时左右，我们到达木里县屋脚乡。参观了乡上唯一的中心小学，小学紧邻乡政府，据说集中了方圆100千米左右两百余名小学学龄儿童。一群住校的孩子蹲在墙角，露出好奇、羞涩而又无比期待的眼神。从简陋的教室到小小的操场，再到宿舍里高低床上孩子们凌乱的被褥和生活用品，我知道，能做到这样已经很不容易了。操场上，我看到女孩子们像我们小时候一样，用自己剪的塑料绳当跳绳玩得十分开心，男孩子们则你追我赶，互相追逐，在他们纯真的脸上，我看到的是湿淋淋的汗水和开心的笑容。或许，童年就是这么简单、快乐。

就在我边走边看时，一位看上去七八岁的小姑娘扯了扯我的衣角，指着我背包上露出一角的小熊钥匙挂件明知故问："这是什么？"我看出她的心思，掏出小熊挂件，反问她："喜欢吗？"她低下头不语。我取下挂件递到她手里，"这是一只小熊，送给你吧。"她迟疑了下，接过挂件准备跑掉，我拉住她又问："你喜欢读书吗？"她点点头。"那你将来读完书想做什么？"我又问。她想了想说："想去外面坐大汽车，还有火车，还有看大房子……"我不知道该说什么，还是鼓励她一定要好好上学，多学知识。回到成都一个月后，我给中心小学寄去了两大箱东西，一箱是乒乓球、篮球、足球、跳绳等体育用品，另一箱是我选购的一批适合孩子们看的书。

晚饭安排在乡政府的院坝里，乡上以当地最盛情的坨坨肉和水煮土豆蘸辣椒面款待我们，热气腾腾的青菜汤是应我们的要求添加的。夕阳下，简单却包含着浓浓深情的一餐后，一行人行至利加咀村，接待人员早已安排好当地最大的一家客栈，这栋两层的木制客栈在村里显得十分突出，也是唯一像样的对外接待点。而我再次被安排到了一个独栋的木楞子，与州委宣传部的人相邻而住。放下行李，依然是在河边完成洗漱，在小木屋昏黄的灯光下，想着要在村里待上一天，大家都早早睡下，期待第二天的日出和崭新的一天。

一觉醒来，已是艳阳高照，连日来，终于美美地睡了个懒觉。待见到杨部，却被再次告知，村里将临时停水停电至少两天，通信网络都无法使用。也就是说，我们将在这个小村庄里待上与世隔绝的一天！沮丧归沮丧，一切还得继续。上午，陪同我们走访的是乡党委副书记，一位来自四川射洪的帅小伙，大学毕业便扎根凉山已7年，在屋脚乡一待也已3年有余。他说，刚来时，语言不通，生活习惯差别很大，工作很难做，几年过去，他已跟当地人交上了朋友，也渐渐融入了当地生活。从他的讲述中，我读出了这个比泸沽湖保留得更彻底的母系社会，这里才是真正的最后的母系氏族古村落。

据不完全统计，在这个近400人的蒙古族后裔村落，共有26个家族。乡干部介绍说，所有家族都由女性主事，家族成员只有母系的姐妹兄弟及其子女，父亲一方则属于另一个家族成员。母系氏族至今保持"走婚制"的家庭格局，男子只有在夜晚才能过门，在清晨则要离去。而女性在家族中占主要地位，家庭中无男子娶妻，无女子出嫁，始终生活在母亲身边。财产也按母系继承，血统也以母系为准。

前有洛克引爆"香格里拉"，近几年陆续又有一些民俗文化研究者走进屋脚乡，走进利加咀。2004年，一位叫钱钧华的作者写了一本《女人国：中国母系村落利家嘴》的专著，引起极大轰动。地名"咀"与"嘴"被通用。书中有大量他在当地拍摄的照片和采访的第一手资料，通过许多真实的故事，将利加咀独特的风俗习惯和母系文化特征，包括他们的饮食起居、家庭结构、血缘伦理等展现在世人面前，引发更多人对生命、生活和婚姻新的审视和领悟。

来到村主任甲波家的祖屋，主人已热情地准备好了苏里玛酒，大家在火铺上一一就座，一边品酒一边唠嗑。我仔细地端详屋内陈设，最醒目的莫过于昏黄的屋子里供奉的那尊佑护神，香火缭绕，每天主事的女主人都要代表一家人祈福。而墙上贴着的"一代天骄"成吉思汗的画报，在经年的烟尘和透过门缝斜插进来的一缕阳光映衬下，仍不失他们对先祖的崇拜和发自内心的骄傲。

下午，伙伴们有的三三两两斗地主、聊天，有的继续扛着设备在村里寻寻觅觅，捕捉他们眼里的风景。而我则一个人沿着村里的小路闲逛。但见村里的建筑大多为封闭式小院，有的以篱笆花墙围绕，有的用木制栅栏围合。院里大多安安静静，我悄悄推开一户院门，主人不在，我便在屋门前驻了足，往里看了看。一层仍是女主人的居室，屋子里没有灯光，墙壁被柴火熏得黝黑，墙上挂着酒壶、查尔瓦等物什，正面有供奉的祭品；二层则为女楼，应该是家里成年女子的居室。面对火塘里一堆黑色的灰烬和没有燃尽的柴火，面对祭祀用过的酒杯、碗盏，隐隐约约中，眼前似有无数身影在晃动，从中已窥见点点滴滴的家族沿袭和摩梭文化的传承。

从错落的木板房、花墙院落，到弯曲的栅栏、高高的晒架、蜿蜒的土路，到河边抛飞的石子，再到磨坊里静静的无言的石磨、绿绿的荞麦地，一个人的村庄是如此闲适，自己跟自己说话，无所念，无所依，也无所事事。除了偶尔听见犬吠，村子里显得格外宁静。

一天的时光，在村子里来来回回地走，通信全无，自然断了念想，就连手表都停止了，时间似乎就这样停滞下来。终于寻得几许人烟，立马与村民搭讪，看她们织布，挑选手工羊毛毯，有一搭没一搭地扯闲篇。夜色降临，村里特地为我们准备了篝火锅庄，看星星点点燃起的火光，以及穿着盛装的摩梭姑娘，小伙子们围着火焰吹起悠扬的笛子，男女老少一起跳起欢快的"甲搓舞"，此时此刻，利加咀的一天被浪漫和温情包裹。其实，生活大概原本就是这个样子，有落寞有欢喜，有相聚也有分离，这里的一切，以他们自己的秩序，构成了一曲独特的阴柔的晚歌。

最后的怀念

离开利加咀，最后一站是盐源县的泸沽湖。泸沽湖作为蜚声中外的母系氏族摩梭家园，我已不是第一次前往。无论是云南境内还是凉山州境内的泸沽湖，那清亮的泛着微光的河水，那划向湖心的月牙儿般的猪槽船，那湖面上惊起的成群的鸥鹭，那穿着艳丽服饰的摩梭少女，以及皮肤黝黑、鼻梁坚挺的摩梭男子，还有那一双双多情的眼睛，热情的笑脸，都令人一次又一次地迷醉。

在泸沽湖，我们住进了干净明亮的独栋客栈，从外地学成归来的摩梭后人回到家乡开起了客栈，做起了贸易，将他们的所学所思所想，以及他们的智慧反哺到故乡的土地，架起了泸沽湖与世界的桥梁，通达四方。在这里不仅有完整的酒店设施，更有花香四溢的后花园。晨光里，我在花园里巧梳妆，化蛾眉，打望来来往往的帅哥和美女；午后，我在花园里品茗、读书等着看夕阳。泸沽湖给了我们此番走进香格里拉最真切的另一番模样，那是最舒服的样子。

在泸沽湖，我们品尝到勤劳的摩梭人自制的香肠、腊肉，那是我吃过的极好吃的一种味道。这里的土豆充满阳光的气息，绵软香甜，这里的土鸡带着山野的原味，汤汁清香自然，还有各式小吃点心零食，一时之间琳琅满目。比之行程中历经的每一餐，泸沽湖简直就是盛宴。

我不想再去讲述关于母系氏族的部落故事，我在另一篇专写泸沽湖的篇章里已有表达。只想说泸沽湖的山山水水，灵性而多情，多情又浪漫，歌声动人，眼眸生辉，生活平凡却有滋有味。这是此行最后的惊喜，也是此行最后的怀念。

人生来来往往，走走停停，总有些感动深藏于心，总有些记忆无法抹去。香格里拉带给我的震撼，除了走过的路，看过的风景，记录的故事，还有陪同我们完成行程的州委宣传部的工作人员。几年后，那个在行程中给过我最多帮助的杨部不幸身患癌症，某年我在西昌出差时还去探望过他，那时他已十分消瘦，长时间的化疗已让他头发全无，只好戴了帽子来见我，只是脸上的笑容依旧，让我顿时放松。我们在邛海边喝了下午茶，忆起当年的香格里拉之行，面对碧蓝的天空和邛海上漂浮的花瓣，像是已将今生的话语和感激都融入其中。大概一年后，杨部离开人世，而我并不得知，意料之中，却在情理之外，或许人都只想将最好的一面留给活着的人吧。

那些远去的挥动的转经筒、飞舞的经幡，热情的哈达与笑脸，淳朴的古老的生存方式，神秘的黄金王国，那些丛林幽深的高山植被、未被践踏过的原始风光，还有至今人类尚未征服的草地、雪山、森林、高原，陡峭的悬崖山壁与望不到底的幽深峡谷，500多个大小湖泊，宛如一颗颗明珠散落在深山密林之中，与雪山、草地、森林交相辉映，都已深深地留在记忆深处。

每个人都有一个内心的香格里拉，而我的远没有结束……

（写于2009年7月，2022年3月改）

十年金沙炫

　　一朝轰隆隆的无意挖掘，历史哗啦啦地洞然敞开。

　　2001年2月8日，原本不是什么特殊的日子，但因为一个偶然的惊世发现，从此改写一座城市的远古皇历。一个默默的基建工地，成都向西，介于二环与三环之间，因突然被发现的地下3000多年的大型宫殿式建筑、祭祀活动场所、一般居住区、墓地等种种遗迹，地下成都跃然地上成都，3000多年的历史文化，一下将古老成都又往前推进了数百年。

　　它就是2001年惊世亮相，被列入中国十大考古发现之一的金沙遗址。直至2010年，金沙遗址出土整整10年。

　　十年金沙，向世人炫亮成都。十年金沙，让成都在世界光彩夺目。

　　因为金沙，成都有了更加鲜明的文化地标；因为金沙，成都有了更为独特的象征符号；因为金沙，美丽的太阳神鸟载着成都的气息随"神舟六号"在太空飞翔；因为金沙，渊源厚重的成都又让多少人对3000多年前的古蜀国人，他们的来历，他们突然消失的充满悬疑的城池，产生疑虑、好奇、猜测和探究。那些华丽璀璨的珍贵艺术品，那1000余根从远古走来浓缩历史的珍稀象牙，那有着独特造型的金色面具，那跪立的石像和全国最大的玉琮王，还有，那一言难尽的表情，犹如昨日还响在耳边的一段传说，一声叹息。千年一叹，一叹千年。

　　10年里，金沙遗址不只是考古界的独特关注，其考古发掘也从未止息，它一点点从成都北偏西方向的土地上冉冉升起，一个个探方不断地向世人传递着最老，也是最新的告天下书。事实上，人们对金沙的关注，尤其是住在成都和喜欢成都这座城市的人对金沙的关注，无论是穿透历史的项背去触摸业已消亡的皇族脉搏，还是睁大眼睛逡巡炫目的舞台上流连的光影，无不和3000多年前的金与沙一样，面北偏西，朝着最富饶的岷山方向，歌唱生活，寻找爱情，让心灵安家。

　　在伦敦，白金汉宫是英国的精神坐标；在巴黎，卢浮宫收藏了大半个法国的艺术精粹；在希腊，有灿烂辉煌的迈锡尼文明；在埃及，滔滔的尼罗河孕育了伟大的尼罗河文化；在中国北京，紫禁城以至尊之地显赫历代皇室威仪。而在成都，世界尊其为金沙，金沙以其千载历史底蕴，将城市升格，将文化延伸，同时，更将首席人文居住版图引向城市以西。

　　无疑，3000多年前的金沙，提升了成都以西的人文价值、地理价值以及商业价值。金沙遗址发现的大型祭祀活动场所，向人们展示了金沙先民独特的生存意象，以及其瑰丽奇幻的精神世界。遗址中的陶罐、水井、房屋建筑等则是金沙先民们定居生活和农业发展的绝对表征，也是人类早期追求高品质生活的产物。以金沙为代表的蜀文化，不仅与长江中游地区存在着深层的文化互动关系，同时与北边的商周文化发生了密切接触和交流。其所绽放的文化之光，粲然彰显了一种开放、精进的文化姿态。历史影响未来，因此，今日成都的开放与包容毫无疑问是自古而来。再从金沙遗址的规模与等级看，它又是目前成都平原众多遗址群中面积最大、堆和最丰富、出土器物等级最高的一处。因此专家们论断，在公元前1200—前600年，金沙应是古蜀王国政治、经济、宗教、文化的中心，也是古蜀王国的第二个都城所在。它与四川盆地及周边地区同时存在的几十处文化遗址一起，如同满天星斗中最耀眼的一颗，具有这一时期不可动摇的中心地位。

人类并非仅仅是为了活着而活，人类的精神追求才是其作为万物之灵最宝贵的心灯。一部人类文明发展史，也正是一部人类的精神发展史。伴随金沙的历史光芒和远去的都城背影，金沙遗址不仅带活了一方水土，今日金沙新地更是已然成为成都的新金沙府，王朝的气息不仅影响着无数的开发商在金沙新地高价选址落槌，竞相生根开花，更是影响着一代又一代，一批又一批的居住民迁移至此，安居乐业，无怨无悔，繁衍生息。当金沙文明被历史的风雨洗尽铅华，曾经被岁月掩埋的金沙皇城，今日又被再造了一个新时代更加繁荣的文化与生活盛景。

（写于2010年10月，曾刊于《华西都市报》）

王都锦生活

　　成都只是一个府，但它是天府。

　　《战国策》云："田肥美，民殷富，战车万乘，奋击百万，沃野千里，蓄积饶多，地势形便，此所谓天府。"历史上，天府也泛指皇家的仓库。总之，照学者易中天的说法，如果被冠以天府之国的称号，当然就是天底下最好的所在了。而今，天府之国几乎成了成都和成都平原的专利。事实上，除了历史厚重、物产丰富，美食、美景、美酒、美女应有尽有，花团锦簇、锦上添花、锦衣玉食，怎么夸张都不为过的成都，自然天成地拥有了幸福指数极高的休闲城市之称，也成了张艺谋眼里"一座来了就不想离开的城市"。

　　有人说，成都人历来把休闲和劳动当作一个硬币的两面，一面享受生活，一面劳动创造。是成都富庶的土地滋养了一方水土和百姓，是成都悠久的古蜀文明传承了快乐的天性。虽然，美丽的金沙王国已然成为永远的过去，但斗转星移，时光穿梭，锦城以西，仍旧站在这个日益发达的城市文明的前沿，仍然凝聚着这个城市无论是居住，还是文化的浓浓气场。锦城以西，蕴含着无数的城市精华和眷恋，它将优美的自然资源和千年积聚的浓郁的人文气息融于一体。

　　陆游诗云："当年走马锦城西，曾为梅花醉似泥。"从浣花溪的千古风游到金沙神鸟的千古绝唱，从宽窄巷子、草堂一路的流连忘返到皇城老妈的火锅飘香，从当年"耍都一夜"的万千迷情到皇城、少年宫、青羊宫、杜甫草堂的文脉传承，从金沙遗址的完整保留到搬上舞台的金与沙的爱情故事，无不将成都人最丰富的生活风貌从古至今一脉相传。富饶的金沙王国，曾给了我们无穷的对奢华生活的想象，而今日金沙所在，也同样是体验成都富贵繁华生活的中心，也是指向未来更美好生活的发展方向。

这些都足以让钟灵毓秀的城西成为成都精神与成都气质产生共鸣的地方，"人文城西"是成都千年以来的地域精神之所在，千年之后仍是最适宜居住与生活的地方。居住是人最重要的生活中心，住在皇城根下的老人们，沐浴春风、秋阳，尽享城市的轻松与怡乐。

文明的一脉相承和城市的发展在历史的今天，就是如此这般传奇地融会贯通。成都的国宾馆、金牛宾馆也在城西，紧邻国宾馆的易园园林博物馆早早地占据了成都生态与人文二者兼具之发端，吸引着无数的文人雅士前往品茗泼墨论道。靠近金沙西边的金温江银郫都紧跟时代的脉搏，使这片充满城市记忆的区域当仁不让地实现了与现代文明的对接。今日城西，各类名校云集，高新技术产业不断西进，大量的外籍高管、海归人士和高级科技人才，使得逐渐成长中的"西城"成为典型的高知阶层集中地。这里呈现出的是一种独特的东西合璧、超越国界的"国际居住社区"文化氛围。

显而易见的是，集城市文脉、建筑、生态自然于一身的锦城西，随着该区域道路、公园等市政规划的逐步落实，知名开发商的进驻，更多高品质住宅的出现，这一区域的居住价值将被市场重贴标签。

因此，有外地人问成都人，金沙对成都来说，到底意味着什么？成都考古队队长王毅用了一个词："老家"！是的，成都人住到金沙，就等于回到最早的家，回到有根的地方。

（写于2010年10月，曾刊于《华西都市报》）

贵气从西来

　　20世纪90年代中后期，成都市二环路外还只有农田，连宽敞的马路都少见。那时候的金沙遗址片区，遗址都还在地下，地上只有金沙车站。那时候城西的有钱人，更多是聚集在浣花溪周围的西二环版块内。

　　当有一天在黄忠小区惠民园旁边，莫名被围起来后，谁也不知道里面到底圈了什么，为什么要被圈起来？甚至当时小区旁边常有一些破破烂烂的瓶瓶罐罐或碎片裸露在路上，也无人问津。直到2000年金沙遗址从地下走向地面，才揭开其神秘的面纱。2006年，这个古蜀文化都城终于有了正式身份。

　　3000多年的积淀与演变，成就了成都自西而来的皇室贵气。在成都，一直流传着西贵南富的说法，而新世纪初被发现的金沙王国，其瑰丽的古蜀文明之光更是"西贵"这个说法最有力的佐证。

　　金沙遗址位于北纬30°41′，东经104°。这是一个非常特别，具有神奇魔力的纬度线。在这条线上，有地球上最丰富的动植物资源，也有地球上最荒凉的流浪沙漠。有众多古代文明留下的深刻烙印，如古埃及、古巴比伦、古印度、古希腊、苏美尔、玛雅、河姆渡、良渚、大溪等，还有佛教圣地、伊斯兰教的故乡、基督教的中心、道教的仙境，更有最高的山峰、最深的海沟、最奇怪的湖泊、最瑰丽的山体、最壮观的大潮、最汹涌的海流……灿若星辰的金沙便是这条神奇线上又一道耀眼的风景线。

金沙庞大的遗址群及其浩繁的文物，大规模的建筑遗迹，又表明了当年城市的宏伟规划；大量的家具与工具，折射出古蜀农业的繁荣兴盛；而堆积如山的陶器、精巧的冶炼制品，以及数量巨大的玉器群等，则说明了金沙时代手工业的高度繁荣。我们的家园在远古时代就是如此兴旺发达、可爱可亲。这些王国的记忆是由一个个考古发掘出来的文明碎片拼接出来的，而这些遗存就像一个雕塑群，无可置疑地组构出金沙社会领域的各个方面，在一定程度上为我们勾勒出了金沙时期人口稠密、平凡充实的社会生活状态，更是一幅充满生气与活力的亮丽的王国生活画卷。

正是这幅铺陈于整个成都大西部的王国生活画卷，奠定了今日成都金沙独特的地理气质与区位优势。加之岷江水流自西北向东南而下，在成都平原成扇形水网的分布，吸引了古蜀人依河而聚，捕鱼狩猎，并顺着河流的方向建筑自己的房屋，房屋亦向阳而建，城墙也顺流而筑。尔后，城市出现，仍是顺着河流的走向。

上善若水，顺水而居，这已是人类不二的选择。诗圣杜甫不在灯红酒绿的地方，而选择在浣花溪畔这个最优美的地方筑草堂，留下千古文章："窗含西岭千秋雪，门泊东吴万里船。"诗人李白亦在写城西散花楼一诗中云："飞梯绿云中，极目散我忧。"陆游到了成都，要游春总是往西边走，并赋诗："昔年曾赋西郊梅，茫茫去日如飞埃。""成都海棠十万株，繁华盛丽天下无。"这便是当年锦城西的如画美景。

时光荏苒，20年的快速奔跑，成都在"西贵南富"的发端下，又有了"北改东进"。城市的外延不断伸展，当年的金沙遗址片区历经20年的雨露滋润深耕细作，也早已从过去的一片农田成为居住环境极佳、人文底蕴充盈的西门核心居住区之一。一面是城市的发展，西门虽已不再是成都人唯一的骄傲，但依然保留着繁华过后，或许有落翼，或许有残败，或许有被遗忘的贵族般的荣光。浣花溪依然泛着岁月不变的光泽，金沙王国依然呈现着遗世的文明光环，游客如织的宽窄巷子、锦里依然是热闹的休闲中心，再往西去往都江堰、青城山一线，依然是离成都人最近的问道拜水的烟火华段。从商业配套到公园绿地，从基础教育到人文气息，金沙就像它的名字一样，在讲究气质的混搭中，依然保守着高贵的气场。走在金沙片区的街道上，感受树叶的呼吸，看着小孩、宠物在公园草地上嬉戏，那份怡然自得的自我与欢喜，仿佛一首安静的小诗，自顾自静静地低吟浅唱。

也许时光车轮在始终不变地快速转动，人们行走的脚步更加匆匆，城市发展的进程也愈发让人眼花缭乱，但总有走走停停的时候。在西门落下的每一个脚步，依然踩着历史厚重的身躯，悠悠地尊享着飘浮在空中的那股贵气。

（写于2010年10月，曾刊于《华西都市报》）

卡龙沟，炫彩的海洋

夜里8时左右，我们的车经过一天的奔袭，终于抵达阿坝州藏族羌族自治州黑水县。在此之前的目的地原本是青海神秘的石头山，甚至车已抵达青海的久治县，远远地都已经看到了石头山瑰丽的身影，但车子却报警了，快没油了！而久治县整个县城都没有一个加油站！左思右想不敢再往前走，只能远远地望着那座与众不同的石头山，拍了两张照片就折返了。

在黑水县城休息一夜后，第二天，踏着清晨的露珠，我们驱车70千米到了美丽的卡龙沟。卡龙沟景区位于阿坝州藏族羌族自治州黑水县境东北，距米亚罗不过百余千米。如今米亚罗早已名声在外，就像走向好莱坞的大牌明星，而卡龙沟仍守着自己一份寂寞的美丽，仿佛不为人知的漂亮村姑。

卡龙沟的那份美，是自始至终的。从知木林开始，60里斑斓的彩林，沿路看不够的各色野花，茂密的森林层层叠叠，由浅入深，就像一幅绿色水粉画。沿河而上，河水清亮透底，听得见潺潺溪流淙淙流水声，好比一首悦耳动听的山间小曲。更远处则是那些若隐若现的雪山和飞翔的雄鹰，深深吸一口气，浸入肺部和亲吻肌肤的是那清新还带着几丝花香的空气。一路上遇到的农家小孩，都十分礼貌地向游客招手致意，想必是被训练过？进沟的60里彩林，到了11月份，更是炫彩的海洋，两岸万紫千红的彩林似乎要将天空也映成红色，然而高原的天空却在秋高气爽的时刻愈发高远而湛蓝，映衬得这望不到边的彩林更加夺目。不停流淌的河水犹如碧玉，泛起琼浆般的浪花。

进入沟口，可见几处大大小小的藏寨供留在沟里的游客住宿。夜里自然少不了热情的锅庄、歌舞和烤全羊。从售票处进入沟口，一股舒服的凉意立刻浸润全身的每一个毛孔。阳光透过密密的树枝、野藤斑斑驳驳地洒在我们身上，游客十分稀少，路上只遇到三五个路人。每个地方都值得一看，每处风景都想久留。卡龙沟，一个尚未完全开发的有着九寨沟风貌的风景胜地，一个还在睡梦中的美丽少女。

卡龙沟的主要特点是原始独特的喀斯特地貌，在景区内共有上千个钙化彩池，因为产生年代不一，池底颜色呈现出乳白、赭红、金黄、湛蓝等耀眼的颜色，潺潺流水经由其上或成滩，或成池，或成泉，或成瀑，池畔古木参天，鸟雀与松鼠在其间欢快跳跃，一派祥和。

顺着木栈道一路向山上走去，处处是薄薄的苔藓，一不小心就要打滑。水中的苔藓更是千姿百态，像翩翩起舞的仙女，成片成片青黄交织的苔藓又构成海绵状的毯子，轻轻地捧一束在手，那湿滑的感觉仿佛捧起千年的一段成长故事。各色彩池带来一路惊喜，林木深处，松鼠就在脚底窜来窜去，一只大胆的松鼠爬上了护栏的扶手，调皮地从我们的手背上跑了过去。最壮观的是钙化长坡，其中翡翠坡长达300米，坡度在20度以上，浅黄色的钙化坡体上，覆盖着翡翠般的绿色青苔，就像从天上掉下的一条宽阔的彩色花布。沟内奇峰纵横，森林密布，瀑布飞泻，彩池争艳。据山里的藏民说，到了秋天，红叶漫山漫坡，五彩缤纷，那景色更加迷人。

最奇的是，从沟口到山顶，气温一步一变，没想到刚到最漂亮的花湖，天上那一团团的乌云越聚越多，不到5分钟就稀里哗啦地下起了雪弹子！小的有冰糖般大，大的有蜜枣般大，打在头上、身上，疼得我们"哎呀哎呀"地叫个不停。赶紧找一个亭子躲避，冰雹竟越下越大。温度降到五六度，冷得我们个个浑身哆嗦。8月下冰雹，我终于看到了这样的奇观！半个多小时后，乌云散去，天空开始放晴，下山的路变得更加湿滑，我一连摔了好几个大跟头，大人、孩子都不停地"前仰后合"，好在没有什么大碍。

有小九寨之称的卡龙沟，我只想说，卡龙沟，喜欢你，等到秋天红叶时，我一定会再来探你。

（写于2011年冬）

怒江春日澡堂会

　　那些年，似乎少有一个春节是守在成都过的。少了些礼尚往来，美好的时光总是在路上。前年的春节自驾翻雪山、过泥泞到了西昌晒太阳，去年春节飞到了惠州，今年的春节，刚过了年三十，全家又开始蠢蠢欲动。和同是自驾游发烧友的黄爷、李姐一家相约，并捎上从杭州回成都看望恩师的吴梦，说走就走，奔着温暖的云南，朝着怒江的方向，赴一场木棉花开的春日澡堂会。

　　看似有目标，其实无目标，随时可以改变行程。看似无目标，心里却又装着目标，只是不言而喻。勤快又有经验的李姐像是有备而行，悄悄做足了功课。她是冲着云南怒江傈僳族自治州而去。出发当晚，夜宿云南省水富市白云宾馆，就近晚餐时，李姐掏出一张地图，开始规划后面的行程。她指着地图上的一个小点开始用她最擅长的"话术"描绘那个地方的神奇，还有从她嘴里蹦出的网友推荐的好吃的地方美食，熟悉得就跟她曾经"战斗"过的锦江宾馆一样。而此时说到那个有几分神秘色彩的露天春日"澡堂会"，事实却是大家都没去过，一时勾起无穷的想象，鱼儿、可儿跟着拍手应和，两个小女孩追随爸妈走南闯北，早已习惯了各种野外生活和旅游人生。一行人算了算路程和时间，尽管很紧张，还是决定咬咬牙勇往直前。

　　云南是我们一家自驾去得最多的省份，算起来，差不多已经跑了一大半。但云南好玩、好吃的地方仍然不计其数。大年初二清晨，我们已经飞驰在通往云南怒江傈僳族自治州的高速公路上。查资料得知，怒江傈僳族自治州位于云南省西北部，因怒江由北向南纵贯全境而得名。北接西藏，东北临迪庆藏族自治州，东靠丽江市，西南连大理白族自治州，南接保山市，总面积14703平方千米，人口48万（2006年）。州人民政府驻泸水县（今泸水市）六库镇。1954年8月建立怒江傈僳族自治区，1956年改为怒江傈僳族自治州。

整整一天的车程，途中在一个小镇作短暂停留，走马观花地看了看，傍晚时分，终于抵达泸水县六库镇附近，在江边一家宾馆住下。回想一路上，我都在猜测，这个取名叫六库的地方，莫不就是一个大水库？怒江水资源如此丰富，建五六个水库不稀奇。到了才知，六库还有老六库和新六库之分，老六库是过去土司衙门所在地，离怒江只有两千米左右的路程，虽然平地不足一平方千米，却草木葱茏，翠竹掩映，村舍点点，别有一番山寨风光。当下六库实则泸水县县城所在地，是进出贡山、福贡县的必经之地，至于名字的由来，仍然是个谜。

休息的时候，抬头一望，满天星星，凉风习习，旅游的疲劳顿时消减。这一天，从清晨就开始的脱水性无力一直折磨着我，但满天闪闪烁烁的星斗霎时让我感觉好了很多。当大家围着极具当地特色的炭火鱼锅大快朵颐时，我无心美食，只要了一碗清汤米线吃了几口，就提前回房躺下。我得快快地好起来，为第二天的活动养足精神。

第二天，阳光早早地掀动窗帘，美好的一天从清晨开始。我终于又恢复往日的状态。驱车10多千米就是这里最盛大的澡堂会了。已经不止一次地听说，甚至很多年前，我们的记者就做过这样一次探访，稿子是我编辑的，当时的报道因为一些原因没有发出来。它究竟有怎样一个习俗？为什么会有那么多的人争相前往？到了才知道，这真的是一次不寻常的约会。

"澡堂会"是云南傈僳族自治州有着200多年历史的节庆活动，

中心地点就在离怒江傈僳族自治州府泸水县（六库）10多千米的登埂村跃进桥附近的怒江边。每年正月初二后的三五天，百里远近的数千名傈僳族民众都会聚集到此。他们或在岩石上铺上干草，或搭起帐篷，就地生火煮食。还举行荡秋千、"摆时"（赛歌）、上刀梯、下火海（踩炭火）、射弩等娱乐活动。江边的几个露天天然温泉池则天天都有人浸泡，据说能消除疾病，洗掉一年的风尘、过失或罪孽，再将充沛的精力投入到新的一年中。现在自治州政府已把这项民俗打造成一个正式的旅游项目。

到的那天，已是大年初四，阳光灿烂如春。最先进入眼帘的便是那棵高大的开花的木棉树，艳红的花朵昭示着春色，池边花花绿绿的帐篷或分散或连排，摆满了整个山坡。怒江不怒，一江春水柔柔地泛着波澜，下到池边，盘根错节的大树下是密密的人群，正享受着天然温泉的洗礼，穿着衣服的人则"长枪短炮"地在山坡上、汤池边拍个不停。

一同来的无锡同行吴美女已经迫不及待地要入浴了，我赶紧用她的纱巾给她做了一个临时的"门帘"。泰州帅哥开始和吴美女搭讪，吴美女最终还是决定穿着泳衣下水。我家两个小美女先是有几分胆怯，终于按捺不住，借助他人的帐篷换了泳衣欢快地下池了。在温暖的池水里，那些男男女女都自然地呈现着他们的身体，毫无违和感，享受着阳光、温泉的浸泡，女性还将长长的发丝解开，也一并洗得干干净净。花树、阳光和欢快放松的人群，天人合一。

据说，古希腊人早已把洗浴当作身心合一的修炼手段。哲学家、教育家亚里士多德在露天橡树阴影下洗浴，成了每一次哲学课的前奏。难怪，沉迷于水的古罗马人，在当时认为浴场是高级的社交场所，把洗澡看成是人生的盛宴。洗礼后，被沐浴的灵魂，从此开始天堂之路。洗浴成了一种虔诚的仪式。在印度的纳西克城，"圣浴"使100多万名印度教徒从四面八方赶往城外的戈达瓦里河，在"昆梅拉"这个印度宗教节日中，可以洗掉自己的罪过和过失，他们用这样的方式表达内心的忏悔。他们将生命和灵魂都交付这条神圣的河流。

怒江，在此时柔顺的波光里，居住在两岸的傈僳族人，被江水隔开的生活因为这场澡塘会，温暖起来。羡慕，抑或是心里涌动的渴望，在一种自然状态下蠢蠢欲动。但是我们已回不到原初了。当我们已经习惯了被层层包裹后，若要重新回到原始状态里，终究是放不下，解不开，回不去了。

穿着泳衣泡过一会儿后，我开始有一搭没一搭地和当地人聊天。据说，怒江的故事是从每一年的年底开始的。当江水清澈起来，节日便接踵而至，阔时节，元旦，春节，三月三，清明节，一溜下来又一个轮回。无论什么节日，一个都不放过。过着过着，花便开了又谢，谢了又开，眼前这条铺满鲜花的峡谷里，有海棠花、木棉花、油菜花、桃花、梨花、油桐花、杜鹃花。云南的春天来得格外早，开花的时节，春就已在眼前了。怒江峡谷天然多温泉，过去有"峡谷十六汤"的美誉，当海棠花开的时候，澡塘会就又轮回到了。

这是傈僳族人一年一度最隆重的聚会，为来年的康顺，从四乡，从八方，从山巅，从河谷，带上食品、歌舞以及欢乐的心情，会聚到怒江边的玛布、登埂温泉。这个传承了300多年的春浴习俗，不仅仅是洗去身体的尘垢，更是将欢娱和洁净后的身体传递到来年，并通过歌声追逐心仪的人。据说从午后直到夜里，男女都会穿上最美的衣裙，女子翩翩舞动裙裾，男子弹起琵琶，吹起口弦，载歌载舞，对歌赛歌，射弩比赛，"上刀山，下火海"，还通过以物易物达成物资交流。这既是积攒了整整一年压力的释放，也是下一个年头的开始，所有的美好在泉水的浸润中展开，甚至通宵达旦。

泡完澡回到临时更衣的帐篷里，李姐说："我要给你们一个惊喜。"正自诧异，李姐已经忍不住说了，帐篷的主人阿开邀请我们就在他那儿野炊，柴火烧的铁锅米饭已经有了金黄的锅巴，香味扑鼻，另一口锅里已经煮好了香喷喷的腊肉和新鲜的大白菜。大家欢呼雀跃，顿时将灶火围住，你一碗我一碗，吃得那个香，馋死无数过路人。这当然要感谢我们的"好管家"李姐了。

阿开是当地一名退休职工，他说他们每年都要来赶这场盛会，他们已经在这里住了好几天，今天老婆带着女儿去城里教堂做礼拜，他也准备第二天就返回了。阿开还热情地邀请我们去他家里做客。这一餐大家虽然吃得简朴，但却十分开心。最后，阿开说什么也不要我们的钱。他说，来这里的都是客，怎么能要钱呢？原以为，这可能是阿开好客，到下午又意外去一户人家做客同样给钱被拒时，才明白，在热情好客的傈僳族同胞这里，遇到的缘分是不能用金钱做交换的。

木棉花开，这是一次不寻常的春天的约会。在这棵静静的木棉树下，在这条静静的怒江水边，在这片神奇的天然境地，除了欢快的澡堂盛会，除了刺激的怒江溜索，除了好客的傈僳族人家，除了美丽的自然风光，还有更为珍贵的闪光的人心。

（写于2012年，2022年略改）

美丽的千岛湖之恋

在游历过大山大湖，看过许多美景后，依然留恋曾经去过不止一次的杭州千岛湖。最难忘莫过2010年8月，伴着一路的高温，一家人从成都出发，驱车自驾前往上海、杭州，途中在千岛湖停留的一天一夜，被那一水的清凉包裹的感觉，从此装进记忆中。

出发前，千岛湖并不在明确的目的地之列，一家人的意见也不统一。除了在电视上看过千岛湖的风光广告，知道它美，但到底有多美？能比得过四川的九寨、黄龙吗？据说还是人工漫灌所成，所以并不热望。但车轮不听使唤，它帮意念做了主，在热气腾腾的杭州吃过午餐后，顶着明晃晃的骄阳，迫切地朝着有湖有水的方向飞奔而去。

抵达千岛湖时已是下午4时左右。一路顺着景区往里走，终于选定湖边一栋红顶黄墙的西式小楼住下。颇具特色的度假酒店依湖而建，站在大玻璃窗前，湖光山色一览无余，山清水秀尽收眼底。虽时近傍晚，但太阳依然强劲地放射着光和热，只不过这些光和热，在与湖水的交融中，被水汽和招摇而来的清风打磨了锐气，削减了力道，浑身的暑气已消散一半，心情自然大悦。

稍事休息，我打开在杭州顺道买的《钱江晚报》，老朋友著名作家麦家的照片和头条专访赫然在目，一字不落地看完后，忍不住给麦家发了条短信。发完后又有些后悔，记忆中他对手机、电脑一类的玩意儿十分迟钝，他在成都时手机的功能仅限接打电话。却不想，很快收到他的回复，依然是亲切熟悉的语气，并开心地笑称，你看，我已学会发短信了，进步了吧？我大笑。聊新书，聊别后，聊他在杭州的新生活，黄昏时分的千岛湖，在金色的夕阳中，因与友人的畅聊而更添温馨与浪漫。最后麦家说他第二日要去台湾，否则怎么也要在我返程杭州时见一面。

旅行的美好除了游山玩水，更因别处的风景里有你熟悉的人和事，有曾经的过往和故事。倘若还有下一次，那这一次又丰富了下一程的回忆，变成下一段旅程的心念和惦记。

千岛湖的美从身边点点滴滴涌起。酒店内错落有致的回廊营造了观景的不同角度和层次，泛着波光的泳池伸出它温暖的臂膀，接纳着如鱼得水的客人，就连园区内潮湿的气候和水土养肥的各种昆虫，包括吓得小女一惊一乍的硕大的毛毛虫，都变成莫大的新奇。晚餐选了酒店外美食一条街上的一家鱼馆，来自千岛湖的鱼肉滑嫩爽口，鱼汤鲜美有加，更有我喜欢的醉虾，尚在扑腾中便入了口，虽然不忍，但想比之进油锅，能在食料和美酒的麻醉中被吞了去，又似乎轻减了痛苦。相较我在西昌邛海边吃过的醉虾，似乎各有千秋，邛海边的醉虾偏辣、偏酸更加刺激，而千岛湖的醉虾偏甜、偏淡，多了些江南的软腻气息，可谓一方水土一方风情，同样的一道美食，口味也随地域不同而有了二致。

夏日的千岛湖，黄昏是连接夜晚的过渡线，这个过渡线实在是美得不要不要的。当最后的余晖全部沉下去时，一座座通体发亮的酒店和景观灯将夜色中的千岛湖再度点亮，光影与星月交替闪烁，像无声的烟花静静地绽放，温馨和谐，安然静谧。如此美好的时空，实在不想睡去，当困意来袭时，盼着有个好梦，能将这份诗意满满的陶醉延续到梦里。

次日，一觉醒来天尚微明，感觉神清气爽。远处黛青色的山峦被薄雾萦绕，更添一缕柔软的神秘。用过早餐后，一家人整装出发，开始了满满一天的游岛之旅。夜里小小地做了下功课，得知千岛湖其实是一个人工湖，20世纪50年代，为建新安江水电站筑坝拦蓄，到1960年正式建成新安江水库。那里的原住民全部迁移，平静的湖面底下却是被沉没的另一个世界，过去根本无法企及的一座座山峰，如今只剩下浅浅的山头裸露水面，蓄积而成的水域将原来的地貌演变成1078座大小不一的岛屿，直到1984年12月15日，浙江省地名委员会才正式将新安江水库命名为"千岛湖"。

一天之内，要想把这些岛屿游完是不可能的，请了一位有点年纪的阿姨做导游，在她的带领下，我们坐船游湖，选了几个有特色的小岛上岸停留。游湖观景，心随景移。千岛湖的水被称为"天下第一秀水"，据说可以直接饮用，果然名不虚传，清亮的湖水清澈见底，就像一块无瑕的碧玉，在阳光折射下，闪烁着美丽的光泽，远处的湖面波光粼粼，漾起层层涟漪。时有鸟儿画着弧线飞过湖面，时而还有欢快的鱼儿一如传说中的"鲤鱼跃龙门"，跃出水面来个空中转体，两个女儿也和鸟儿、鱼儿一样欢喜，频频向它们招手。这样的乘船游湖并不稀奇，但像千岛湖这般又清又亮的水质却不多见。

待来到岛上，清新的空气，翠绿色的植物，郁郁葱葱的草木，与远处水天相连的湖面，一静一动的浑然天成中，那份怡然自得的放松油然而生。印象最深的是孔雀岛和蛇岛，漂亮高贵的孔雀成群地围绕在身边，可以近距离地跟它们在一起互动。有几只特别醒目的白孔雀吸引了两个女儿的目光，她们将手中的面包屑递到白色的孔雀面前，讨好的样子实在可爱，恍然觉得，两个公主不就是那美丽的孔雀的化身吗？学舞蹈的鱼儿那曼妙的舞姿就像眼前开屏的孔雀，忽闪着色彩斑斓的羽毛，舞出妈妈眼里最美的样子。而蛇岛一游则是另一番刺激，别说碰蛇，就是看上一眼都浑身不自在。年幼的小女却是无知无畏，竟敢在工作人员的指导下，与蛇共舞！当一条巨蟒缠绕到她俩脖子上时，我已经吓到手脚冰凉，赶紧让她们速速放下，拉着她们快速逃离。

中午定在岛上一艘游船上用餐。用餐前，尚未过瘾的女儿再次提出要求，一家人又乘上快艇，在一场及时雨中体验了一把风雨同舟的快意人生。回到游船上，一边品味美食，一边打望雨中的千岛湖，水面上荡起的点点水花，就像一跳一跳的心，时而欢喜，时而惆怅。那一直下个不停的雨，勾起我满脑子不断转换的各种画面，满满的都是跟雨有关的回忆。

夏日出游，只要跟水有关，漂流便是跑不掉的项目之一，也是我生命中不多的有勇气参与的"勇敢者的游戏"。千岛湖的漂流地选了距风景区48千米的龙潭湖，赶到时已近当日尾声，我们成为最后一拨有缘人。时间紧，来不及更衣，我和小女一身裙装就上了皮划艇，等漂完上岸，湿透的裙子紧紧贴在身上，连同湿透的长头发，就像被捆住了手脚的木头人一般，但全程的惊叫声犹在耳边。虽然漂程只有4.6千米，但龙潭湖属峡谷漂，途中波峰浪谷不断，大小落差有123处，皮划艇在峡谷间高速滑行，一路劈波斩浪，或急速跃下，或曲折惊魂，比之过山车更加惊险刺激，终生难忘。

时隔数年后，因工作受中国平安邀约考察上海总部后，得以有机会再次光临千岛湖。当和媒体伙伴们再次踏上这片神奇的土地，过去的一幕幕仿佛就在昨天。心潮澎湃，既有往日与家人出游的温馨，更有对尚未抵达的那些美景的期待。梅峰山、黄山尖……新的行程带来新的认识，尤其站在黄山尖观景台上，饱览全局中，看到的是一幅天然水墨画卷，浓浓淡淡的墨，一笔一笔的绿，天是碧蓝碧蓝的，水是一层一层的，一个个大大小小的岛屿，就像撒落水面的珍珠，出画入画都是景。

"山似青黛水如玉，一湾一景胜如许。清风夜放花千树，笑语盈盈暗香去。"千岛湖的美，连同过去走过的许多地方一起融进我的生命体验中，珍藏进我的旅游日记里。

（写于2014年，2022年5月略改）

与杏花村有约

　　春日，是最挠人痒痒的季节。在经历了一个冬季的寒冷后，春天的阳光显得格外迷人，只要走出门，无论在哪里，只要在阳光里就十分地好，有种跟万物一起复苏的感觉。

　　周末，禁不住朋友邀约，决定驱车前往青白江的杏花村踏青。殊不知，车刚行至村口，就被密密麻麻的车流和人流吓退。喜欢休闲旅游的成都人岂肯放过这大好春光？不得已决定改道去别的地方，但唯一的选择只有一条单行道，沿路而行被迫进了村，上了山，跟着人和车缓缓爬行，原本有些沮丧的心，在缓缓爬行的过程中，依然被成片的杏林感染，再次欢欣起来。数年前，为完成一本文旅散文集《永不散场》，曾云游于此，那时候，杏花村刚刚掀开秀美的面纱，远没有今天这么多游人。恍惚中，眼前的大变倒像是第一次到来。沿着山道行进，路旁的花海有的含苞待放，有的迫不及待悄悄露出了笑脸，有的张开花枝做拥抱状，有的亭亭玉立，不管身旁春秋几何。一路上山、下山、出山，虽然是"走马观花"，但也应了"杏花村一游"的景。回望7年前，那时那景、那心境透过当年的小文，便链接了造物下的同番感叹，剪断了时间带来的疏离，一切过去的又都全部回来了。

　　杏花弦外雨，落英芭蕉情。青白江区福洪乡杏花村与洛带古镇、金龙长城等在同一个生态旅游景区环线内。2015年春末夏初，一夜喜雨，洗干净了天空和马路。次日正好周末，乘着凉凉的清风和冉冉初升的太阳，我和女友带着轻松的心情驱车出城，驶上城环大道，朝金龙长城方向一路上山，走走停停，放飞的快乐在路上。

行至一岔道口，向右前行便驶上金龙长城，向左迎面可见"杏花村景区"的路牌。先带女友奔长城而去，小小的插曲之后，已近中午，再下山回转，我们的重点是杏花村。再次回到岔路口，又见杏花村的牌子，脑海中立刻浮上那句"借问酒家何处有，牧童遥指杏花村"。旁边有一农家乐，为了应个景，我故意向农家小儿问路，他扬手一指，转身跑掉。我和女友一边偷着乐，一边顺着路牌指引，沿着唯一的乡村公路朝前走。因为别无选择，所以没有半点犹疑，不到一小时便抵达已经名声在外的杏花村。

青白江杏花村旅游区，地处风景秀丽的龙泉山脉中段，位于成都市青白江区福洪乡境内。景区距成都市主城区约25千米，距沪蓉（成南）高速公路清泉出口仅5千米，交通十分便利。但我们却另辟蹊径，暗自开心。以前只是听说，第一次走进杏花村，便被眼前的一切深深吸引。古朴的亭子、记载着客家人"厚德载物"训诫的红牌告诉我，杏花村仍然是客家人的集聚地，崇文重教、崇尚节俭的客家文化精髓，在这里得到很好的传承。村内曾设八仙庙、东岳庙、玉皇观等寺庙，现有磨子坪、柏树坳、营盘地等人文景观，是朝拜、观光、摄影的好去处。随后见到的客家村寨、客家文化长廊、文杏馆等所展示的独特的客家民俗，再次印证了这一点。再往前，绿树掩映的一幢青砖小楼显得格外别致，名为"杏福田园山庄"的农家餐馆十分清静，已过晌午，仍有三五个客人静静地低头用餐。男主人热情地迎上来，空腹的我们正好坐下，点了主人推荐的招牌菜——凉拌土鸡，果然名不虚传，一饱口福后，还恋恋不舍地打包了一份。

男主人不善言辞，自称是主人朋友的另一男子见我们问这问那，便主动上前，滔滔不绝，一一道来。他说，他是做生态农业的，也是客家人，还参与了杏花村的部分建造工作。杏花村景区始建于2007年，一期政府投资近千万元，已建成客家杏林生态公园、天和四季杏林乡村酒店等，具备了一定的接待能力。这里是西南地区最大的凯特杏基地，是成都及周边地区唯一成规模的杏花观赏旅游区，也是中国南方较大的优质杏种植基地。每年2月下旬至3月上旬是观赏福洪杏花的最好时节。那时候，"满山杏花如雪，万亩杏林似海"。

杏花较桃花花期更早，历来有"春来第一使者"的美誉。而福洪乡的万亩杏树钟灵于龙泉山脉之毓秀，滋润于环翠流泉之甘霖，每年春夏，整个景区就是花的海洋，果的世界。漫山杏花圣洁如玉，清雅芳香，奇妙美景难以言喻。引来无数文人墨客，留下众多千古诗篇。更有那爱耍爱玩的都市人争相前来，将春光、春色、春花、春景尽览无余，投身自然，放松身心。

而到了5月下旬，金黄色、橙红色的杏儿挂满树枝，与嫩绿的杏叶形成绝佳的色彩搭配，既刺激眼球，也刺激食欲，使人望之满口生津……凯特杏、金太阳系列优质杏，口感脆嫩，酸甜适中，一口下去，胃口顿时大开。此时，从走进杏花村看到的第一眼起，它就像一幅慢慢展开的抒情水墨，越往深处便越是欲罢不能。因为是错峰而来，又非花期和果期，这时的杏花村，游人三三两两，小径上时有欢笑飘过，偶见头戴花环穿红着绿的少女，像绿野丛中的花仙子，快乐地在光影中穿行，与蓝天白云和无边的林海相映成画。忆起北宋大家王安石诗："一陂春水绕花身，花影妖娆各占春。纵被春风吹作雪，绝胜南陌碾成尘。"

耳边清风徐徐，空气清新宜人，沿着村寨无目的地漫游，时而在充满诗意的杏花亭小憩，时而闯进农家院子，和客家主人有一句没一句地闲聊几句，听他们用客家话交流的声音。杏花村中云霞掩映的风情山寨，充满情趣的农事体验，健康浪漫的山野运动，碧波荡漾的杏花湖，悠远古朴的杏树王……犹如一幅人与自然相融相生的画卷。田园城市的独特风光，色香神韵，堪称一绝，让人流连忘返。

半月过后便至摘果季节，杏花村万亩果园沉甸甸的杏果已压满枝头，黄灿灿的果实煞是喜人。关于杏花村摘果的讯息在朋友圈里飘荡，都能闻到果香，更有视频里穿着高跟鞋的"女汉子"直接爬到树上采摘，而旁边的悠闲男子只顾一个接一个地品尝胜利果实。男子调侃地说，我身边都是"女汉子"，我们分工不同，她们负责摘，我只负责吃……如今的农家果园都十分开放，并不吝啬游客边摘边吃，而每年杏果采摘节，就是以采摘杏果为主，同时举行杏子宴品尝、生态土特产展销，文艺表演、有奖猜谜、趣味体育比赛，农事体验等系列活动。崇尚回归自然的游客，在登高望远、亲手采摘杏果的同时，还可参与丰富多彩的文体活动，品尝独特的杏子宴、野菜、菌类、山鸡、河鲜等特色美食。

唐朝白居易有一首《游赵村杏花》诗："赵村红杏每年开，十五年来看几回？七十三人难再到，今春来是别花来。"不管你今生能来杏花村几回，一定不要错过春夏，与杏花村的约会。

（写于2015年，2021年5月略改）

一个人的理想之城

最美的风景不惧先后

人生一世，人们常常渴望到一些不同的地方，认识完全不同的人，过上不同以往的生活，看到意想不到的异域文化，再给疲惫的身心放个假……旅行的终极梦想，应该就是发现未知的领地，找寻那迷人的经历，开阔眼界，丰富人生体验，并重新理解全球家园和自己身边熟悉的家园，甚或建构一个新家园。

10多年前，对于乐山嘉恩投资公司董事长黄先生而言，半生打拼，旅游是他最喜欢的度假方式。当在世界各国来来往往游历之后，尤其是美国自然派的山地建筑深深打动了他，对于建构一个新家园，他有了终极理想，那就是寻一处风景绝佳的山地，完成他从商后的最后一件收官之作，并传之后世。这既是商业，也是情怀，既是他一个人的理想之城，也是带给情投意合、殊途同归的人共同的理想之城。

很多时候，这样的新发现不经意就闯入了我的生活，最美的风景不惧先后。2008年，我在峨眉半山零公里拐了个弯，将地处洪雅县一个不为人知的避暑天堂七里坪呈现在人们面前，从此开启半山旅游度假新模式。2014年，从未停止行走的我，在同一个方向，再与黄先生的心中理想不期而遇。时光已然飞度万万千千年，蓦然回首，又一个梦幻般的人间仙境就在半山阑珊处。它有一个美丽又诗意的名字叫

"云中花岭"。

　　云中花岭是四川生态洪雅县丰富的旅游大图里一块浓缩的璞玉，紧邻世界自然和文化双遗产、国家ＡＡＡＡＡ级自然风景区——峨眉山风景区。穿越星空，它只是浩瀚宇宙中一颗微不足道的尘粒，但在地球上，它和巍巍峨眉山脉一起，以其无可比拟的自然、人文、生态优势雄踞于四川盆地西南边沿。东北与川西平原牵手相连，跃升为川西平原晨光霞蔚里的一颗启明星，西南连接和辐射大小凉山，成为起伏的盆地到高山的过渡地带。加之不得不提到地球上的一条神秘纬线——北纬30度，云中花岭同样正处北纬30度、海拔1200米的半山绿色山脉中，再一次暗合了天地乾坤，再一次装进了北纬30度无数世界之谜的宝典！和历史上发生过的各种神秘现象一样，云中花岭势必也将给这个集聚着人类高度文明的纬度，再添一道智慧的光芒。

　　巍巍群山环抱，莽莽林海相拥。仰峻险，伏崎岖，杆木随身叹何倚。荆棘丛绕东崖下，明月空谷在崖西。千百年来，云中花岭将仙气与柔光相融，三教交互又合一，集千年造物精华之所在，蕴含中国传统地理之大和大美，凝聚成今日稀缺的天造人间境中境。云中花岭又一次占据天时与地利。

　　距离是美，包含时空之距，虚实之距，心灵与心灵之距。有距离才会有思念，有距离才会有朦朦胧胧、若即若离的期待，一朝相逢的珍惜。云中花岭千年的隐逸、万年的沉积，今天的昭然面世，那是岁月修来的等距，穿越漫长的年代和时空，让我们在今天相遇。黄先生的项目地起于洪雅县，经于花溪、柳江镇、高庙镇，止于峨眉半山零千米。距离成都约130千米，距离乐山约40千米，距离洪雅县约30千米，距离雅安市约50千米，距离眉山市约80千米，更紧密地连接着柳江古镇、瓦屋山景区、雅女湖景区，大峨眉旅游环线将成都、眉山、雅安、乐山变成一小时经济生活圈，"成乐雅"旅游环线可实现2000万人的旅游度假同城梦。云中花岭一如这条环线上跃动的珠链，拉开的是大峨眉休闲旅游艺术度假至尊圣地，通往的是面朝金顶、洗心向佛的灵魂修行之旅。

一条通往春天的地上铁，轻快地将炽热的目光和浪漫的心情，一起送到云中花岭。

万千珍稀成就云中花岭

地处洪雅县的云中花岭，有着与峨眉山风景区同等的自然资源优势。"峨眉天下秀"已为世人所知，无与伦比的自然风光、悠久的佛教文化、丰富的动植物资源、独特的地质地貌早已著称于世。今天，这座仙山仍有数之不尽的秘密深藏其中，在这片秘境里有着种种令人难分真幻的自然奇观。

占地15000亩的云中花岭旅游度假区的周边是莽莽原始森林，得峨眉山系巨大的天然植物园、动物园、天然药库、奇异风光最完美的馈赠，仙山云雾绕眉，清凉无尘一身，杜鹃花开艳丽，清泉潺潺流觞。春季万物萌动，郁郁葱葱；夏季百花争艳，姹紫嫣红；秋季红叶满山，五彩缤纷；冬季银装素裹，白雪皑皑。晨观日出、云海、佛光，令人心旷神怡；西眺皑皑雪峰、贡嘎山、瓦屋山，山连天际；南望万佛顶，云涛滚滚，气势恢宏；北瞰百里平川，如铺锦绣，大渡河、青衣江尽收眼底。穿行云中花岭秘密森林，阳光穿透树梢打在脸上、身上，更有百般温柔、万般豪情。

置身云中花岭，尽享天地适温之愉悦。由于森林覆盖率高达90%，PM2.5常年低于20，常年温度在16℃—24℃，负氧离子含量高达10万/立方米。加之温和的气候，充沛的雨量，干净潮湿的空气，四季分明，雨热同季，带来的是完美度假最想要的体感。夏无酷热，冬无严寒，少霜雪，正是在钢筋混凝土的城堡里待久了的人们最渴望的放空。除了气候与空气，还有伸手可掬的清凉山泉水，在这里，山映水中，水在山里，溪流绕梁，无尘无染。水天一色，蓝得澄明，清得洁净，眼里的一切，身边的一切，花影、丛林、建筑乃至到访者的脚步和心田，都像是被洗过一样，干净是你最大的福利。这给每天匆匆穿行于都市繁忙的车流人海中，来不及看一看月亮和星空，来不及品味生活的滋味和喜乐，生活的节奏总像是上了发条的闹钟，无时不在提醒工作的压力和劳累的人群，一次清洗五脏六腑的"消毒"之旅。

而今，云中花岭出世，在人们讶异的目光和无限的好奇中，再次引领旅行者的脚步，奔赴它的怀里放松身心，无论周末还是大假，时间就在你的脚下。这些年，有过山居度假经历的人，自然忘不了那一世的各种芳华，回味流连。没有半山度假经历的人，云中花岭无疑将是你度假生活的弥补和回馈。大自然鬼斧神工，赠予后人一脉青山绿水，走出城市之外，闯入太虚幻境，山雨洗清田野，空谷释放回音，以沧浪之水濯其手足，以海岳清岚涤其心怀，畅游沉醉于烟霞林泉之间。在那幽静又无车马喧的东篱下，一定有你渴望的精神家园。

一场与后现代的奇遇

在黄先生及设计团队的心里，这里原本没有城，有的只是山风与烟雨。如今，这里飘来一座城，在山风与烟雨中，原始与现代对眸，田园与城市相恋，你中有我，我中有你，爱情的序曲在云中花岭婉约唱响。

这是一座开花的城，一幢幢建筑、一条条街衢、一个个分区让这座新城如花绽放，吐露菁华。城里的每一幢建筑都是一片有形的花瓣，经设计大师的妙手，一如飞落的纸鸢，在恰当的地方生根，梨花带雨，令人怦然心动。就像是天外来客，云中花岭把过去不曾有的嫁接于此，从此安然栖居。山是静的，水是动的，云是淡的，城是新的。在流动的光影里，空中俯瞰它的姿势最美。云遮雾罩，仍然掩不住它流畅的线条，浑圆的外形，舒展的仪态，优雅地伏卧在山林绿水间，静静等待你的到来。

这是一座白色的城，白色是它的主基调，白色几乎涵盖了这座半山新城的每一处肌体。白色的建筑外衣混搭着古朴的棕色皮肤，白色的建筑石材镶嵌着简单的纹理，白色的无边际半山泳池流淌着洁白的细沙，连同梯级温泉、露天消夏餐吧、悬崖度假酒店、个性化酒吧、咖啡茶屋的用具都以白色为主。白色，为每个度假客编织了一个现实版的童话梦。干净、纯洁、不带一丝杂质。你不用去夏威夷，不用去爱琴海，这里就是离你最近的夏威夷，离你最近的爱琴海。来了，就是一场与后现代的美妙奇遇。

这是一座处处混搭的城。在悬崖酒店度假区，红色的三角形棚顶、随处安放的板栗色休闲高低凳、白色的秋千椅，与绿色的山林形成色彩鲜明的反差，夕阳西下时，在光线的折射中，形成天然的印象派画作。推开悬崖酒店区的栅栏，走在镶嵌着原色木质栏杆与粗犷的岩石台阶上，如同走在儿时乡间回家的路。在精致舒适的居留空间外，又有适时挑出的露台，清亮的池水，一眼望去便是满眼的青绿。其间，时而可见白色的藤编鸟笼观景椅、沙滩椅、个性化台案，连同屋宇下的小橘灯，曲曲折折的回廊，就像留出来的气口，让时尚与古朴相撞，心也随之起伏，当传统与现代交融，情感再度回到原初。

这是一座发光的城。当夜色大幕般降临，周围的山林被无边的黑暗笼罩，万籁俱寂中，整个云中花岭却被彻底点亮。这座山中之城的每一幢建筑都在发光，每一条流水都在闪烁，就连道上的沿路石也透着明亮，还有你身边的座椅、面前的餐台、露台上的浴池、躺椅、飘浮在水上的光球与光柱……连同楼宇里投射出来的、橱窗里满溢出来的、街巷里点点滴滴的，白的光、蓝的光、黄的光……夜晚的云中花岭色彩斑斓、五彩缤纷，仿佛梦幻之境，就算天上的街市也未必有如此美妙。像是潜入了一个魔法世界，魔法师也未必有这样的机巧。城市本身就是一个复合的生命体，在被河谷、山林、溪流等自然风光包围，有生命的建筑在设计师们手中变得超凡脱俗。仔细问来，并非所有的发光体都一定要用电，材质就是他们手中的魔法棒，胆量是他们的制胜法宝，他们用技术改变了世界，将一种"建筑精神"融入了生活方式和信仰之中。

　　黄先生将他心中的艺术之梦植入了这座理想之城，甚至不计成本。山地建筑设计人的良苦用心，让云中花岭有了不一样的后现代风格，原生态与后现代在此联姻，让热爱生活的人有了领略不一样的文化、不一样的情趣的机会。在每一次旅游度假中，我们不再只是简单地走走看看，而是融入其中，身临其境，艺术的度假和度假中的艺术成为更高层次的精神满足。由此，在黄先生的规划中，整个度假区在功能上分为国际文化艺术交流区、天池国际文化旅游区、艺术创作体验区、自然养生康疗区、原始森林体验区。依托南北贯穿景区的规划省道，以环山路为主的三级道路网体系，将五大片区紧密连接在一起，整个度假区又以特色商务运营模式逐步渗透到各功能板块和景观内部，利用旅游步道将丰富的自然景观和艺术景点连起来，以此感受独特的自然与人文魅力。

　　有时候，理想与现实总有一米的距离，明明看见了就是摸不到，抓不着。在云中花岭最高山峰处建一座白色外墙的国际艺术博览会永久会址，是黄先生的梦中之梦。但现在看来，这个梦的实现似乎越来越远了。要将五个分区一一实现，黄先生明显有些心有余而力不足。而我想说的是，眼前看到的每一处呈现，都依然闪耀着一个有理想的企业家不懈的追光之路。

古老与未来魂牵梦萦

　　让我们回到出发地。除了云中花岭作为度假区，这里覆盖的一切客观存在始终充满无数神奇的奥秘。原始的地貌，悠久的传承，千年的古树、石头上的苔痕、不变的雪花，有些转瞬即逝，有些却漫长得已无法用时间去度量。它们是支撑云中花岭存在的内在基因。行走其间，你能感受到一种古老大地静谧之下的力量，以及来自心灵深处的感叹。甚至有人说，在北纬30度上生长的姑娘也是世界上最美的姑娘。为什么"雅女"成了四川美女的又一个代名词？那个有着千年历史的古老民族部落青羌族是如何流落于今天的洪雅县境，从而将远隔千山万水的楚韵与羌风巧妙结合，并孕育出独一无二的历史文化、民风民俗、丽质美女以及青羌楚韵？

　　直到2022年的酷暑末，我终于从云中花岭走到了相距仅60千米的洪雅县复兴村和雅女湖畔。一场及时雨不仅解了两个月来的高温酷暑，史料和当地人的讲述，也解了我心头的谜团。2200多年前，秦灭楚后，设置了严道县，把战败的楚人押解到严道县，县城就在瓦屋山复兴村，相传楚王后裔迁徙这里后，楚人入乡随俗，与当地的青衣羌人在王河一带共同开采、开办铜矿，并打出了复兴铜厂旗号。明代毛昌文将开矿炼铜技术发扬光大，形成十里作坊，再次蜚声川西南，被人们誉为"毛百万"。楚人与青衣羌人组建家庭，繁衍生息，饮食、语言、劳动、文化逐渐融合在一起。这种特殊的历史境遇和生存状况，形成了独特的羌风楚韵，即羌人的生活习惯、楚人的文化韵味。如今，青羌人的生活习俗已深深镂刻下楚人和羌人的双重影子，青羌响器和山歌也被人们称为楚羌文化的"活化石"。青羌响器作为一种民间艺术，已在村里流传千年，其动人的韵律和独特的音色，使这个古老的村落更显韵致。但五千年的农耕文化已经被城市文明慢慢掩埋，走到今天的青羌后裔中，最后一批农耕妙音见证者和守望者也逐渐凋零。而它的山河气象、地脉流转、历史传说以及风雨晦明，都在那些生于斯长于斯的老人记忆中，在茅屋上升起的那一卷炊烟里逐渐幻化成永恒的黄卷。

今天的云中花岭秉承着这古老的文明与传承，从根系上深度探索与发掘，并且予以还原与复兴。这也是黄先生的文化梦想，他希望能在度假区将其活化，作为旅游度假中文化生活的魂，复原严道遗址、还原文化生态、唱响楚韵山歌，让响器敲起来、舞蹈跳起来、鱼的图腾挂起来，让最美的雅服、最亮的歌喉、最美的脸庞、最醇厚的茶香、最真实的羌风民俗带来陌生又激情的舞动。让民族化与国际化在云中花岭同生同长，相互交融。泸沽湖有女氏摩梭家园，西昌城邛海畔有月亮女儿，蝴蝶泉边有阿诗玛，而云中花岭呢，会有看不够的青羌雅女绕花间……

推开那一扇扇虚掩的雅女人家的门，于灯影月色中，看一山风烟俱净，听一曲恋恋情歌，念一世滚滚红尘。

回到生命终极目的地

沧海桑田，不变的是生命深处丰茂的诗境。唐朝诗人王维曾隐居于终南山蓝田辋川山谷，种植着他的田园诗。他的诗歌与他的隐居生活引来众多清流白衣，采集那些茂盛的诗意。屈原则选择在水边歌吟，陶渊明长醉在菊花丛中，李白与谢灵运一起对影望月。以文化为根，古人高士追寻心灵放逐的方向，我们也正泅渡而去。

1883年，法国印象派画家代表人物莫奈在法国一个小镇租下了一栋粉红色墙、绿门框的房子，从此生活在这里，度过了余下的生命，整整43年。这43年里他所有的作品都和他的花园有关，半生的时光都留在了那个小镇和他的画里。

1888年至1889年，凡·高来到法国南部的一个小城叫阿尔勒，阿尔勒盛产向日葵，漫山遍野的向日葵成为阿尔勒最典型的色彩。它深深地吸引了凡·高，它将凡·高内心最热烈的情感点燃，无数的灵感和创作冲动让凡·高不能自已，他选择旅居于此，照现在的话说，也可以视为一次因度假而爱上的留居。就是这座古城让凡·高挥笔创作了300多幅油画，这也是他一生中创作最丰富的时期。

云中花岭是度假的又一理想之所，也是黄先生想要营造的终极艺术、养生聚集地。对于生活在日益繁华的当代都市的人，在我们的内心深处，无时不向往着朴素的自然和山水。我们有勇气从田园里开辟出城市，就有勇气从城市回到田园。一如当年的莫奈和凡·高，43年的生命交与一年的旅居生涯都是一种选择和态度，在看似清淡的远离繁华的乡村，却开出了最美丽的花朵。

精神回归需要勇气，但健康长寿却是人类的终极追求。韩国已故法顶禅师曾经说：大自然是现代文明唯一的解毒剂。当上帝为你打开一扇通往现代生活的门，又会为你关上另一扇幸福的窗。什么是幸福？健康才是福。拥有健康并不等于有了一切，但没有健康就等于没有了一切。健康就是一个空心的玻璃球，掉到地上就碎了，不仅是窗被关上，连门也无力打开。环境养身，文化修心。高山流水，禅茶一味。泡一壶山茶，将峨眉山月泡将其中；煮一壶咖啡，将雪山与春秋煮与进去。遥想昔日士大夫们的斗茶之风，遥想他们与禅僧之交游，对坐品茗如神仙。"素瓷雪色缥沫香，何似诸仙琼蕊浆"，如此意境，怎不叫人心向往之。

今天，我们在假期、在可能掌控的时间里，携亲带友回到乡野，寻找心灵的栖居，寻访小桥流水人家，直至寻到一处理想的第二、第三居所，在离天最近的地方，幽栖林边，与星月共眠。在大自然赋予的天然药库中，在隐逸与简奢的山居环绕中，在高山温泉SPA（水疗）优越的介质中浸泡，在养生书斋面对一方净地的静心阅读中，在别具特色的亭台楼阁、小桥流水、湖光山色、半山云海、薄雾袅袅中，在这样的雅修之旅中，获得精、气、神最大的满足和提升。忙碌的都市一族，尽可释放心灵，人生真味，天人合一。

有一种浪漫，是我们一起守候慢时光。一如诗人顾城《门前》诗中所言："我多么希望，有一个门口/早晨，阳光照在草上/我们站着/扶着自己的门窗/门很低，但太阳是明亮的/草在结它的种子/风在摇它的叶子/我们站着，不说话/就十分美好。"

山居沧涟，与月上下。来了，就不想再离开。这或许是度假的最高境界。黄先生将他的境界与理想留在了云中花岭，过程艰辛，时光漫长，他孤独着自己的孤独，享受着星辰大海般的快乐，有些悲壮，但仍有期待，因为内心有光。

（写于2015年夏，2022年8月末补充修改）

我的"旅游春运"

  不定目的地，不去风景区，哪儿黑哪儿歇，只有一个目标，朝着温暖的，有阳光的地方去，春节再度自驾走四方。

  这一次与以往不同的是，我们的出行因为有了滴滴顺风长途拼车，两个人的出行将因沿途新伙伴的加入而变得更有体验趣味。出行的座驾是一辆狮跑越野，暂定第一站是西昌，拜访友人和看望彝族老妈妈，出发前已通过滴滴顺风长途拼车平台，约到两个人一起同行。大年初一早上8点，空气里还飘浮着团圆的温馨，清朗的阳光已照亮大地，当大家还在香甜的睡梦中，我们已驱车在去温江接伙伴的路上，顺路还送了一个去泰国旅游的女士到机场。接到的是一对年轻小夫妻，在浓浓的年节里，大家相见变得格外亲切，一上车双方便开始热情攀谈。女孩自我介绍说，她在成都一家科技公司上班，老公是搞艺术的，他们回男方的西昌老家过年，家人正等着他们。难怪一头黄色长发的男孩打扮十分新潮。路上的行程因为交谈甚欢而变得不再枯燥，即使途中遭遇严重堵车，好几个服务区都"谢绝入内"也没那么心烦。下午2点，车至一途中休息点，终于可以停靠了，小夫妻还主动去便利店买了两盒土豆蘸辣椒面和烤肠答谢司机的辛苦。

  傍晚7点，终于抵达西昌，送别两个新伙伴，入住早已预约的州委招待所，每年春节的西昌已成为追逐阳光和春天的热点，宾馆几乎爆满，一定得提前预约。第二天，与朋友一家欢喜团聚，见到75岁的彝族老妈妈，笑容满面，身体健康，十分开心。老人39岁丧偶，曾经的家在凉山州昭觉县，独自一人拉扯7个孩子长大，并且个个都上了大学，十分优秀。那天，沿着蓝天下的邛海而行，生活的惬意和美好便在点点滴滴的时光中了。这一刻分享到微信朋友圈后，被攀枝花的朋友看到，由此确定下一站，到攀枝花再会友人。先生迅速在长途拼车平台设定线路，很快，又约到新的同行伙伴，还是一对小夫妻。

　　第二天，说好时间地点，接到他们后再一起出发。攀西的阳光温暖如春，途经德昌风力发电基地时，那壮观的场面令人震撼。一路上，女孩子特别健谈，男孩稍显腼腆，为了让行程变得更轻松，先生开始展示他的歌喉，从流行到美声，从新歌到老歌，现场演唱会赢得二人掌声不断，并且加入进来，一曲《夫妻双双把家还》让车内车外温情绵绵。下午1点，各自分别，来到朋友相约的自家"米斯咖啡"，老朋友早已准备好红酒、美食外加热情的拥抱，美好的下午时光在行云流水般的开心交谈中顺滑而过。分别时，我对旅途的要义似乎又有了新解，旅途的目的地只是一个符号，而其中陌生的相遇、他乡遇故知的温暖才是行程中最美的记忆。

　　为了减少第二天的行程，又前行了100多千米，夜宿云南元谋县，第二天奔云南曲靖再会故友。这一路，没有约到合适的伙伴，便一路奔风景了。拜会过曲靖友人后，在贵州毕节的老朋友家再约"刹一脚"，家宴团聚，于是又有了下一个站点。这一次由于没有及时加油，途中好几个服务区没有开通，一路寻找加油站无果。在一服务区停留时，当地一路人招手搭车，十分着急，他说，买不到火车票，长途公交赶不上，能否付费捎他一程？而且，他自告奋勇说，他知道最近哪里肯定能加上油！这个40来岁的男子上车后，操着一口听不太懂的贵州话一直感谢不停，说，现在很多人都不肯搭顺风车，怕遇到坏人，谢谢你们帮了我的大忙。在走出20多千米，加油站仍未开通后，他指引着我们开出高速，拐到一个县城，终于满油上路，解了燃眉之急。到达毕节，他还在不停地说着感谢的话。

在毕节朋友的家里，欢喜相聚中，先生早已设好返程路线。等待中有人"敲门"问路，来者听声音是一位小伙子，希望能拐到镇雄县坪上镇他的家里接两个人回都江堰，并且希望能住到他家去。瞬间心动，便爽快答应，反正是无目的地的旅游，到哪都一样。但事实和理想并不同频，虽然几经了解有关路况、交通、这家人是否可靠等，但没想到从毕节到镇雄的100多千米路程，由于道路损毁严重，走了近4个小时才摇晃到镇雄县城，时近傍晚6点半，再到坪上镇，还得两到三个小时！我们决定在县城住下，取消去接他们的安排，并且表达了深深的歉意。对方沉默半天后，表示理解，但并不甘心，晚上8点后，对方再次打电话来请求帮助，先生心软，答应第二天一早去乡里接人。

清晨6点半，天色一片漆黑，我们的车跟着导航已行进在去坪上镇的路上。伴随天色渐亮，山野的乡村开始展现出美丽的轮廓，刚刚还在接近夏天的气候里，越往山上行，竟然是雪后初晴，风寒霜冻，几天里居然过了四个季！两小时后，终于和这户黄姓人家接上头，朴实的一家人早早地在路口等候，仿佛迎接自己的亲人，他们热情地邀请进屋烤火，煮上热气腾腾的汤圆，又从地里挖了一筐新鲜水灵的大白菜，装上一大袋当地的土豆送上车，才告别上路。

一直和我们对接的小伙子说，他在广东惠州一家照明配件厂打工十几年了，目前是计划部经理，他的女朋友是都江堰人，这次带女朋友及其父母来家考察，现在是送女孩父母回都江堰。上车后，从交流中居然听到一个跟汶川大地震有关的故事。女孩子一家原本住在汶川县漩口镇，地震发生时，女孩家的房屋整体下陷垮塌，妈妈从四楼一下子掉到了一楼，当她从瓦砾堆里爬出来后，带着伤痛，从土堆里找到几根钢钎，使出全身的力气救出埋在废墟里的两个人！当时还在漩口镇中学读书的女孩是幸存者之一，得到领导亲临关怀，之后女孩被送到广东继续上学，毕业后留在广东打工，认识了现在的男朋友，两家人因为这段机缘成了亲家。如今女孩一家依然生活在漩口镇，地震后半年内他们修缮了房屋，老两口都在当地一家企业打工，生活稳定无忧，如今也有了私家车，每年还会出去走走。路上看到壮丽的群山，女孩的爸爸还会掏出手机，请求停车，专门下去拍拍风景。他还风趣地说："人这辈子，就得到处看看，总得知道大城市是啥样子，外国是啥样子嘛。"老两口知道的东西还不少，女孩的爸爸不仅自己会开车，还会用微信，他说："幸好女婿老家坪上镇覆盖了4G网络，效果好得很，要不然也不能认识你们这些大知识分子……"

　　这次顺风自驾，总共收到代驾费用1500元，油费花去800元，因为节日期间没有过路费，不仅省去了出行交通费用，还有额外收获。这是一个全新的互联网时代，这是一次全新的春节体验之旅，互联网彻底改变着人们的生活，可以将全世界的人聚拢在一起。在短短的几天体验式旅游中，不仅一边丰富着自身的旅游经历，一边也帮助了那些春运期间着急赶路又买不到票的人，节约了社会资源，同时结识不同的人，了解不同的人生，这就是我的"2016旅游春运"。

　　　　　　　　　　　　　　　（2016年春应《华西社区报》之约而写）

在野菜的世界里

现代人的饮食习惯改变，比起大鱼大肉，自然淡雅的野菜渐成餐桌上的新宠。春风吹，野菜生，漫山遍野清香鲜嫩的野菜，是大自然在春天送给人们的一份厚礼。每年三四月份，是野菜生长的旺季，这时候到大自然中采摘野菜，正如周作人写过的一篇《故乡的野菜》："妇女小儿各拿一把剪刀，一只'苗篮'，蹲在地上搜寻，是一种有趣味的游戏的工作。"文字清淡用情却深，怀归之意，都藏在江南野菜的清香里了。

小时候住在川东小城，每到春夏傍晚时分，太阳西下，红霞满天。我和弟弟赶着家里的鸭和鹅到附近河坝消暑，妈妈则在后面跟着，一路提醒着，有时还哼着小曲儿，折一截柳枝，驱赶夏日恼人的蚊虫。当我们将鸭子放归小河任其畅游时，妈妈便带着我们到附近田间地头、坡上坡下采摘野菜。那时候，各种各样的野菜真多啊，妈妈是医生，她懂得哪些野菜好，哪些野菜不能吃。那时候，虽然我们不爱吃野菜，但却喜欢采摘野菜的过程，回家时，鲜嫩的野菜在小背篼里颤颤悠悠，收获的幸福美滋滋地溢满脸颊。妈妈还自创过一首歌谣："野菜花，花满地，野菜香，香过鼻。野菜苦，苦心志，野菜甜，岁岁年。"那是我童年生活中一件多么开心的事。

一转眼，到了我带女儿走乡村、识野菜的阶段。女儿们可就没了我们小时候的幸运，她们住在钢筋水泥的楼房里，从小的寄宿生活更是少了与外界的接触，旅游是对她们最大的弥补，带她们看世界的同时，也会到田间地头体验采摘之乐。女儿小学阶段，有一年，在桂林阳朔溯溪、攀崖、泥巴浴、骑行山间尽兴之余，不忘寻得一户农家，和农家的女儿一起去菜园子拔草摘菜；某年去绵阳朋友乡下老家，到山坡上找鱼腥草，摘上一袋带回来洗净拌炒，那是我有限的野菜知识里最有把握的一种；多次到乐山峨眉乡下挖野韭菜，那绿油油、香喷喷长得格外青翠的野韭菜让人爱不释手；日常也会领着她们到植物园、蔬菜种植基地、水果基地，在乡农的指导下，和她们一起了解农学知识，再采上一些菜蔬带回家，两个女儿十分乐于参与。每每忆起，终于和我的童年打通了，一代一代，天下的妈妈总是恨不能把什么都带给孩子的那个人。

野菜苦，苦心志。小时候饮食中搭配的各种野菜，扮演的是缺少油荤时掺杂了谎言的诱惑，实则并不好吃。野菜的苦涩是留在记忆中抹不去的印迹。而今，餐桌上的野菜却是难得的佳肴，只怕被厨师的巧手改良调和，变得不够苦，不够原生态。但好吃又好看毕竟是食客的第一诉求，各具风味的同时才是兼备的保健功能。"医食同源"既是野菜得天独厚的优势，又是佳蔬和良药，各种野菜自然成了时令季节的风头菜、网红菜。每到当季，一旦遇上，便不忍错过。

在我的野菜世界里，排在第一的当数野菌了。它们是长在我童年生活里的绝对美好。小时候，寄住在外公外婆家的我，就是歌里唱的"采蘑菇的小姑娘"。那时候每到蘑菇生长季，跟着大人到山里采蘑菇，总能收获满满，小小年纪，也由此识得了鸡枞菌、牛肝菌、丛菌、白葱菌、松茸菌等10余种，它们在我眼里，每一朵都带着露珠，无论美丑的菌子都是公主，都得小心呵护。即使生活贫瘠，也总不忍都吃了。舅妈疼爱我，每次都留一两朵最好看的让我把玩，其余的则逃不掉地成了盘中菜。其实从它们入锅那刻起，无论是清炒、配肉炒还是炖汤，飘出的浓浓的菌香，简直可以香出几里地，可以从嘴里一直香到梦里，从童年一直香到现在，真是一生最治愈的香气。

对于野菜里的鱼腥草，俗称折耳根的尤物，实在值得多说几句。它还有很多名字，蕺菜、狗贴耳、猪拱鼻、岑草等，每个名字背后都带着强烈的感官认识，它天然的鱼腥味把喜欢和不喜欢的人一分为二，会吃和不会吃的人对这根草赋予了截然不同的评价，也可由此对一个人的来历做出地域的准确判断。在云贵川等地，折耳根就是仙丹妙药，人们对折耳根的钟情赛过恋爱中的男女，每一口咀嚼都是甜蜜的爱的味道。所有关于折耳根吃法的发明创造都是对这个世界极致的贡献，原以为，搭配炒肉、煲汤、烫火锅、串串香，与香菜一起凉拌已是花开百样红，有它可以下三碗米饭，殊不知，它本身也可变身为一种调料，将"蘸水"这种令人垂涎的东西再度升级，能"蘸着吃"的折耳根真能让人吃得站起来，围着饭桌转三圈以消化快撑破的肚皮。爱者自爱，哪里有什么鱼腥味？或者原本就对鱼腥味失去了免疫力，恨不得把沟沟坎坎、墙角旮旯里长的都铲除干净，变成碗里的那道美味。

与之相反，对这类霸王级野菜中的极品，不会吃的人对折耳根自带的泥土味加金属味加鱼腥味，能一口吃出眩晕的感觉，会经历一秒左右的眼前一黑，大脑空白，才是起死回生后的眼眶湿润，从此对这个世界宽容有加，也由此原谅了曾经不能理解的那些不会吃香菜，不会吃葱花，不会吃芹菜的人。也有外地人在吃过第一回之后，形容就像一口咬在电线杆上，大脑立马死机。《吴越春秋》之《勾践入臣外传》中记载，勾践被俘后曾吃吴王的屎，导致长期口臭，范蠡就让大家都吃鱼腥草，算是以暴制暴。

早在两千多年前的春秋时期，古人就识得了鱼腥草，传承下来的各类医书也多有关于它的诸多解读。接受和不接受都是身体的本能反应，食之者勇敢无畏，不食者也不必懊悔，一根小草的背后，只当是理想主义和现实主义照进了两种不同的生活。

　　清明菜，又叫佛耳草、猫耳朵，也是野菜里极普通的一种菊科植物，乡下山坡、田坎或荒地随处可见，生长性强。《名医别录》称其"主痹寒，寒热，止咳"。清明菜外形像一把撑开的伞，又像一朵朵蘑菇云，被一层白色的绵毛包裹，静静地等待花开果熟。到了清明节前后，清明菜便呈蓬勃之势，幼苗已可食用，长至春夏季，一般采其嫩茎或地上部分回家。在四川乡下农家，清明菜常被做成粑粑、馒头或包子，或蒸或煎，软糯清香，带着朴素的草叶之性，日月清辉，回味无穷。

　　在人们喜爱的野菜世界里，还有一种叫茼蒿的叶绿素丰富的植物，近年来带着它的小清新赢得越来越高的口碑。由于茼蒿长得像野菊，所以又被称为菊花菜。中医里称其具有"安心气、养脾胃、消痰饮、利肠胃"之功效，对于食客而言，关心的更多的是口感。它的茎和叶都可以同食，有蒿之清气，菊之甘香，鲜香嫩脆，因长得娇气，入锅即熟，人们对它便多了几分呵护和小心。茼蒿不像鱼腥草那般挑人，带入感自然强了许多。

　　而野菜中的荠菜又叫菱角菜、麦地菜，则含有丰富的蛋白质、糖类和胡萝卜素，南北通吃。民间早有谚语："三月三，荠菜当灵丹。"宋代大诗人苏轼留下"时绕麦田求野荠，强为僧舍煮山羹"的著名诗句，为我们开启了祖先与荠菜相互依存的历史。荠菜饺子对于很多人而言，便是童年的白月光，远去的故土情和乡愁记忆。

　　在人类的野生植物的食谱里，还有椿芽菜、水芹菜、婆婆丁、马齿苋、枸杞芽、竹叶菜、豆瓣菜、血皮菜、鹅脚板、苦菜、蕨菜、薄荷、野苦笋等，还有许多我叫不出名的野菜，可能早已潜伏在我们餐桌上的春卷里，唇齿留香的包子、饺子馅里，一碗清香四溢的菜粥里，一锅沸腾的铜火锅里……当野菜与舌尖交汇萦绕，彼此缠绵之际，你会惊异于人类的发现能力从来没有边界，没有穷尽，而大自然给予人类的礼物竟是如此厚重，普度众生。

常言道，美丽有毒。五花八门品种繁多的野菜并非个个友好，凡事都有善恶两面。既是野生，就有野性，小时候就听妈妈说过，有种好看的野菌，毒素最强，千万不能碰。自然界和人类社会一样，真实与虚假，外表与内心，都带着一层蒙娜丽莎的面纱，需要多长一双眼睛。天地之间，日月精华，正负双极，都在那一根一草、一花一叶的哲学命题里。

（写于2017年，2022年8月改写）

2018—2022 Chapter 4

世事清岚，人生如棋，落子无悔，追来日可追？

2019年新疆行，与回国度假的双女
徜徉于夕阳下的布尔津小城美食街

2020年，冕宁采风之建设村葡萄园基地

2019年，新疆行之那拉提草原

2021年，中秋节澳门行

甄子场，开放的花朵

甄子场就是洛带古镇，洛带古镇就是甄子场。甄子场的历史就是洛带古镇的历史。

甄子场是成都"东山五场"之一，所谓"东山五场"就是成都五个客家人最集中聚居的地方。"东山五场"有哪些呢？它们分别是石板滩、甄子场、廖家场、西河场、龙潭寺。它们将所处的新都、龙泉、青白江、成都成华区连接成有客属标志的一大片，并被命名为"成都东山"。它们无一例外都保留了客家建筑的风格和习俗。不仅如此，既为场，便有贸易，有聚集，有人来人往，有声还有色。但在历史的滚滚洪流中，五个场镇的命运却发生了起伏，有的声名鹊起，日益繁荣，有的日落西山，渐渐被人遗忘。

而甄子场历经岁月的演变，如今已成长为中国西部客家第一古镇、中国历史文化名镇、国家文化产业示范基地，是成都近郊说走就走的网红旅游地。但很多来来往往的人并不知道洛带古镇跟甄子场的关系，当踏入古镇入口，看到城门墙头"甄子场"三个字，便会恍惚，以为走错了地方。说到甄子场，大多会联想到三国故事里的蜀汉后主刘禅，还有那条传说落入古井的玉带，由此衍生了"洛带"得名的由来。孰真孰假暂不去想，但自古以来，甄子场便是洛带的政治、经济、文化中心，在客家人的心里，赶甄子场是洛带及其周围乡民最幸福的日子。甄子场的城门一打开，洛带的集市便打开，乡民的快乐便打开，生活的意义便打开。甑子场就是属于他们自己的"精神东山"。

　　甑子场是历史上"东大路"上的商贸重镇之一。作为连接成都和简州的重要商贸节点，甑子场处于川西平原与川东南山地丘陵交会处，物产、气候、交通兼具平原和山地特征，具有多元和包容的特点。其次，它是川东水路和川西陆路的连接点，具有"旱码头"的货资储运和转运功能，可谓"左右逢源"，其地理优势由此可见一斑。直到民国初期，在承担着成都到重庆陆路交通最重要的800多华里的古东大路上，沿途设有5驿、4镇、3街、72场，共10站路程。龙泉驿便是其中一驿，甑子场便是其中一场。东来西去的客商都习惯在这里休整一下。鼎盛时期，黎明时分刚一打开城门，但听旅馆的开门声、轿夫的招呼声、餐馆茶肆早点铺的吆喝声、燃灯寺里的诵读声以及早起的鸟儿喳喳喳的鸣叫声，沸沸扬扬已交织成一片。到了中午，更是热闹，豆花饭、臊子面已香出几里，餐馆、酒馆的杯盘交错，匆匆的赶路人来得快，去得快，潮水般快闪而过。等到黄昏来临，旅店门前的伙计们开始忙乎起来，揽客入店，打马歇脚，入夜后场镇上灯火通明，人来人往，酒足饭饱后看川剧清音、听评书曲艺，将一天的疲劳驱散，把生活的快乐延长，直到二更才慢慢消停。

　　今天，甑子场仍是洛带古镇的"春熙路"。多少次走在甑子场的主街上，双目所及是始终看不够的客家文化标本，就像一本随时打开的民俗奇观。那些保存完整的会馆集群和民居，就是这本民俗大观中无言的黑白片，静静地讲述着它曾经的繁华和骄傲；那些时不时就能偶遇的客家婚礼迎娶，那些属于客家人自己的节日的欢愉，那些隆重而庄严的祠堂祭祀等，就是这本民俗大观中开放的留声机，无时不在传播一方独特的文化、人文和故事。客家人在四川主要有三个分布区域：一是成都周边，二是沱江流域，三是川北地区。而在所有的客家居住地中，以洛带的客家文化保留最为完整，影响力最为广泛。面对如此强势的文化烙印，客家文化在退缩的过程中形成了一个又一个文化孤岛。新中国成立初期，成都湖广文化和客家文化的分界线便在今天的春熙路一带，春熙路以东为客家文化区，春熙路以西为湖广文化区。今天，客家文化区虽已退至成都三环路以外，却在甑子场成为纪念性的范式，由此显得弥足珍贵。

甑子场是客家的"再生花"。甑子场的开放性、包容性，吸引着无数的人来此投资、居住，打造未来。今天，在这个小小的古镇上，除了现存的四个移民会馆，在一街七巷相连的中国艺库、七十二院等扩充地带，又增补进了新的文化意象。当代艺术中心的建筑造型依然沿袭了客家人的建筑风貌，又融入了时尚现代的元素，圆顶层楼的格局，同样充分地保留和展示了客家围合、安全、圆润的特征。还有艺库新街上的开放式院落以及闭合式小巷都与古镇的街巷一脉相承，使得今天的甑子场，就像是提供给游客、观光者体验客家历史的露天博物馆。这种以客家文化为主、多种地域文化和睦共处的文化生态圈，将文化的多样性和开放性表现得尤为突出，并且得到了生动的现代表达与传承。

犹记得2005年10月，世界客属第20届恳亲大会首次带着粤、闽、赣、中原以及海外客商，以寻根的理念奔涌而至在成都举办，龙泉驿洛带分会场吸引了全球的目光。秋日的洛带一如春色灿烂，甑子场千年的积淀就等着客家后人们这一天的到来。旧谱、族人、房檐、炉火，或软软的带着草根气息的乡音……那天的甑子场是离开闽粤赣桑梓地，在外飘零了二三百年的游子后人在大族群新家园最隆重的一次精神回归。可以说，在四川所有的古镇中，只有洛带古镇具有这种文化上的多元特点、开放空间和持续生长的可能性。正如客家——一个以客为家的东方犹太族群，在跨越时空的发展历程中，继续焕发出耀眼的生命活力。回归迎来的是新的发展，智慧与移民文化在短暂的时光重叠中碰撞出新的火花。原本就商贸兴盛的集镇，必将给今天的子民带来更加繁盛的未来。

甑子场是连接过去与将来的"大戏台"。我已经无数次地行走在甑子场的大街小巷上,"一街七巷四会馆"已是曾经的甑子场,如今加上八街十二广场、艺术粮仓、创意名堂、当代艺术中心、博客楼、七十二院以及三峨街对面湿地公园新景……今天的甑子场纵横捭阖,延续着客家的精神,扩展着客家的文脉,并且加入了更多外来的艺术与文化的力量。"最后的客家王国"乡音犹存,燃灯寺的香火犹盛,气势不凡的五凤楼依然是风景中的风景,高高的四方塔置身在上场口的龙文化广场上,从四面八方迎送宾朋,字库塔像老街心尖上的历史标杆,传递着洛带人崇尚文化、惜墨如金、耕读传家的谦谦君子古风,每每经过它的身边,便勾起古镇崇文重教的历史文脉。建自民国时期的客家公园位于场镇中央地带,女子茶社、娥亭、先师楼等掩藏其间,就像一座平易近人的镇中绿岛。同时又是连接燃灯寺与老街的一艘不动的渡船,香火升落间,从此岸渡向彼岸。

甑子场岂止是一个场,镇子门,凤梧书院,康熙移民诏,巫氏大夫第,遍布家家户户的八角井,明清遗留的水缸,上街的新民饭店,下街的供销社食堂,沿街的烟熏鸭、油烫鹅、鸡枞菌和伤心凉粉、开心凉粉,热闹的集市,不绝于耳的客家俚语,沸腾的火龙节和水龙节,会馆里的说书人,公园里的吹拉弹唱,还有越来越多在街巷上逗留的时髦女子,都像是放大了的一个小世界,将古场镇的生气和韵味变得越发意味深长,令人流连忘返。

这就是甑子场,一个又是客又是家的地方。

(写于2018年,2022年9月改写)

阿克苏，夏日里不落的太阳

多少年来，对新疆最初的美好想象都来源于那些动听到深入骨髓的歌曲，《新疆是个好地方》《吐鲁番的葡萄熟了》《达坂城的姑娘》《打起手鼓唱起歌》《掀起你的盖头来》《阿拉木汗》《远方的朋友请你留下来》……只要闭上眼睛，随便一想就能说出好多，都是那么耳熟能详，对新疆的无限向往和期待一直深埋在心里，越是想去的地方，越是想把它留到一个最好的时间，最好的心境里。

2019年盛夏，受新疆四川商会秘书处考察邀请，行走新疆终于进入议事日程。这一年，分别在法国和德国留学的双胞胎女儿，难得有机会同期回国，我也把我的休假调至同步，广袤而充满民族风情的新疆，我们终于来了！

此番新疆行没有清晰的南北疆之分，知道一次是远远不够的，新疆的版图之大，大到你凭脑袋无法想象它的边界，只有去了才有更深切的感受。所以，一切顺其自然。

我的第一站是阿克苏，新疆四川商会组织百名企业家应阿克苏地区行署之邀，有一场招商引资考察行。带着工作或者一定目的的旅行是我很乐意的方式，旅程也会变得更有意义。阿克苏，维语意为白水城或清澈的水，它是古丝绸之路的重要驿站，龟兹文化和多浪文化的发源地，被称为"塞外江南"，古为中国秦汉西域三十六国的姑墨、温宿两国属地。落地阿克苏的第一天，便被那轮夏日里不落的太阳深深震慑。在这里，正常的午餐时间基本是下午两三点，晚餐顺延，直到夜里九十点依然如同白昼。白天被无限拉长，阳光是那么的慷慨，落日余晖的黄昏美得令人心醉，夕阳映照下的一切都蒙上了一层诗意的光辉。夜晚星空闪烁，没有密集到令人窒息的人流和车流，夜色也像是放大了无数倍，可以尽情仰望星空，让思绪信马由缰，任意驰骋。

阿克苏的行程是由会务组统一安排的。招商会上，第一次这么近距离地观看了新疆的宣传片，座谈、交流、项目合作……晚宴时，漂亮的维吾尔族姑娘带来热情的欢歌和舞蹈，来宾们也尽情地交换信息，仍然不忘商务洽谈……第二天的第一站，参观考察的是一个浙商投资的规模很大的棉纺工业园，干净整齐的车间，纺织女工们有条不紊地忙碌着，没想到新疆尤其是阿克苏，作为优质棉生产基地，也是新疆重要的棉花交易集散地、轻纺工业聚集地，对中国乃至全球棉纺织业起着举足轻重的作用。两年后，当"新疆棉"遭遇海外某些不明真相或者别有用心的企业制裁时，我只想说，倘若他们到此走一走，就知道他们是有多愚蠢。优质的新疆棉从来就不缺市场，从种棉到采棉，再到加工生产，其机械化程度和规模化、集约化，早已超越无知者的想象。

行程很密，一程连着一程。走进温宿国家农业科技园，令人眼花缭乱的农副产品已然让人兴奋，更有庞大的电商平台连接着新疆和世界各地，也吸引着无数年轻的创业者和高科技人才来此开拓人生。实地考察阿克苏苹果园，名副其实的新疆瓜果令人垂涎，上百个品种的葡萄、新疆特产的薄皮核桃、红富士苹果、红枣、杏、香梨、甜瓜、哈密瓜……尝了这个还有那个，应有尽有，只恨肚量不够，装不下太多。接下来参观柯柯牙绿化工程纪念馆，感谢一代又一代的治沙人用青春、生命的付出，留给后人一片绿洲而由衷感叹、敬仰。与一位在新疆发展的川籍企业家交流，他说他已经是第二代援疆人了，他的父母当年被派援疆，那时候条件实在是太艰苦了，但他们依然选择了留下，在他心里，新疆早已是他的第二个故乡。他们是和平建设年代最值得尊敬的人。

驱车前往阿瓦提县的刀郎古村部落，终于见到了传说中的胡杨树。2011年，一位生活在新疆、专画大漠胡杨的油画家刘拥先生来成都办个展，我受托协助他办展期间的媒体宣传。那是我第一次看到如此不一样的胡杨林和胡杨树，我以为那是世上最美的树。自此，那些画布上的风景和胡杨就像一场梦扎进了我心中。胡杨树有着无比强大的生命力，被称为"三个一千年"，活着一千年不死，死后一千年不倒，倒后一千年不朽。在刀郎部落，我眼前的胡杨大多已进入它们生命的第三个层次，留下的是沉默不语的从容和静美，看着眼前千姿百态雕塑般的存在，深深地被它们千年守望的姿态而震撼到，久久无法言语。当地的朋友介绍说，在新疆，还有不少的胡杨林，比如位于217国道一侧的沙雅胡杨公园，放眼望去就能看见漫无边际的大漠中，矗立着一棵棵枯立的胡杨。这片胡杨林被命名为"魔鬼林"。其实，我倒愿意给它们一个更美的名字，比如迟暮美人，在它们上个一千年，风华正茂的最惊艳的色彩季，所有成熟的金黄色，都是献给这个世界最好的礼物和最美的风景。

在刀郎部落的晚宴，宾朋们再次被热情的欢迎致辞和极富特色的新疆美食点燃。热血沸腾的我彻底卸下包袱，暂时忘了自己是谁，跳上舞台，和美丽的维吾尔族姑娘们一起欢舞……

行程的第三天，驱车前往神秘的温宿县天山大峡谷。大峡谷位于库车县（今库车市）北部72千米处217国道旁，到达谷口，开始步行。这是完全不一样的观景感受，也是最富色彩的一天。距谷口1.4千米处的山崖上有一处唐代石窟，窟内南、北、西壁上有残存壁画和汉文字。呈东向西，纵深长约5.5千米的大峡谷，虽然烈日昭昭，但越往深处却越发清幽，两旁高高的红褐色岩石，经风雕雨刻修成坚硬的岩壁，远处峡谷曲径通幽，别有洞天。山体千姿百态，峰峦直插云天，沟中有沟，谷中有谷，南天门、幽灵谷、月牙峡、虎牙峡、虎牙桥、魔天洞、雄师泪等景观造型生动，形态逼真。距峡谷700米处另有一峡谷，与神秘峡谷相伴而生。天山神秘大峡谷确实不虚妄言，堪称集雄、险、幽、静、神为一体，身临其境者无不赞誉叫绝。

三天的阿克苏之行，满满的收获和信息都已储存进大脑里，其中不乏收获了一拨新朋友，在日后的生活中，他们就是我的新疆之窗和下次驻足的驿站，旅行加工作加友情生长，再次给到生活无穷的正能量。美丽的阿克苏，相信一定还有下一次。

（写于2019年9月，2022年略改）

行走无疆，甜蜜又珍贵的时光

告别阿克苏，告别新疆四川商会李会长、秘书长陈姐姐，阿克苏川渝商会徐会长等新老朋友，乘机返回乌鲁木齐，在机场无缝接到刚刚抵达的两个女儿，全家会师后，即将开启的便是真正的自驾之旅。早已在网上预约了落地租车公司，且租车公司就在机场附近，步行即到，办好手续，接下来的一切，就都心随我愿，想去哪儿就去哪儿了。

拿到车后，租车公司的工作人员给了两个重要提示：一是在新疆每个人一定要随身携带身份证，无论是加油、住店、吃饭，还是去商场、电影院等任何场所，都需要出示身份证。二是开车途中沿路都有限速，千万小心，以前有自驾游客不小心超速几十次的，处理起来会非常麻烦。后面的行程中，都一一被印证。

计划中在乌鲁木齐市还有半天一晚的停留，在市中心一商务酒店住下后，我们开着车先漫无目的地逛了逛街。乌鲁木齐市作为新疆的首府，也是国务院批复确定的中国西北地区重要的中心城市和面向中亚、西亚的国际商贸中心，城市繁华，高楼林立，道路通达，管理有序。按着时间点，我们前往新疆兵团川渝商会拜访，商会现任胡会长是遂宁人，前任陶会长因故去世后，他接手商会担起了会长职责，带领大家抱团发展。一番交流后，胡会长陪我们前往乌鲁木齐最大的夜集国际大巴扎，让我们感受新疆之夜的烟火气，这也是我期待的。每到达一个城市，夜晚最能体现这个城市的生活气质。据说乌市的国际大巴扎热闹非凡，没想到的是如此人声鼎沸。先是找停车位就费了很大的劲，转了好几圈都没车位，商会的小妹妹不得不在最大的停车场等着，一旦有了空位便立即守着，即使这样，也在大门口排了很久的队才得以进场。停好车朝着夜集步行，偌大的夜集应有尽有，各种新疆特产、服饰、珠宝、美食，伴随无处不在的新疆民歌和鼓点，还有穿着鲜艳民族服装的维吾尔族朋友穿梭其中，感觉就像一幅流动的布面油画。我们常说，自己熟悉的城市里那些著名的景点都是给外地人观光的，但这里不是，最早的巴扎发自民间，是维吾尔族人"凑堆儿"的地方，发展至今，巴扎依然是当地人排忧解愁的好去处，是他们的精神领地，有钱没钱都去巴扎，坏事喜事都去巴扎，致使各地的巴扎从来不缺人气。在这些扎堆的人流里，除了外地人，还有很多很多的本地人。

太多好吃的美食，实在无从下手，胡会长一路领着，一路买着，终于等到一桌空出来，我们赶紧坐下，将七七八八选好的吃食摊开，这时候少不了啤酒登场，大快朵颐，吃到实在撑不下，再沿着街道转悠消食，买些有用没用的小东西。这样的夏夜，实在是太惬意啦！

接下来的一个重要行程就是喀纳斯风景区了。途经一个被誉为"童话边城"的小城市布尔津，决定打尖住下，自驾的最大好处就是想停就停。下午6点左右，在酒店附近寻着一条美食街，美食街沿河而建，一路打望拍照，宁静的小城，只要是夜集就总有来来往往的游客驻留，一切都是美好的。

都说到新疆没去喀纳斯就等于没去过新疆，一点没错。喀纳斯国家级风景区位于新疆阿尔泰山中段，大小景点有55处，有国家级自然保护区、地质公园、森林公园，有河谷、草原以及原始村落，其核心精华就是冰川湖泊。抵达喀纳斯时间尚早，入住的是在布尔津一家老板推荐的小木屋。木屋在喀纳斯景区内较深处的村落，男主人是个二代创业者，大学毕业后回到家乡做文旅，投资了木屋部落，有近20间房，虽然设施简陋了些，但十分安静，能看到日出日落，那份恬淡自然，和男主人的性格倒是十分匹配。

午后的时光，先美美地在驻地拍照，然后乘景区公交去了观鱼台，之后徜徉森林、湖泊，想着是否能遇到传说中的"水怪"。然后信步景区一条街，散散漫漫，无拘无束。晚上买了些方便吃食，回到木屋后，在户外草坪拉开阵势，就着斜阳余晖野餐，放开嗓子歌唱，直到夜色阑珊，星光闪烁，游客们尽兴睡去，我们也回屋休息。第二天迎来最美晨曦，在露水和晨光中睁开眼，太阳正从天边冉冉升起，阳光一点点铺洒在宁静的草地上，又是美好的一天。这一天我们去了喀纳斯的核心景点月亮湾区，沿路观景卧龙湾、月亮湾，走走停停，看景听故事，美不胜收。虽然时值盛夏，但早晚温差大到惊人，值班的民警都穿着厚厚的冬装，由于准备不充分，上车时还刻意脱了厚外套，不想一路上被冻到手脚冰凉，幸好有步行，增加了些身体的热量。下午回到驻地后，才感知到什么是火热的夏季。

离开喀纳斯前往下一站，做的攻略是独山子大峡谷，两个女儿脱了厚厚的外套，曼妙的身材毕现，途中的炎热也毕现。晚上歇息在奎屯市，奎屯虽然只是北疆的一座小城，古丝绸之路上的一个驿站，不想竟也美得如此小家碧玉。从我们入住的酒店出来，是一条"灯光秀"网红街，惊讶于创意者对那些丰收的麦穗、玫瑰花的合理利用，让这条街靓出了风格，给城市之夜平添了浪漫与温馨。夜幕下的奎屯，依然掩不住它小小的现代和繁华，霓虹灯渲染着整个城市，空气中飘着美食的香味，牵着宠物、悠闲散步的市民享受着安宁与祥和。我们依然奔着夜集而去，这里是另一番喧嚣，烤串、啤酒，以及各种夜食，仿佛要把夜色也囫囵吞了去。

热闹散去，回到酒店歇息。第二天继续驱车奔独山子大峡谷。这是我们想要探秘的独库公路中途经的一个游玩处。独库公路，被称为最美公路，一生一定要走一次的公路。到达大峡谷时尚早，两个女儿已跃跃欲试。景区里的玻璃栈桥、蹦极、步步惊心、悬岩秋千、高空单车……都是喜欢冒险的年轻人的所爱，我已没了那份勇气，看看表演，观山望景，看两女玩得开心，我已十分开心。独山子大峡谷和之前看到的天山大峡谷各具风貌，峡谷是经天山雪水和雨水多年冲刷形成，谷深大约200米，谷壁悬崖陡峭，去时河流干枯，但大自然的鬼斧神工凿出的这奇特景观，实在令人惊叹。

继续沿独库公路前进，途中不停地遇到羊群和马群，车辆跟在它们后面缓缓而行，也构成了一道景观。一路驱车，独库公路虽然没有听到的那么神秘，沿路的景致也没有想象的那么丰富，但一天四季的感受却十分鲜明。为了多些了解，我们将车停在了乔尔玛烈士陵园，通过参观才知道，天山独库公路10年修筑那段艰辛的历史，当年的官兵们付出的是怎样的牺牲。独库公路的通车，使新疆初步形成了一个以天山为轴的纵横交错、四通八达的公路网，缩短了南北疆的行程距离近600千米，对于维护边疆稳定、巩固国防、搞活天山、开发天山资源、通畅经济区域之间的物资交流，促进南北疆沟通和繁荣，改善各族人民的物质文化生活，都具有十分重要的现实意义。

沿独库公路果然一路都是风景，巴音布鲁克草原和那拉提草原是最有影响力的两个，我们决定去一个，便定了次日前往那拉提大草原。正如牧民的先祖们给这片土地起的这个诗意的名字一样，那拉提，最先见到太阳的地方。次日，太阳刚刚探出头来，就用第一缕阳光亲吻了这片草原，我们也在阳光和晨露中早早到达那拉提。那拉提草原自古就是一个大牧场，优美的草原风光与当地哈萨克民俗风情结合到一起，成为新疆著名的旅游观光景区。进到景区，可以去的有三条景点线，分别是：空中草原—天界台—天牧台；第二条是河谷草原，有草原部落、美丽的山沟、乌孙古迹、依提根塞民俗互动体验区、森林公园；第三条的盘龙谷道包含了时来运转、蛟龙出海、卧牛岗、国际赛马场、代格拉斯等景点。我们选了空中草原，天气晴好，虽然阳光很烈，但蓝天白云，通透的空气，凉风习习，体感依然十分舒服。骑马上山，有马夫坐在后面，十分安全。眼前是满眼的绿色，远处是密密的森林，在草原上没有多少娱乐，就是可以让身心放松。美妙的一天，悄然间便从指缝间滑过。

行程的最后一站便是吐鲁番了。因为有吐鲁番川渝商会罗会长的盛邀，还有被关牧村唱红的《吐鲁番的葡萄熟了》所吸引，是到了揭开吐鲁番神秘面纱的时候了。到达吐鲁番，住进罗会长开的酒店，已有丰富的晚餐和热情的罗会长迎候，他乡有故人是件多么幸福的事。今日的吐鲁番，作为乌鲁木齐的门户，新丝绸之路和亚欧大陆桥的重要交通枢纽，其地理位置的优越越发凸显，近年来也是发生了突飞猛进的改变，这当中也离不开浩浩川军对当地的贡献。听罗会长的介绍，吐鲁番旅游的景点确实很多，交河故城和古村、坎儿井、吐峪沟麻扎村、柏孜克里克千佛洞也就是著名的《西游记》火焰山的拍摄地、葡萄沟……听从安排，我们选了其中几个。葡萄沟是一定要去的，再去看看坎儿井，顺路游下郡王府遗址。吐鲁番的高温名不虚传，大火炉烤得人只想躲在空调房里，还有些想去的地方就留待了下次。

葡萄沟分新的和老的，对外地人而言，老葡萄沟更原汁原味。老葡萄沟全长8000米，宽2000米，整条沟被葡萄覆盖，葡萄叶子下面就是纯正的新疆村庄。正是葡萄成熟的季节，也是最热闹的季节，在这里不仅可以品尝各种品样的葡萄，还有葡萄博物馆可以了解更多知识点，还有欢快的民族歌舞，是一个休闲娱乐的好去处。终于感受到了关牧村歌里"吐鲁番的葡萄熟了，阿娜尔罕的心儿醉了"那份幸福的滋味。

去过葡萄沟，再去坎儿井。中国从古到今，从来不缺伟大的工程，长城、大运河、都江堰水利工程……坎儿井也算一个。它是在干旱地的劳动人民漫长的历史发展中创造的一种地下水利工程，通过引出地下水对地表进行灌溉，以满足沙漠地区的生产生活用水所需。一个完整的坎儿井系统包括竖井、暗渠、明渠和错现四个主要组成部分，在该原理下运转的坎儿井流量稳定，且能保证井水自流灌溉。从地面汗流浃背的高热状态走进地下，像是穿越到了另一个世界，凉气逼人。踩着玻璃栈道，可以清晰地看到脚下潺潺流过的清澈的地下水，对当地人来讲，这就是生命之水了。要知道，修筑这样的坎儿井，绝非一日之功，那些付出财力、人力、时间和生命的建造者，造福了一辈又一辈的后来者，值得永远铭记。

离开吐鲁番前的最后一餐，依然是罗会长安排的夜集。在新疆的夏季，要想酣畅淋漓，就得去巴扎，夜集真的是所有人的首选，有点像是夏天的重庆火锅，一边甩着大汗，一边吃得欢爽。美丽又多情的新疆，感谢这片广袤的土地，让我再次想起歌里唱的："人都说新疆是个好地方，地肥水美令人神往，能歌善舞的新疆人哟，每天的笑脸都神采飞扬……"

（写于2019年9月，2022年略改）

解码德昌的凤凰基因

　　德昌是凉山彝族自治州的一个县，紧邻西昌、会理、米易。德仁则昌是它的心，错落有致、小巧玲珑是它的形，神鸟凤凰赋予它美好基因，多民族融合给予它文化之魂，绵绵康藏高原是它的庇护之神，安宁河河水养育着两岸子民，滟滟波光一如《再别康桥》里的吟诵，经年不息，东西对峙的螺髻山和牦牛山则滋养它五谷丰登，瓜果甘甜，林木茂盛，四季如春。

　　过去的德昌就像一个小小的秘密磁场，这个磁场有正负两极，一极连着天然的自然生态资源，一极系着厚重的历史人文。由于德昌三山四水环绕，阳光慷慨大方，生态资源先天富足，五度禀赋中的县城海拔高度、年均平均温度、四季相对湿度、空气洁净度、日照总时数都达到理想的生态康养最佳表现。适宜多种经济作物的生长，成为优质、高产、高效、生态的农业理想之地。烟叶、蚕桑、蔬菜、林果、花卉等特色支柱产业全面快速发展，核桃、枇杷、桑葚等六大现代农业产业园初步建成，"德昌桑葚""建昌板鸭"获国家地理标志产品保护，"中国果桑之乡"已成为德昌的重要名片。

　　如果说德昌的生态是上天赋予的天然武器，那德昌的人文则是支撑它文明进程的另一宝杖。在这个宝杖的指挥系统中，从古至今的德昌人及泛德昌人，还用凤凰文化、宗教文化、红色文化、民族文化编写了若干子程序，其中又尤以傈僳族文化最有特色。

今天的德昌，始终沿着凤凰文化的肌理步步延伸，人们依然叫它凤凰城，它还有一个别名叫香城。民国《西昌县志》记载："凤浴寒潭，德昌凤凰嘴，以形似得名，而喙向河流，饶有赴浴之神。"关于凤凰城的来历，传说与改编犹如世说新语，但凤凰的取意则是所有向往美好的人类的普世追求，由此便有了凤浴寒潭的名胜美景，有了新矗立的凤凰阁鸟瞰全城的凌空雄姿，有了凤凰大道连接未来的通途，还有无处不渗透的中华民族精神与审美的文化图腾。

今天的德昌，循着历史的踪迹，可以追溯到两千余年前。两千余年的分分合合，不仅没有让德昌湮灭，反而更加促成了德昌小我中的大我，作为"北达京畿，南通蒙诏"的古代南丝绸之路必经之地，既通缅、印，亦达东南亚、西亚以及欧洲，在外来文明与家国情怀中，德昌兼收并蓄，一方面商贾云集，贸易发达，另一方面文商并举，延续着民族文化的精髓。那依然保留的古蜀道、古石桥斑驳的苔痕，记录的是昨天的兴盛；那"九宫十八庙"，铺陈的是文化的繁荣和多样性；那被誉为"中国金字塔"的大石墓群，是先人神奇的技艺造化；相邻相依的钟鼓楼、仓圣宫、字库塔，以及新建的凤凰阁、上翔街的魁星阁，成为这方土地上文风的绵延。据不完全统计，小小德昌已发现的字库塔就有6座之多，仓圣宫的建造迄今有180多年历史，国家、省、州级文物保护单位有24处，列入非物质文化遗产名录的达22项。这一切充分展示了德昌人崇文敬字的优良文化传统，彰显了教化世人、敬天惜字的人类文明，催生了德昌先人崇文厚德的淳朴民风。德昌仓圣宫、魁星阁和字库塔群，成为仓颉文化在德昌传承的最好证明。

伴随当年的德昌书院、凤池书院，一路走到今天的百年德昌中学、新办的绵阳南山国际学校以及各类职业院校，教育之光就像凉山的索玛花遍地绽放。有《纺织》诗云："唐魏遗风俗未更，内勤纺织外勤耕。家家机杼催残月，半杂儿童诵读声。"德昌的黎明都是从学校里朗朗的读书声被掀开的。

与之相映衬的是上翔街上的法式教堂，高高矗立的十字架和灰白墙体建筑，将一股外来文明的风吹进德昌，让这座边远小城多了几分洋气。但这一切并不影响傈僳族的老少们吹着他们心爱的葫芦笙欢歌曼舞，过阔时节；也不影响彝族同胞庆丰收，过彝族年。还有当年中国工农红军深入人心的红色财富。我们知道，文明总是在排斥和吸引中互相渗透，不断地碰撞出新的火花。

在这样一条条纵横交织的循环系统中，加倍催生出关于未来德昌新的想象。未来的德昌，将改变思维，通过技术的迭代让蓝图一点点实现。未来的德昌，缤纷的市集、极大的物质丰富是古丝绸之路与今天的接轨；春节、端午节、丰收节、刨汤节、乡村美食节、草药节、民俗文化节，将激活来来往往的人心。未来的德昌，所有的风土人文、自然之美、资源之优、美食之诱、康养之颐，将张开生态德昌、文化德昌的翅膀，让每一个人可以安放身心，释放乡愁；未来的德昌，让城市的文明造化和诗书传承从空中落到地上，文化的烟火气在街巷流淌，将来以来的每一天，可以感知最真实的生活，最质朴的情感，最生动的故事，徜徉在古老与现实的长河里，续写德昌新的画卷和生活传奇。

当某一天我再次穿行在光影婆娑的牦牛山，看着窗外永不熄灭的城市灯火，回想黑龙潭那一池回归自然的碧绿，回忆春暖花开时那首简单的歌谣，回味螺髻山灿烂的五月满山的五彩杜鹃，回首生命中有过德昌的这段田园版的惦念，我仿佛看到未来的德昌就像一幅立体的画，一首无声的诗。今天的德昌，所有出土的未出土的历史人文，都将充满和洋溢着哲学和智慧的思想，让涅槃中的凤凰由内而外地振翅，突破自我，成为德昌重构未来的生长力量。

（完成于2019年初冬）

梦里花开昭觉行

　　"大凉山不大，小凉山不小。"这是熟悉凉山州的人的一句俗语。已经不记得去过凉山州多少次了，去过的地方以及重复去过的地方都深深地植入脑海里。2020年8月20日，当"脱贫攻坚凉山州采风行"再次启程时，我毫不犹豫地选择了昭觉一线，因为那是我人生中第一次前往凉山州的地方。

　　时光回溯，已是1995年夏秋之季的事，转眼24年过去了，这24年里，竟再没机会第二次去昭觉。那个在脱贫攻坚版图里，被列为"集中连片深度贫困地区"的昭觉县，如今变成了什么样子？朋友家乡的院子是否还在？那夜里的村巷是否还是高低不平？那些尘垢满身，衣服和脸庞一样看不清眉目的面孔是否依旧？那人畜混杂的土坯人家可有改观？那夜里的村庄，黑得伸手不见五指，靠火把照明的村庄，查尔瓦互相摩擦碰出的奇怪的沙沙声，是否依然令人心生畏惧？

火普村

　　8月20日清晨，连日暴雨后的西昌格外清新，阳光展露出迷人的笑容，打消了所有人对天气的担忧。这一次，我们要去的昭觉县的几个村寨，都在深度贫困地区之列。第一站的火普村距离西昌市60千米，是易地扶贫搬迁新村，平均海拔2800米，位于大凉山腹地。途中透过玻璃窗往外看，车子一直沿着盘山公路上行，虽云山雾绕，坡急沟深，但脚下并无颠簸感。之前看过一张航拍图，这条通往火普新村的山间公路就像一条光滑的银练缠绕着大山。在最平坦处，一栋栋白墙黑瓦的新房沿公路集中而建，近两个小时的车程后，终于看到类似村公所的地方，村口大石上三个红色的大字"火普村"映入眼帘。下车那一刻，高寒山区陡降的气温和呼呼的寒风让人忘了这还是8月。

昭觉县政协副主席何平、时任火普村"第一书记"曾远旭等已在此迎候。火普村是凉山州广播电视台对口帮扶点之一，同时也是绵阳涪城区人大常委会、金家林总部经济试验区管委会和新皂镇对口帮扶的精准脱贫村。前任"第一书记"马天便是州广播电视台教育栏目的制片人，刚上任3个月的"第一书记"则是绵阳下派的帮扶干部。曾远旭戴眼镜，衣着朴素，看上去有一丝书卷气。他开玩笑地说，这个村由两个村小组合成，共172户706人，全部是彝族，只有我是汉族，在这里我才是"少数民族"。

2016年11月，全村村民从原来高寒山区的老村，全部搬到了现在的新村。站在观景台，放眼望去，一排排整齐的大棚昭示着火普村人的新生活和新生机。火普村人在村干部和党员的带领下，除了种植、养殖，大力发展大棚经济，产品通过电商平台卖到了昭觉、绵阳以及省外的深圳等地，给村里的集体和个人收入都带来了活力。沿村道来到村民吉地尔子家，女主人正围着风车打荞麦，上幼儿园的孩子正值假期，在院子里玩耍。住房有客厅，有卧室，有厕所，有厨房，功能分区，配套完整。继续穿行到大棚区，有村民正在大棚里收割红油菜，新鲜的蔬菜散发着泥土的气息，有扛着麻袋去收货点的村民正走在路上，麻袋里装了烘干的羊肚菌等干货。最让人眼前一亮的则是黑色的灵芝大棚，这种被叫作金地灵芝的菌类，初生时犹如一支支火炬，长成后则像一朵朵盛开的金色的花朵，亭亭玉立，低调又惊艳地托举着火普村人的希望。

　　说到产业扶贫，曾远旭介绍说，脱贫前的火普村集体经济只是一个空壳，172户706人，全部为彝族人，2014年识别时贫困户是79户243人，贫困发生率是34.8%，占全村三分之一。自开展脱贫帮扶以来，村里重点发展集体经济，采取"贫困户+党员+村集体经济"的模式，除了传统的老三样，还请了省农科院的专家做指导，搞起了大棚种植，从草莓、蓝莓，到大棚蔬菜、羊肚菌、金地灵芝，不断探索，尤其是金地灵芝，周期短、产值高、技术难度不大，管理相对容易，又适宜火普村的气候土壤，如今成为村集体经济的重要收入来源。老乡们包包里有钱了，村集体经济也有钱了，就能为老百姓提整他们的精神生活了。

　　环境和硬件可以通过帮扶引来投资，一定的时间就能改变，但精神脱贫却并非易事。在火普村2020年7月1日的主题党日活动中，有7家帮扶单位因贡献突出被授了旗，他们不分白天黑夜地走访、宣讲，并且以身作则，就是为了让村民们移风易俗，改变几千年的旧习惯。过去的昭觉经济落后，却一直流行高价彩礼、厚葬薄养等，制约着昭觉的发展。干部们通过道德评分，清洁卫生、勤劳致富、尊老爱幼、教子有方等多个标准的引导和考评奖励，让人人都有的慰问品变成表现优秀后的奖品，将慰问金变成奖金，村民们进步更快了。说到深处，村主任补充说，过去村民们只知道把猪肉做成坨坨肉，现在有老师教厨艺，也学会了做回锅肉、炒肉丝。如今环境卫生整治提高了，还修了旅游厕所，村民们也办起了农家乐，收入一下提高了。

　　徜徉在村子里短短两个多小时，从通到每家每户的柏油马路，通信，用电，自来水以及干净整洁的环境，路上看不到牛粪、羊粪，到村民们各自劳作的身影、安详的面容，或许夜晚还会听到他们劳动后归家的笑语、欢快的歌声以及满足的酒嗝，还有村干部们走村串户的"火塘夜话"。过去的"冰土"不仅已解冻，还会更加红红火火。（注：火普村原名冰土，意思是高山之巅）

三河村

看到三河新村的第一眼，像是到了一个打造完美的现代度假村。果然，经三河村原"第一书记"张凌介绍，三河村一共有9个安置点，眼前正是三河村最大的安置点，共29户，紧挨着便是三河村的民俗坝子，他们想做的是让搬迁新居的村民们能吃上文化旅游这碗饭。

在青山绿水环绕中，黄墙黑瓦的民居错落有致，雕花木窗与门栋充满典型的彝族特色。虽非花开时节，房前屋后的数百棵桃树仍摇曳多姿地描绘出春日的乡村美景，行走之中，处处感受到怡人的清风拂面。原来的三河村是典型的彝族聚居贫困村，地处海拔2500米的山梁之上，贫困户有151户789人，到2019年底新增到152户820人，贫困发生率接近50%，整村355户村民世代住在简陋低矮的土坯房里，有10%住在山上自己修的老房子里，几乎谈不上安全。2018年10月三河村搬迁工程集中动工，按人均不超过25平方米配置，4人户及以上按100平方米配置，在广东佛山对口凉山扶贫协作工作组的立体帮扶下，一共建设了134套安全住房并配套完善的附属设施，从健身房到文化活动室，再到健康室一应俱全，村民们全部实现易地搬迁。安置点还加入了文旅元素，游客体验中心、停车场、旅游厕所等基础设施已全部建设完成，36.5千米的路面硬化已建成通车。

脱贫攻坚给三河村带来了巨变。走进三河村村史馆，从过去贫困的三河村到党和政府的关怀、三河人的奋斗历程、精神风貌以及历史文化，从前厅到序厅到情牵、回望、奋进、新风、溯源，一件件物品承载着历史过往，一幅幅图片记录着变迁历程，一张张笑脸表达着发自肺腑的幸福和感恩，一处处实景浓缩着点点滴滴的深情和厚爱。除了这些，村里还将一些有代表性的老房子保留下来，准备建成教育基地或实景博物馆，成为三河村文化旅游的组成部分。

午后时分，骄阳当顶，看着眼前陌生又新鲜的一切，尤其是正面墙上一行红色的大字"幸福是奋斗出来的"，心里更是激荡起突突升腾的火苗。这还是我24年前残留在脑海中的昭觉乡村吗？恍若隔世。在下午的继续行走中，保留下来作为旅游参观基地的彝族土坯老房总算勾起一些昨日印象，强烈的新旧对比反差，再次让一行人发出唏嘘。我在彝族村民吉好也求家求证到这个脱贫之家的真实故事。

吉好也求一家七口人，过去靠种荞麦等农作物自给自足，满足温饱都难，更谈不上让五个孩子上学。2018年三河村启动扶贫易地搬迁，吉好也求一家分到一套100余平方米的新房，建房的费用由政府补助大部分，吉好家只掏了一万元。2018年大年初七，吉好一家带着新添置的小部分用品，几乎是拎包入住进了有窗帘、有新床、有柜子、有家电的新房，洗衣机不太会用，得现学，厨房太干净了，还不大习惯，厕所用了要冲洗，得记住……这一年，吉好也求除了住进了新房，还种了12亩地，土豆、荞麦和玉米一共卖了近两万元，又学会了砌墙技术，在搬迁安置点打工，算是额外收入。2018年，吉好也求家的家庭总收入达到6.43万元，人均纯收入8700多元，远远超过脱贫指标。

即便如此，五个孩子中，大女儿已出嫁，老二也外出务工，还有三个适龄孩童要上学，学费依然令人头疼。扶贫政策彻底改变了三个孩子的命运，如今三个孩子都免费进了小学和初中，在吉好也求的新家，一排排奖状是孩子们最好的报答。长相清秀能歌善舞的小女吉好友果清晰地唱出《国旗国旗真美丽》，那之后，友果出名了，不仅上了央视，还去国外参加公益演出，见了世面。但回到家里的友果，依然会帮爸妈去地里搬荞麦，在家里的小卖部干活。

看老村游新村，品彝家美食感受红色文化，用旅游经济带动三河村集体致富，村民们未来的生活只会越来越幸福。

谷莫村

这不是一次风光旅游，但却看到了最美的乡村。带着传播脱贫攻坚成果的使命，却总能发现不同寻常的风景。

又是值得期待的一天，这一天要去的是特布洛乡的谷莫村。据说谷莫村有两张名片：一是获得了"2018中国最美村镇精准扶贫典范奖"，当年全国获此殊荣的村镇只有四个；二是这里是央视热播的扶贫主题电视剧《索玛花开》的拍摄地。到了之后，据时任该村"第一书记"余国华介绍，2019年，谷莫村再次被评为四川省实施乡村振兴战略的示范村。车行30千米后，展现在眼前的谷莫村又一次点亮所有人的眼。一进寨门便闯入眼帘的格桑花开得姹紫嫣红，格外娇艳，宽阔的露天广场旁，红底黄字的围墙用汉彝双语表达着全村人朴实的愿景，大型浮雕展示着彝族人的文化图腾，从寨门到篮球场、步道、幼儿园、小学、修葺一新的民居，每一步都像是走在图画里。余书记介绍说，这些都是2019年建成的，现在这个浮雕广场是村民们重要的文化、休闲、生活场所。陪同的县政协何主席边走边感慨地说，原来这里全是羊肠小道，去年来时道路还没硬化，只有吉普车才上得去。前不久再来，我把现在的村子照片发给曾经在这里工作了很多年的老父亲，他完全不信。那时候，这里的人都想离开，现在都想回来了。

沿河走着，一路溪流潺潺，清澈的河水欢快地流过村庄，空气清新，鸟语花香，一棵棵巨大的核桃树已挂满果实。余书记说，这个村又被称为核桃村，一棵成熟的核桃树一年能有4000—5000元的收入。一方面，通过嫁接延伸了新品种；另一方面，因为村里很多核桃树都有上百年的历史，也都挂牌做了保护。这些参天蔽日的大树，根系已深深扎入泥土，粗壮的树干支撑着岁月的洗礼，斑驳的树皮讲述着古老的故事，光阴从浓密的枝叶间透过缝隙滴漏下来，那已不只是光阴，而是惠顾一方子民的大地的润泽和哺育。

　　沿村前行，跨过拱形石桥，一群彝族妇女安静地散坐在休闲广场纺织，心无旁骛，但眼里手里都是活。有一位手脚麻利的阿妈吸引了我的目光，一问阿妈已经72岁了，老公76岁，带着孙女一起过。虽然政府给的低保、养老金都有，但阿妈一辈子劳作惯了闲不住，纺织查尔瓦给家庭带来了不小的增收，一件查尔瓦可以卖到700元，好的时候一个月能卖2000—3000元。旁边一位秀气的彝族小姑娘叫吴尔果果（谐音），她告诉我，她有两个弟弟，最小的弟弟进了村里幼儿园，她和大弟弟都在乡里上学，上学的路单程要走半个小时，但已经习惯了。9月份开学她就上小学四年级了，学校开了语文、数学还有英语课，她羞涩地说，她学习不太好，因为听不懂，但她会好好学，长大了想去北京上大学……说完她又低下了头，喃喃地补了一句，我还没出过乡呢……我握着她的手说，只要努力，你的愿望一定会实现的。说到教育，乡政府一位女干事快言快语地说，开展脱贫攻坚工作以来，全县在教育上投入3亿多元，以前昭觉县才两所中学，等建成会有6所中学，近期正在新招600多名有正式编制的教师。教育是大计，会确保孩子们都有学可上，且上得起学。听着听着，刚刚被果果带出来的一丝愁绪又舒展开来。

　　一个人在阳光下的村子里穿行，邂逅另一位彝族村干部木坡曲尔，便一路攀谈，边走边看。不知不觉中，三拐两拐，曲尔把我带到一户人家，推开院门，迎面看到的是一栋崭新的民居，门牌上挂着"中国最美村镇谷莫村民宿"的牌子。从墙上完整的"建档立卡贫困户帮扶联系卡"上看到，这家户主叫贾古曲布，家庭人口3人，劳动力2人，耕地面积1.8亩，计划脱贫时间是2018年，脱贫攻坚进程中的"不愁吃不愁穿、有安全住房、保障义务教育、基本医疗、有安全饮水、有生活用电、有广播电视、经济收入达标"等所有指标全是"勾"。户主不在家，大妈带着五六岁的孙子迎候我们，因为语言不通，曲尔做了义务翻译。这里的民宿基本建筑均为上下两层，大妈家共有四间房，来了客人再从柜子里拿出干净的床上用品铺上，一楼的客厅是共享空间，厨房可以自己动手做饭，也可以委托房东帮采买、帮加工。但由于村里启动乡村旅游时间不长，管理也还没跟上，所以来的游客并不多。大妈除了经营民宿，还养了4头牛6头猪，儿子在一家电力公司从事高空作业的工作，每个月有一万多元的工资收入，大妈对现在的生活很满足。

从县到乡到村，从他们充满信心的讲述和眼神里，相信不久的将来，如有机会再来，看到的一定是另一番模样。

（写于2019年11月，曾刊于《四川作家》报）

秋水汤汤雅砻江

　　这一次的行走是因为水的呼唤，当听到那一声邀约时，我就已经开始了梦幻之旅，听到了滔滔江水雄壮奔腾的吼叫声，听到了大坝泄洪飞流直下的撞击声，听到了深山峡谷里遥远的空谷回音。这一次的水将再次把我带到大凉山，从未有过从冕宁到木里的这一段水上行，将在怎样的时光旅行里波光荡漾？

　　水从清晨的露珠里把我唤醒。一行人出发得早，一出门就和冕宁淅淅沥沥的细雨相遇了，这是深秋时节的雨水，绵软细微，像是拍了拍我们的头和肩，算是打过招呼了。冕宁的雨季偏长，从来都不缺水，致使当地的高山荞麦一年只能产一季。但今天，我们要看的不是这样的弱水三千，而是万里长漂，不是普通的一池清潭，而是被人工改造过的大江大河。锦屏水电站是这次水上行的始发点，而我们的邮轮将要行驶的便是神秘雄奇的雅砻江了。

　　光是这两个名字就足以让人浮想联翩。锦屏水电站已不是第一次听说，但未见真容，到了才知，锦屏水电站和二滩水电站系同胞兄弟，一母所生。这个隐藏在绵绵锦屏山脉里的巨型水电工程，和世界上所有的杰出工程一样，当它拥有一系列标签或者"之最"的同时，便意味着背后的艰辛和付出。而雅砻江作为金沙江最大的支流，它的故事就更长了，长到在地图上穿越了若干世纪的文明走向，长到足以把人类的视线拉回到远古。这一天，我终于可以将自己的一天，如同光阴里的一粒尘埃，和这样的山山水水重叠了。在一点点、一点点靠近它的途中，水就像是招引，一路相伴，无论是穿过牦牛山时，隔岸的浓雾深锁，还是时而从天而降的一泓飞泉，无论是穿过隧道时惊鸿一瞥的复杂的管排水系统，还是从友人嘴里一遍遍吐露的莲花般的山水变迁。在即将抵达电站大坝时，我的所有想象和虚幻都被眼前看到的一切打破了，就像不知何时穿透云层投射下来的灿烂的阳光，将一切都还原到真实，而真实更令人身心震撼。

秋阳高照，暖意融融，蔚蓝的天空碧波如洗，远处的群山低吟浅唱，眼前宽阔的江水滚滚滔滔。或许因为拦洪筑坝又非汛期，眼前的江水并非如传说中那般汹涌不羁，也或许因此才得以江上行船？未做考究。但脚下驻足的大坝，似乎每一寸走过的平坦，都在讲述它建成至今并不平坦的历史和过往。今天，我们站在坝上看的是风景，而这项工程的开发者、建造者和守望者们，付出的却是生命、智慧和如江水般一去不返的青春。

选址筑坝，开发水电，首先离不开的便是水能富矿。雅砻江全长1571千米，天然落差3192米，其中在四川境内长1375千米，特别是在四川西南部的凉山彝族自治州环绕锦屏山，形成了一个长度达150千米的大河湾，水量十分充沛，适合建站。无论从哪个角度看，这个大河湾都像一条碧绿的玉带缠绕着锦屏山，而锦屏山脉属于横断山脉，跨越四川的木里、冕宁、盐源、盐边四县，与云南省宁蒗县接壤，位于冕宁县境西部，呈南北走向，江水穿过县境内长52千米。这样的环抱，使得锦屏山拔地而起的巨大身躯，更加雄武有力，阻挡了雅砻江几乎一路由北向南的俯冲和狂奔，沿锦屏山的脚丫，拐了一个拱形的大弯，占到雅砻江全长的十分之一。锦屏大河湾连同雅鲁藏布江、金沙江，成为我国三大回头河湾。

这样雄奇壮观的景象，在摄影师眼里是美图，在文学家眼里是故事，而在水电专家眼里，则是天然的筑坝条件。回头河湾两端最短距离只有17千米，而水头落差竟达310米，当年的勘探专家们惊呼"天成"！但真正实施起来，便应了李白那句诗："蜀道难，难于上青天。"锦屏水力发电厂的工作人员介绍说，当年雅砻江公司获得国家批复，可以完整开发一条江，才有了现在流域梯级电站的开发。那时哪有什么路，第一代建设者是爬着进来的，逢山开路，遇水搭桥，才有了一条便道，修路时经常面临爬着爬着就掉下去的危险。到了施工阶段，因为场地狭窄，要在这样的高山峡谷夹皮沟里将几万工人装进去谈何容易，听前辈们说，他们先依山而建吊脚楼，工人们都是住在里面搞建设。第二代建设者是走着进来的，风餐露宿、鞋底磨破依然是家常便饭。他们算是第三代幸运者了，是开着汽车进来的，相对这项工作他们是守望者，但对于正在开闸蓄水的两河口、杨房沟水电站等新项目而言，又变成了先行者。水电人就是这样，永远是寂寞的远山的呼唤，看到的都是隔岸的烟花和灿烂……

2005年11月12日，锦屏一级水电站正式开工，这是继二滩之后在雅砻江上修建的又一座大型水电站。选择的是潘家铮院士提出的前所未有的"截弯取直"施工方案，即在大河湾的西端修建装机容量为360万千瓦的锦屏一级水电站，通过4条平均长度约为17公里的引水隧洞把水从左侧引到右侧，利用310米的水头落差，在东端建设装机容量为480万千瓦的锦屏二级水电站。2014年11月29日，雅砻江锦屏二级水电站最后一台机组正式投产运行。至此，我国"西电东送"标志性工程，具有世界最高混凝土拱坝、世界最大规模水工隧洞，且高山峡谷、高边坡、高地应力等特点的锦屏水电站14台60万千瓦机组全部投产。这项工程被国内外水电界一致认为，是建设管理难度最大、施工布置难度最大、工程技术难度最大、施工环境危险最大的巨型水电站，是世界电站大坝建设和引水发电隧洞建设的里程碑和世界奇迹。如今，一级和二级两座水电站，在群山峡谷中遥相呼应，被形象地称为"双子星"电站。

说到山体中由4条引水隧洞、两条交通隧洞和一条排水隧洞，共7条长度几乎相当的隧洞构成的世界最大规模水工隧洞群，脑海里闪回到穿越隧洞时的情形。初一入洞，便觉异样，跟日常走过的隧洞大不相同，坚硬的岩壁被灯光映照，反射出沥青般黝黑的光芒，洞里忽明忽暗，不像是常人通行的交通隧洞，洞与洞相连，却像迷宫一样让人容易迷失方向。一进一出中，我难以想象，这7条总长度120千米有余的隧洞，是如何穿过锦屏山被打通的？仅是2400米的岩石覆盖层，高应力高涌水高海拔地域，这样的地质条件就够呛，加之岩爆水爆随时可能发生，除了资金、技术，不管是修隧洞，还是拦洪大坝，还是这里看到的一切，吃苦耐劳不惧生死的中国工人可谓付出了巨大的牺牲。

同样是水，这是野性的水与人的较量；同样是山，这是千年修炼的神山在人类面前的臣服。谁能扛得住，那么多能量的聚集、燃烧，一钎一钎的插入，一锤一锤的敲打？每一声轰鸣都孔武有力，每一次爆破都惊天动地。狂浪的江水顺着新的通道，听话地从西端到了东端，顺从地在峡谷处打着旋儿，响着呼哨，等待一声令下，再穿过底孔、中孔、表孔，变成光变成热，就像获得了通关的官牒，穿过看不见的磁场，一路西行而去。46亿立方米的蓄水量，400多亿度的发电量，是大自然的水带给人类的无限光明。

"淙淙喧谷底，弥弥润河东。蜡树连山碧，蛮花夹岸红。西南多水利，被泽汉夷同。"这既是对山水的讴歌，也仿佛是对四川丰富的水能资源的叹服。大自然就是这么无私地将其所有贡献给人类，养育着一方子民。

一路上，除了水，还有一个跟水貌似无关却有关的名词"暗物质"一直在耳边回响。令人充满好奇和期待的中国锦屏地下暗物质实验室就隐藏在途经的隧洞之中，在这个同样有着太多不一样的神秘地下实验室里，来自清华大学等世界一流的暗物质研究专家们，深居简

出，从事着"可能有可能无"的"捉鬼"实验，他们深信，一旦找到
了，人类的思维视野都将进入另一个维度。我习惯性地问："暗物质
能给人类带来哪些变化？"所有的人都笑了："先找到再说吧。"

　　科学家们为一探宇宙的秘密和地球外的世界还有哪些可能性，正
行走在科学的边界内外，上方是巍巍的锦屏山，洞外即是清晰可见的
阳光和江水，而他们的世界里，却是另一番正苦苦寻找，尚待揭秘的
别样风景。想起一句话来："我们在黑暗中并肩而行，走在各自的朝
圣路上。"大抵便是如此吧。

　　被通知下午两点上船，正是午后最炫目的时光，这时候的雅砻江
水应最是温暖驯良，从上午的水过渡到下午的水，其实是同一条江
水，但感受完全不一样。出发前，没人相信雅砻江上能行船，我也一
样。直到行完全程，才有了新的认识。2009年5月，我曾经作为媒体
采风团的一员，走陆路穿林道，七八个小时的越野车程，从西昌到木
里，走进香格里拉腹心地。这一趟行水路再次寻梦香巴拉，只需三个
多小时，但沿岸的风光和人文，在绵延不绝的彝藏走廊文化带上，已
被打上深深的烙印，也留下十分丰富多彩的民族风情文化。

　　随着一阵轰鸣，邮轮正式启航。船头飘扬的五星红旗在青山绿水
间格外醒目，摄影老师们早已扛着长枪短炮站到了舷梯外，江风将他
们的头发吹乱，衣襟掀起，甚至站立不稳，但每个人脸上的表情却是
兴奋的，偾张的，眼睛一刻不停地捕捉着每一座奇山异峰。轮舱内，
已摆好了一壶渐渐散开的香茗，一道光束投射在小小花瓶的一枝独秀
上，更添几分浪漫温馨。就着午后的秋阳，窗外的美景，友人娓娓的
讲述，时断时续的絮语，把此番冕宁行的下午茶端端摆到了雅砻江面
上，一路飘荡，时光的美妙与山水深情交融，美好得一塌糊涂。

　　就此打开一条江水的长度。雅砻江有太多的名字，古称若水、泸
水，还有雅龙江、夹龙江、小金沙江等等，除了名字多，这条江还性

格多样，变化无穷。严谨的地理学家，把这条曲折蜿蜒的江河，划分为上游、中游、下游。甘孜州新龙县乐安乡以上为上游，乐安乡至无量河口为中游，无量河口以下为下游。雅砻江发源于青海省巴颜喀拉山南坡，它的上游称扎曲，在石渠县附近进入四川境后始称雅砻江。此段江域，水网平缓，性格散漫，涓涓细流像毛细血管般，汇聚游荡在海拔4200米的高寒草原上。直至进入中游段的高山峡谷，过理塘、新龙，入雅江，到木里，一下子变得青春飞扬，放浪不羁，山呼海啸，荷尔蒙爆棚，仿佛有使不完的力量。而到了下游段，由于下切剧烈，谷狭坡陡，滩多水急，落差集中，水量富足，直到绕锦屏山形成一巨大河曲，是为雅砻江大河湾，之后转山转水，无问东西，最后越过钢城攀枝花市，投入母亲金沙江的怀抱。

　　原来泛舟江上确非常态，我们已是十分幸运。而江上探源，更是别有一番意味悠长。回想上午在桥上、坝上、行驶的公路上看到的不同角度的大河湾美景，高耸入云，长达99千米的两山夹峙所形成的雅砻江大峡谷，名不虚传，两岸山峰林立，深谷江水汤汤，像一根修长的飘带，一泻千里。天空白云朵朵，山水相依相存，作为冕宁县境内最长、最深的峡谷，那般奇幻、恢宏，堪比巫峡，令人流连忘返。

　　正自遐想中，却被窗外的惊呼打断，于是迫不及待走出船舱。眼前风景已走出峡谷，行至一宽阔江面，远处峰峦叠嶂，一峰连着一峰，形成叠拼状，云雾绕梁，与蓝天白云交相辉映，船在水上走，人在画中游，构成一幅天然画图。忆起一句诗来："红树两厓开雾色，碧岩千仞涨波痕。"虽是写锦江春色，似乎放在此处也贴切。邮轮在摄影老师们的要求下，试图进一步靠近，终因风浪太大，不得不一点点驶离。凭栏处，眼前山形不断转换，两岸青山苍翠浓密，秋风吹拂水面，漾起层层波澜，时而水清处可见鱼影，欢快地成形成队地游过。记得上午在锦屏大坝时听介绍，为了减轻水电站建设工程对雅砻江下游特有鱼类的种群和资源的影响，坚持开发与生态保护并重，公司投了上亿元建成了鱼类增殖站，每年都会投放鱼苗，目前已经投放了1000多万尾，该鱼类增殖站也是现今全国水电行业中规模最大、工艺最先进的鱼类增殖站之一。

回到舱内，一边品茶，一边听故事。由于沿江彝族藏族聚居，民族风情最具特色。过去彝族聚居区多保持着走婚的习俗，这也是江河孕育的女性文化，而走婚是女性文化的标志。但走婚文化最终在汉藏大通道中被湮没，仅留下两个符号式的孤岛：鲜水河、泸沽湖。其中又以泸沽湖最显微。而藏族文化却得以繁衍，据说每年的农历七月底八月初，在石渠县有藏族的赛马节，节会期间会找寻或搭建帐篷，盛装丽服的驭手与观众群聚草场，观赏骏马的骠壮，夺标者还有大奖。八月初一为藏族的迎秋节，藏胞身穿新装前来"耍坝子"，热闹非凡。十月二十四日为喇嘛库燃灯节，形成庙会市集，亦盛况空前。

在雅砻江边甘孜州石渠县，还有这么一个民族部落，被称为"扎溪卡"。部落的人生活在海拔4000米以上的高寒地区，地广人稀，自然条件复杂多样，多野生动物。他们几乎过着与世隔绝的生活，但却有着极强的信仰，崇拜太阳，因此也被叫作太阳部落。他们依山而生，互相信任，一声"嘎塔"就能彼此心领神会，拉近距离。这般世外桃源的生活，既有质朴简单心灵干净的美好，也有精神落后不知天外天的隔膜。这又让我联想到友人讲的另一个掘金故事：传说沿江有一座洼里金山，曾有一叶姓上门女婿进山采金，偶然拾得一块30多斤重的巨金石，装疯卖傻才得以将金石偷走。后在逃离途中被人发现，金石被瓜分，一半被带到了国际巴拿马博物馆长期展出，另一半被一个法国人带到国外公开售卖，后被国际刑警发现没收，完璧归赵。故事是真是假不论，但身外财、身外物，耳热心跳后最好的选择就是"放得下"。活在世俗的世界，若亦能像太阳部落的人一样，看山看水，仰望星空，心中有信仰，脚下才有宽阔的路。

成都作家凸凹有诗云："把山镇在山中，把水镇在水里/把文气/蓄养山水之间，镇在/城内。神的雪光/从东南角罩下来/照亮粮食、酒歌与远方。"带着这份美好的诗心，傍晚时分，轮船靠岸，夕阳余晖中，我整理了下思绪，把清晨的水，山里的水，大坝的水，江上的水，但凡与此行有关的水，都纳入了生命的水注入体内，去滋养下一程的路。

独独缺了电站开闸泄洪放出的水，不想这份遗憾在回到成都后一月内，两次在梦里出现。巍峨的群山，高高的大坝，滔滔江水从泄洪洞里穿过，犹如数条巨龙，滚滚而下，势如破竹，浪花飞溅，腾起一阵水雾，把梦也淹没了。原来世上有许多景物是要闭着眼才看得见的，譬如梦里的水⋯⋯

（写于2020年10月，曾刊于《四川经济日报》）

冕宁，安宁河畔的璀璨明珠

秋意浓浓，当再一次走进凉山州的冕宁，用心去打量这方神奇的土地，竟有了完全不一样的心境。循着今日冕宁的绿色山川和人文胜景，以及无处不在深深根植的红色印迹，我看到了冕宁前世今生的无穷变图，以及未来将来的日子，那些无限可能的畅想。

冕宁之魂

"东南一里有冕山，高耸如冠冕然。"关于冕宁县，应属清雍正六年（1728）正式设立，并因此得名。若再追溯，至迟在春秋至战国铜器时代晚期，古先民便在这块土地上耕织狩猎，形成较大的部落群。是安宁河谷温暖的亚热带季风气候，肥沃的土地，密密的原始森林，丰富的自然资源，给了他们不再迁徙，逐河而居，建立家园的条件和希望，并代代繁衍，生生不息。汉、彝、藏、回、纳西各民族包容聚居，他们不仅点亮了城市的烟火，更引入了文明的光芒，成为南方古丝绸之路的必经之地，由此引来藏羌彝多彩的民族文化，神秘的宗教文化，4000多年的征途保存的非遗文化、高阳文化以及神话传说……就像浩瀚的星河，汇聚成厚厚的一部翻不完的文化大辞典。

源远流长的文化基因根植于冕宁的每一寸土地，传说中的神颛顼为代表的高阳氏，对五帝时期中华文明的起源和形成做出了杰出的贡献，并形成了"高阳文化"，上承黄帝，下启尧舜禹，实施"绝地天通""以民事命官"的宗教制度和政治制度的变革，开创了上古神话传说时期以人为本的新时代。高阳文化融入中华文明，是中国信仰之上端，其文脉和文化基因传承至今。而冕宁是目前唯一有典籍和石刻遗迹记载颛顼出生的地方，至此，"安宁河谷是颛顼的故乡，是高阳文化的源头"不再存争议。

神奇的安宁河谷给冕宁带来更美妙浪漫的神话幻想，其高峰体现在冕宁县流传已久的嫦娥奔月传说。当嫦娥为了爱情飘离地球，在月球上以桂花酒等待心爱的人时，天上人间两两相望，那是多么真挚热烈的情感和爱。是安宁河谷特殊的天文地理条件提供给了先民们仰望星空、控引天地的高超文化幻想力，这份珍贵的文化资源，标志着民族的向往、梦想和追求，亦成为华夏精神家园的宝贵遗产。没有祖先们最初的太空梦想，就不可能实现今天"嫦娥"号奔月的最新科技成果。

冕宁之根

今天的冕宁，不仅占据天时地利，更有发展中不断挖掘的无穷宝藏。它东有安宁河百里平川田园胜景，西有雅砻江高山峡谷四季风光，南有古代南方丝绸之路灵关道的险关要隘，北有阿嘎拉玛山皑皑的危岩冰雪；它东依小相岭与越西、喜德两县毗邻，南与西昌、盐源两县（市）接壤，西隔雅砻江、牦牛山北段山脊与木里和九龙两县交界，北至菩萨岗与石棉县相连。总面积4420平方千米的冕宁，就像一颗璀璨的明珠镶嵌于安宁河谷之源，它将古有"山国"的美称延伸至今天的"攀西龙头"，它坐实"攀西锦绣宝地，凉山聚宝金盆"的优势，它把自古就有的"西南形胜""山水奇观"的美誉发扬光大。在这片古今交融的土地上，日月交辉，孕育出美不胜收的自然山水，传承了悠久灿烂的历史人文，谷米飘香，歌声悠扬，四季如春，汉彝藏各族人民牵手演奏着蓬勃发展的新时代精彩华章。

众多的人文古迹，优秀的红色文化资源，古朴浓郁的风情，妙趣诙谐的生活情趣，浓厚的乡土气息，原生态的民俗文化，这些优越的自然生态条件和全国文旅康养极佳目的地的资源禀赋，让冕宁县迎来了千载难逢的大开发、大投入、大发展、大变化的重大发展机遇，文旅产业当然成了冕宁县战略性支柱产业的首席担当。

以冕宁县城为中心，围绕北部安宁湖的冶勒旅游片，是大熊猫自然保护区和动植物的天堂，神奇的原始自然风光，大熊猫、羚羊、云豹、绿尾红雉等丰富的动植物，就像一个庞大的基因库和天然动物园，吸引着越来越多的人前往探秘。早在1925年，美国总统罗斯福派他的儿子，当时的农业部部长来到中国，一路走过西昌、冕宁、盐源、木里，在冕宁的冶勒，他惊喜地发现了憨态可掬的大熊猫，并首次将大熊猫的标本带到了美国，从此走向世界。近年来，冶勒还吸引着全国各大剧组前来拍摄，《索玛花开》《彝海结盟》《我的圣途》《诛仙》等都在此取景，广泛传播。

西部雅砻江大峡谷，有着鲜明的彝藏走廊文化特色，汉、彝、藏、回等20多个民族儿女，演绎出独特迷人的民族风情。气势磅礴的雅砻江峡谷风光和国家重点水利工程锦屏水电站，还有近年来逐步开放的水上游，正悄然揭开沿线山形地貌、晨起日落的神秘面纱。

而南部安宁河谷旅游带，则以最美田园乡村胜景和航天特色小镇秀出自我，漫水湾的西河镇和复兴镇已建成国家AAA级旅游景区，最美村寨的建设村和灵溪小镇就像以县城为体向外张开的两翼，振翅欲飞。位于泽远镇的航天卫星发射中心，自20世纪70年代建成以来，成功地将近80颗国内外卫星送入太空，已跃居世界十大航天发射场之列，中华儿女的飞天梦想在月亮城这片神奇的土地上一次次上演，它托举着中国人的航天梦和航天精神的传承。

东部彝海的灵山旅游片，生态旅游和宗教旅游形成灵山景区的核心要素。灵山禅意小镇引导着人们释放身心，给心灵放假，一个灵字写尽其风姿铅华，灵山、灵水、灵气、灵人在此聚集，民族文化、红色文化、宗教文化和山地生态在此完美交融，相互依存。

自此，冶勒旅游区、彝海旅游区、灵山旅游区、西昌卫星发射基地旅游区、雅砻江大峡谷旅游区、安宁河谷最美乡村旅游带……如数家珍，"两湖一山一海一镇两走廊"的全域旅游空间格局已然形成，"中国亚高原最佳康养旅游目的地"已成基底，"旅游+产业"的模式已见雏形，多业态的融合发展成为旅游新态势。特色乡村游等旅游产品正在深度开发，一年四季眼花缭乱的节日精彩不断，樱桃、刺梨、葡萄、草莓各样水果应有尽有，非遗传人手中的泥塑、烙铁画，特色的桃花刺绣，田间地头的栽秧歌，灵山寺的山祖师庙会，逛不够品不够的特色街区，还有世界级特色商品元升橄榄油，中国最畅销产品玖源火腿，中国地理标志产品泸宁鸡，国家有机产品尚品彝香猪……哪一款哪一样不是深度诱惑？

冕宁之博

"北有包头，南有冕宁"，说的是冕宁的地下之宝——稀土源。冕宁的矿产资源十分丰富，轻稀土、铁矿石、铁锡矿、黄金、大理石、汉白玉等多矿种储量巨大，其中尤以稀土储量居全国第二位，其境内已探明具有开采价值的矿产种类30多种。2019年被四川省委、省政府批准更名的"四川冕宁稀土经济开发区"，核准开发和建设面积达85.11公顷，规划产值到2030年将实现300亿以上。产业园已引进的江铜稀土公司、起点稀土高科技公司等10余家入驻企业，已跨上把冕宁建设成为全国重要稀土高新产业基地的快车，南来北往的实力资本、实力技术、高科技人才、自主知识产权和相关专利正源源不断地涌向园区，产业园的产业优势及核心竞争力正在逐步彰显。

气候温润、雨量充沛、草木葱茏、阳光慷慨的冕宁，还储存着巨大的清洁能源，其中，尤以水能资源丰富，未来待开发空间潜力无穷。一直以来，冕宁作为安宁河畔的米粮仓，承载着"国家粮食生产大县"和"生猪调出大县"两项桂冠，冕宁出产的水稻、小麦、玉米、蔬菜、水果、牛羊奶、生猪、家禽等，默默出川，进入万千百姓的餐桌。烤烟、蚕茧等传统产业仍继续发力。今天，在建设和全面打造"中国攀西战略资源创新开发试验区""国家农产品主产区生态功能区""国家山水林田湖草生态保护修复工程规划""安宁河谷农文旅阳光生态走廊""冕宁西昌德昌同城化发展"的规划蓝图里，冕宁将获得巨大商机，迎来新一轮旭日东升。

这样的冕宁，在过去很长的时间里，隐藏在大凉山的深闺里，被制约和影响了发展进程。近年来在脱贫攻坚和乡村振兴战略中，城市面貌在更新，百姓生活在改变。从漫水湾镇脱颖而出的建设村，曾经是"前面荒滩，后面荒山，有女不嫁峡口湾"的困难村，如今，村党支部一班人用好、用活中央强农、惠农新政，实现了业兴、家富、人和、村美的幸福美丽新村目标。如今的建设村，生活富足，设施完善，别墅林立，山环水绕，地平田肥，瓜香果浓，是大家公认的全省最美乡村。走进漫水湾金卉农文旅产业园，四季不同的花海从远处、从山坡奔涌而来，五彩斑斓夺人心魄，每朵花仿佛都是一首诗，随风吟唱。金卉农庄将自然风貌、高铁风光、人文环境、乡土文化、民俗活动、农耕体验、科普教育、健康养生，并与正在规划打造的航天特色小镇有机地融为一体，令人流连。

所有的创新创造都来源于人类的智慧。"任何一种有永恒时空存在的系统，都会让人类可以主动选择自己的未来。"这是美国科幻作家艾萨克·阿西莫夫一部以时间旅行为题材的科幻小说《永恒的终结》中的一句话。这不是终结，这只是开始，在这片人杰地灵的土地上，无论是过去的民族英雄小叶丹，还是一位位从冕宁走出去的仁人志士，比如陈野苹、廖志高、谢云晖、伍精华……他们的足迹已印刻在历史的贡献簿里，以及今天一批批涌进来的新移民、新创造者。无数正在书写着的新履历、新足迹，就像穿越时空隧道的"暗物质""暗存在"，他们深藏不露又如此强大，我确信他们非同寻常，在宇宙为万物布置的超级能量场里，正蓄力破解未来之谜。

而我，依然期待每一个朝阳初升的清晨，能在米线、油条、汤圆、抄手的烟火人间，像每一个深谙当地生活真谛的老冕宁人一样，能听到那声充满温情的邀约：走，到冕宁过早去……

（完成于2020年11月1日）

上海一梦，多少华光流年

　　十里洋场，花花上海，很多很多年前，看过多少大上海的繁华旧事，读过多少旧上海滩的笙歌艳舞，屏幕上的明争暗夺，灯红酒绿。那些光与影的驿动的声像，那些款摆腰肢的曼妙身影，那些呢喃软语的江南之音，那些细腻得柔情似水的温暖眼神，无不为上海这个温柔之乡、花花世界、摩登之都、繁华之城，增添了太多迷人的想象。

　　上海与成都，就是一本书的距离。只要打开一本写上海的书，就能一脚跨进上海的光阴里。通过阅读，我心里早已架起一座成都通往上海的桥梁，无论去与不去，到与不到，都已经住进心里。

　　我对上海的了解是从女人开始的。那时候读上海女作家笔下的上海女人，她们和她们笔下的女人都是故事的主角，一个个像精灵一样在我眼前晃来晃去。最早读的是张爱玲，"张爱玲写上海，是深刻的，透彻的，同时也是荒凉的，冷静的，甚至是高傲的冷漠的。"出身名门的张爱玲在她的作品《倾城之恋》《金锁记》《半生缘》《红玫瑰与白玫瑰》等作品中，塑造了一个个丰满的女性形象，她对上海有着细腻的环境描写，更多通过作品中的人物传递出她内心的阴冷、孤寂和凄婉，她的作品里藏着深深的发自内心的"上海式孤独"。

　　后来读王安忆的上海，王安忆对上海的熟悉是从每个毛孔散发出来的，关于上海的前世今生，上海的弄堂和老派人精致的生活，我在王安忆的作品里看得最多。尤喜王安忆的《长恨歌》，虽说很多人都说王安忆是张爱玲的"精神接班人",但王安忆毕竟不同于张爱玲。《长恨歌》里王琦瑶的命运几乎就是上海的命运,那些充满灵气的语言和文字是学不来的,只能用心去体悟。

写上海城市生活的女作家陈丹燕,她的《上海的风花雪月》《上海的金枝玉叶》《上海的红颜遗事》三部曲使她获得"小资教母"的称谓。2021年某日在周庄,当冬日的阳光透过窗棂弥漫进咖啡屋,在咖啡的香气和安静又散漫的午后,从书架上随手取来《上海的风花雪月》,再度被文字诱惑到书里的上海,彼时已身处现实的上海,而精神与身体在双重体验与相融中变得立体又生动。

张爱玲并未走远,王安忆依然还在,描写旧上海南柯一梦的还大有人在。有段时间又疯狂地爱上了严歌苓,几乎每出一本新书便买一本。她于2009年前后出版的《寄居者》,将故事中的"我"放到1939年的上海,乱世中小人物们开始了一串连环套式的命运救助。"上海在20世纪二三十年代是最不古板的地方,全世界的人想在道德上给自己放放假就来上海。"这是写在严歌苓《寄居者》封面上的一句话,为严歌苓笔下和心中的旧上海垫了底。

重庆女作家虹影继自传体小说《饥饿的女儿》后,也将笔触放到了上海这个令人迷醉的城市,并且执拗地把上海作为自己的写作标志。她的上海三部曲《上海王》《上海之死》《上海魔术师》分别出版于2003年、2005年和2006年,依旧讲的是上海风情故事。她说:"上海这个城市充满魔力,上海是一个写不尽的城市。"虹影讲故事的能力丝毫不在前面的女作家之下,但不知为什么,虹影的影响力却无法和前面的几位相提并论。

有一种情怀叫上海。就像莫言的"高密乡",鲁迅的"鲁镇",三毛的"撒哈拉",贾平凹的"西京",阿来永远的"藏寨",作为人人向往的一线城市的上海,不仅是创业者们的天堂,一直以来更是作家们的偏爱。无论古代、近代还是现代,上海都给人们造了无数的梦，也成为许多影视剧、小说文学作品浓墨重彩之地。依稀记得有一部知名度不算很高的文学作品《厨房里的海派少女》，作者梁清散以晚清时期的上海滩为背景，写5位求学归来的少女在上海开了一家海派美食餐馆，通过美食赢得顾客为主线，展示了上海滩的风云变幻。据说作者梁清散为了写出原汁原味的海派美食，曾沿着上海的淮海中路、南京东路等，几乎尝遍了所有的海派餐味，为未到过上海的读者带来了一场纸面上的"饕餮盛宴"。

近年来几部口碑不错的电视剧，从《蜗居》到《安居》到《理想之城》再到《心居》，无一不是将故事背景或拍摄地放在热点城市上海。话题也都是围绕"安家"展开，写的都是在大城市中那些拼搏的人，在肉身与心灵的碰撞中寻找心安之所的纠结、徘徊、挣扎与无奈，直至最后各自找到和解的方式。

上海真是一座奇妙的城市，到底什么才是真正的上海呢？

上海在文艺作品中高密度输出有"腔调"的生活方式时，还在快节奏地输出国际经济中心、贸易中心、金融中心、航运中心、科创中心"五心一体""五圆同心"的城市重任。它们彼此交互，和光同尘，高雅是高雅的样式，生活是生活的模样，发达是发达的样板，怀旧又是怀旧的彻底。

女作家和她们的上海生活上海故事，给了我无比的兴奋和期待。好多次，眼看一脚都跨上了去上海的航班，却又搁浅。2005年的考察计划是因为临时取消。我的上海朋友们频繁地出没于成都，却总是他们来而我不去，总是他们讲，而我只是倾听。世间的事往往就是这样，这么多的临时变故注定让我的上海之行多了几分命数的色彩，直到2007年才终于第一次走进我的现实。

当2007年新年刚刚到来，突然接到报社通知，编辑部一行前往杭州、上海考察。上海于我，就像是传说中的网友见面，既熟悉又陌生。当我终于一脚踏上上海的土地，我仍像是一个在书里的梦游者，只是随手翻到了徐家汇这一页，我就在这一页停顿了。

我们就住在徐家汇衡山宾馆对面。当地报社的朋友不断地给我们介绍上海的新老建筑，有种恍如隔世的感觉，或许我的第一眼是上海的老街，我的第一感觉便是上海的旧，旧得让人心动，旧得让人陶醉。浓浓的生活气息，淡淡走过的上海小市民，那些里弄里挂的老式招牌，南京路上的大路货和小吃摊，那些影视剧里常常出现的生煎和阳春面，一个眼神一个动作里的做派，都是生活的原汁原味，都是我记忆里该有的样子，我和上海已经相识很久了。

我喜欢上海的旧，哪怕是街头平平常常一个"弄"字，便涵盖了多少世事风情；我喜欢上海的小花园，低矮的围墙，青藤缠绕的一院平常生活，正如《长恨歌》里所说，"是多少想不来的"；我喜欢上海的老建筑，它们历经岁月的沧桑，仍不改其颜色，每个建筑的名字背后都有说不完的渊源和文化；我喜欢上海的小街，哪怕有数不清的单行道，因为保护绕行再远也没有关系。看不够的老街、老巷、老洋房，品不尽的市井烟火气，读不完的民国风韵、世事变迁，不论时光过去多久，都仿佛就在昨天。

上海的新不是我这次特别想要的，那一眼上海外滩的夜景打量，也因细雨迷蒙而早早收兵。此时的我，一直沉浸在上海的旧中。我在上海的街头漫无目的地行走，感觉身边走过的不是清纯美丽的王琦瑶，那也一定是身着旗袍妖娆的张曼玉，抑或是穿过街巷的有轨电车上身着民国校服的女学生。一个个陈旧的影像让旧上海永远像一幅晦涩喑哑的油画，在我眼前晃来晃去，云里雾里都散发着或温婉典雅、或沉郁忧伤、或风情万种的情致，在古色古香的画面中，一袭袭风格与色彩迥异的旗袍女子，成为独一无二的上海之具象。

一直有雨，一直有风，阴雨打湿我的头发，也打湿了我的梦。

一发而不可收。有了第一次，之后来来往往成都与上海竟然变成生活中的不计数。上海与成都，变成一次次的自驾旅行、一次次的工作出差、一次次的朋友邀约，甚至与在德国的女儿也相约在上海短暂团聚。从2010年暑假起，来来往往，对摩登上海的繁华新派一次次叠加到具象的人和事中，深深地印到脑海里。

带着女儿自驾到上海看"世博"，是2010年此行的主题。在女儿们睁大的眼睛和惊呼中，才知道什么是真正的大上海，如果没有导航根本辨不清方向。复杂的交通网，密密麻麻但有序而行的车辆，窗外阵阵掠过的是被灯火照亮的高楼、酒店、商厦，令人目不暇接，时行时停地跟着车流前进，急是急不来的。寻着网上预约的一家私人民宿，竟然住进了一个有年代感的社区，房子是老的，里面的陈设是中式的红木家具配置，一阵暗喜，这不正是我想要的感觉吗？

这一年的上海行是奔着时尚和繁华而来的。世博会上带着各国标志性的场馆看得眼花缭乱，每个场馆前都是带着小板凳排队的人流，一天下来只能挑选最想去的那几个。即便如此，深深地感受到科技的力量无所不在。音乐舞蹈喷泉、梦幻水幕电影、精彩纷呈的艺术表演、品不够的各国美食、看不够的文创艺术品，满满当当的一天，直至最后在夜色中，拖着疲惫的脚步，在中国国家馆华冠高耸、象征天下粮仓的最后一眼红彤彤的回望中，恋恋不舍地离去。

这一年，我以一个游客的心态带着一双小游客去触摸上海的高大上，外滩自然是最具上海城市象征意义的景点之一。外滩南起延安东路，北至外白渡桥，在这段1.5千米长的外滩西侧，矗立着52幢风格迥异的古典复兴大楼，素有外滩万国建筑博览群之称，成为旧上海时期的金融中心、外贸机构的集中地带，既是历史存照，也成为上海的标志性建筑。与外滩隔着黄浦江畔相对的浦东陆家嘴，则有着新上海标志性建筑东方明珠、金茂大厦、环球金融中心、上海中心等，高高挺立的东方明珠塔剑指夜空，江面上巨轮穿梭不断，包括外滩SOHO

（家庭办公室）等一座座摩天大楼在内的新建筑，既传承了新古典主义的外滩万国建筑博览群风格，又彰显了新外滩时尚繁华的商业活力，它们代表着这座城市高度的国际化与现代化。两岸霓虹齐放，黄的蓝的光影将繁华的夜景倒映在江面上，再造了一幅天水一色如梦如幻的画图美景。穿行在行人如织的外滩，全然不知身是客，一心只在沉醉中。

从外滩步行至南京路，作为上海最繁华、游客最多的老牌商业街，这里汇集了上海百年老字号餐厅、商铺及各大当代潮流品牌商厦，各种百货齐聚，商品种类齐全，对外地人而言，称得上是"购物者的天堂"。而城隍庙旅游区则包含了老城隍庙、豫园及美食、小商品等区域，百年历史的庙宇与园林把这里点缀得古香古色，美食街上琳琅满目的各色小吃依然最是馋人，看得目不暇接，目瞪口呆，只恨胃口太小装不下这美味的世界。据说最正宗的"南翔小笼"作为上海小吃的经典就在这条美食街上，左搜右寻，当终于将那一口以"皮薄、肉嫩、汁多、味鲜、形美"著称的精致面点送入肠胃后，对此行上海所有的好好坏坏都保留在了这一口浓香的美好中。

对于上海，除了那些远不可及的美丽与繁华，它们过于虚幻，真实的我喜欢的上海依然是去能去的地方，看具体的风景，爱具体的人。上海文艺出版社社长魏心宏老师是我较早认识的上海人，那时候魏老师在眉山发掘了四川作家刘小川，于是频繁出没在成都与眉山之间，也带给我浓浓的来自上海的文艺气息。多少年来，我从聆听魏老师嘴里的上海人文逸事，到近年来在他的微信朋友圈里读他的人物故事连载，那便是无论走过多少次上海都无法了解的上海一面。

我常常会在无人的深夜，想起10余年前认识的一位很有思想的上海商界朋友洪先生，那时候他已经在上海、江苏、福建等地有了公司和产业。好几次去上海，我都住在他创办的一家又文艺又浪漫名为"虹"的主题酒店，他姓氏里的"洪"与酒店的"虹"，似乎悄然就与我名字里的"红"有了某种牵连，虽然我知道这只是我的一种臆想。他会抽空陪我在酒店用早餐，然后忙里偷闲亲自开车和我一起逛石库门，他会通过边走边看的讲述把我带到上海的漫长岁月里，去体会，去感悟一座城市的光影。大约5年前从他的朋友处得知，他因患癌症已离世，他创下的庞大的基业也随之财源四散，那个我住过不止一次的陆家嘴的"虹"酒店也转租他人，没了从前的味道。于我而言，他把我们一起走过的上海悄悄带走了，空留下背影和遗憾。

毕业于浙大中文系的小应，是我在《华西都市报》做副刊编辑时认识的沪漂美女。那时我做了一个读书栏目，她在一家民营出版公司做编辑。因工作频频联系，到了上海，小应则以主人自居，带我看展览，喝下午茶，逛书店，至今依然记得夕阳下，坐在一栋老式花园洋房咖啡长廊里的美女小应，那娴静知雅、不急不慢的样子。时光好美，上海也因为有小应这样的知性美女变得饶有滋味。

还有在上海开公司做电影、爱读书的山东人韩先生，把我的上海延伸到了周边的绍兴和杭州西湖，那一年我和报社同事的沪杭考察，韩先生丰富了我们一行人的行程，更丰富了我对上海华光流年中美好的回忆。还有住在上海的日本朋友白冰先生，一口好听的吴侬软语的商会会长程女士，新天地里安放着个人服装品牌工作室的设计师乔小姐……不经意间，与上海竟有了那么多的交集，和媒体同行走进上海平安银行总部的交流学习，参加上海四川商会的各种活动，闵行路上日式小馆里的温馨生日，冬日里泡在周庄的闲散时光，还有曾经写过的《一个人的上海》里那些零碎的片段和遐想。上海于我，并非旅游目的地，但无论何时想起，都是我心中一直盛开的向阳花。

（2021年3月综合修改）

那一片远去的荷影

周末，友人邀聚三圣花乡，地点定在"荷塘月色"。走乡道，看荷花，吃柴火鸡，作为在成都的周末生活，不失为一种惬意的选择。伴着潮湿的空气，我们又驱车出发了。

三圣乡作为成都较早打造的城乡统筹示范区，一度成为成都人休闲旅游的热地。那些年最盛况时一到周末节假日，车水马龙，人山人海，拥堵不堪，处处花海，蝶舞蜂飞，童音绕梁，空前繁荣。著名的"花乡农居""江家菜地""荷塘月色""幸福梅林""东篱菊园"漫地花香，各具特色，被称为"五朵金花"。加之艺术大师云集，最知名莫过许燎原现代设计艺术博物馆、蓝顶艺术中心等艺术创意产业基地，吸引了大批大咖，或邀朋会友，或同事聚会，或家人出游。有意无意，不记得去过多少次了，留下许多难忘的记忆。

七弯八拐，接近目的地了，远远看见"荷塘月色"的石碑已被风雨侵蚀，有些斑驳，有些无奈，曾经宽阔平坦的车道也有了起伏。周边的农家乐多以柴火鸡为卖点，档次停留在初级阶段，虽然仍是车来车往，但我仍然看到与从前不可同日而语的光景，淡淡的惆怅中，勾起点点旧日回忆。

那一年，春节前。梅林初长成，成林成片，花枝摇曳，顾盼有情。随几位山西朋友前往探幽，花蕾含苞，暗香盈盈。穿行林中，快乐得想要飞，虽是寒冬，脸也冻红了，手也冻僵了，却全然忘记了冷，画面甚是温馨。之后前往一个朋友的花间客栈，在花香、茶香与美食的交替中，朋友一行把酒话桑麻，聊着过年的话题，关于山西的年与四川的年，山西的风光与四川的风光……暖意回归，时光缱绻，留下幸福梅林最美的回想。

曲水流觞，又是一年。有媒体朋友辞职后在三圣乡流转了几十亩土地，租了一栋小楼，弄了一个电影公社，有流动的放映车，置了些跟电影有关的小场景，小楼旁栽种了各种农作物，从自家菜地摘了菜，到厨房做了吃，喝茶、神侃、聊大天，晚上看露天电影。那时候，印象中文旅融合的概念还在萌芽期，细想，朋友也是十分超前了。那些年，一拨又一拨的媒体朋友前往聚集，不经意间朋友也侃出了几个剧本，做了几个影视作品，最后一次在电影公社见到他，他正在弄一个红色题材的电影，还有一个四川才女薛涛的电视剧，胡子跟头发一样长，穿着导演们常穿的那类便服，聊起剧本来眼睛里依然放光。几年过去了，不知后来如何，是否有后来。那些年这帮媒体人，谁没有一个文艺梦？

时间不经意，晃晃悠悠就穿过指缝溜走了。在三圣乡有不少我的艺术圈朋友的工作室，一个带一个，常常混迹于他们中间，看他们吟风弄月，吟诗作画，各种展览不断，各种艺术沙龙密集。记得有一次，周末去蓝顶看展，之后毫无目的地乱转，便走到某工坊间，一个看上去30来岁的小伙子正在作画，是油画，他专注于自己的创作，并未被打扰，我便在旁边默默驻足。直到最后一笔，他终于停下来，远远地看了半天，并不说话，又过了一袋烟的工夫，才回过头来跟我打招呼。于是我们便坐下来喝茶，他又陪我看他的成品，应该有几十件，大大小小摆在工作间，边看边讲，话就密起来，脸上也有了笑，直到完全沉浸在他自己的世界中。已经不记得他的名字了，也不知道后来他是否成名，是否还在三圣乡，但那个场景，那张笑脸却深深地印在了脑海中。那些年，有好些朋友就是这么"捡"来的，也有好些人慢慢又弄丢了。

先到的闺密已拍了荷塘的照片发到手机上，荷叶上有晶莹的露珠在闪烁，几朵粉嫩的荷花欲开欲合，煞是惊艳。走近了看，这一片不大的荷塘居然没有记忆，朋友也带着遗憾说，真正有规模的那片荷塘已经衰败了，据说是换了新地儿，另起了一个新荷塘……再次怅然若失，又回到我心里的那片荷塘旧景，还有那时的快乐心情。

依然不记得是哪一年，陪美国回来的老友品味成都，时近黄昏，驱车于城市间穿行，不期然就来到了三圣乡的荷塘月色。沿健身步道走走停停，天光就暗了，时针走远了，已到夜里9时，不知不觉就身临荷塘之中了。白天的喧嚣已归于平静，时有消夏的人出没于荷塘小路。周围人家星星点点的灯光环荷塘温暖地蔓延成线，仿佛画了一个圈。走进荷塘间铺就的木板观景台，便置身于荷塘的心脏了。我仿佛已听到它的心跳，夜色中的荷叶，静静地舒展着宽大的叶片，看不见荷的颜色，却能闻到荷的芳香。有密密层层交互相叠的，有稀稀疏疏亭亭玉立的，如一首首婉约的歌。果然有了歌声，但不是人的歌，那是蛙的合奏，高一声低一声，远远近近，时而急促时而舒缓，再加上蛐蛐的奏鸣，便成了一部交响乐。在这初夏的夜晚，在这一片辽阔的荷塘的舞台，它们无须排练，无须指挥，配合默契，自然成曲。

天空没有星，也没有月，昏昏沉沉的云层在低空游移。自然想起朱自清那篇经典的《荷塘月色》，依稀记得一些句子，"曲曲折折的荷塘上面，弥望的是田田的叶子。叶子出水很高，像亭亭的舞女的裙。层层的叶子中间，零星地点缀着些白花，有袅娜地开着的，有羞涩地打着朵儿的；正如一粒粒的明珠……微风过处，送来缕缕清香，仿佛远处高楼上渺茫的歌声似的……"读书时这一段是记得最熟的，庆幸这么多年过去，它还能这么深地在我脑海中重放。

最让我惊喜的，莫过于打着手电抓小龙虾的一群孩童。他们有的打着手电，有的提着竹篓，三五成群，专注地盯着荷塘的水面，沿着荷塘的木板小路缓慢前行，不时有惊呼声起，那是孩童的欢叫。我也凑了过去，看他们如何抓小龙虾，分享他们的一点点快乐。童年的一些美好时光仿佛倒流，让我陡然置身往昔。小时候，也和弟弟常随了母亲，夏夜里去河边打捞点意外的收获，一边放鸭和鹅，手里是舞动的柳条，背上是新鲜的草叶，嘴里哼着自编的不成调的小曲儿，那时候觉得时光好长，总也长不大，长大了才知道时光好短，转眼几十年就过完了。

好在，那一次的夜游荷塘月色，刻录的是甜美、静谧而又温馨的草木原香。待今日再来，即使光阴不在，还有记忆留存，也是可以反复咀嚼回味的。

柴火鸡已经炒好，主人又盖上锅盖焖了一会儿，一切齐备，唤我们上桌，桌下就是灶，一口大锅就嵌在灶台上，灶里的余温暖着锅底，锅里的鸡肉以及混合的各种配菜，已经香到令人垂涎。不知从哪年起，成都兴起了这种吃法，用柴火或炭火现场配炒，现在有的地方改用了天然气。一群人围着灶台下箸，有火锅的热闹，有农家菜的天然，有锅边馍的甜香，最重要的是，它不是一个人的欢喜，它是团团圆圆群聚的喜乐。就着柴火鸡的美味，望着远处那片模糊的荷影，我在心里默默地为生活干了个杯，过去的，现在的，以及未来的……

（写于2021年6月，曾刊于《西昌都市生活报》）

以漂流助威，用时间煮酒

对于有冒险精神的人来说，无论是天上飞的，水上漂的，还是陆上跑的，总有一款是适合自己的。炎炎烈日下，挑战漂流，无疑是户外降温运动的选择之一。一行10余人在牵头者带领下，就这么朝有山有水有风，更有清凉的地方出发了。富有创新和拼搏精神的人和事，是近年来作为百年老字号国酒的泸州老窖提倡和鼓励的新方向。

年轻时就喜欢上了漂流这项户外运动。在多次漂过贵州的杉木河、桃源河、黄果树，漂过四川、海南、东北、江浙等多地多条河流后，每到盛夏之时，就会想念那扑面而来的水浪拍打全身的快感，想念那一冲而下、义无反顾的勇往直前，想念泡在奔腾的河水里一泻千里的欢畅。有人称漂流是"水尖上的蹦极"，空中的蹦极我不敢企及，那就尽情体验"水尖上的蹦极"之妙吧。

这次的体验地选择乐山市沐川县的龙门大峡谷漂流，夜宿环境清幽的沐府山庄，漂流目的地就位于沐川县城新区幸福大道旁，从住地出发也只有四五千米的车程。坐上皮筏艇后，一场猝不及防的水仗先将人直接拖下水，湿身之后也就全然放开了。这是我第一次漂龙门大峡谷，不知深浅，没想到第一个漂段的激烈程度一下子将我们打蒙，根本来不及反应，更无从撤退，只能一边尖叫，一边闭上眼睛任其狂飞，当急浪一个接一个扑来时，连尖叫声也被淹没了。

龙门大峡谷漂流道掩隐在青山峡谷间，全长9.6千米，整体落差

198米，局部最大落差约28米，相当于9层楼房高，漂完全程需2个多小时。它就像一根既野性又调皮的长鞭，时而凶猛地将皮筏艇高高抛起，狠狠落下，时而又温柔地将其送到平缓的水面。整个河道共分为3个漂段，上游为激情冲浪区，也是最刺激的漂段，落差大，激流多，水流湍急，皮筏艇在这里如春燕展翅，飞掠水上，经过一个又一个连环跳跃式的弯道后，直击水潭，浪花飞溅，扬起一道道水幕，但沿途都有晒得黑黑的年轻工作人员护驾，有惊无险。

漂至中游，便进入竹海观景段，但见两岸竹林青翠茂密，竹影婆娑，鸟语花香，蝉鸣阵阵，绿树环绕，风景十分秀美。一艘艘耀眼的金黄的皮筏艇在青山峡谷间穿行，与两岸成荫的绿树，葱茏的草木，成片的农家菜地、玉米地，形成鲜明的色彩对比，据说如果遇上天气晴好、阳光直射时，还会偶遇那道最美的彩虹。此漂段依然伴随意想不到的激流冲击和一个又一个的惊喜。

漂至下游便进入悠闲娱乐段，这里河道平缓宽阔，设计了多个戏水区，游人至此千帆竞渡，你追我赶，或互相泼水，打水仗，或直接跳下河去畅游，与河水亲密互动，可尽情享受大自然带来的舒适和愉悦，让暑气全消。

回到被森林公园环绕，山清水秀、环境怡人的沐府山庄，稍事休息后，进入乡村美食大荟萃，清凉煮酒话桑麻。60年窖池老酒已在晶莹剔透的冷藏匣里冰镇上桌，那丝丝冒起的白色凉气让人感觉酒还没喝已仙气十足，酒还未醉人已跟着飘飘欲仙了。正应了苏轼《琴诗》中那一句："若言琴上有琴声，放在匣中何不鸣？"其禅中之意，仿佛已进入无中生有，有来自于无，有无相生，有无结合的美妙意境。

一群有年代的人，喝着有年代感的酒，聊着有年代的故事，岁月和时间便被一一打开。共情的酒是一支催化剂，可以让人笑让人哭，让人倾诉让人回味，在杯酒之间，那些过往的经历和人生的阅历，就像弥漫在空气中的酒香气，自远而来，向四面散开。说起和泸州老窖的故事，似乎每个人都有讲不完的几代人的记忆。老王说，很多年前他就收藏了近10万块的老窖酒，原想送朋友，结果都被自己喝了。老肖说："在座各位，我的酒龄可能是最长的，这辈子对我而言，无酒不欢，无酒如何能成席呢？"平时不喝酒的闺密也分享了一个小时候的故事，刚开始认字的她，有一天在饭桌上，不小心将桌上的泸州老"窖"念成了泸州老"窑"，逗得一桌人哈哈大笑，自此成为家里永久的笑谈……

2020年12月31日，罗振宇的单口秀《时间的朋友》跨年演讲选择在武汉举办，他将这一年的主题定为"长大以后"，在超过4小时的超长演讲中，我们在一桌丰盛的"知识大餐"中体味着长大以后的中国面临的挑战，长大以后的我们需要担当的责任。小时候是多么盼着长大以后的生活，而长大以后却是多么怀念小时候的无知和不怕念错字。长大以后，我们都需要从身边和远方获取力量，并用力量去武装不可预知的未来。3年前，泸州老窖窖龄酒成为"时间的朋友"跨年演讲首席赞助合作伙伴和特约知识合作伙伴，那句"窖池老，酒才好"已深入人心。让时间发酵，让岁月发酵，让时光发酵，正是这种用时间煮酒的精神才引发强烈的心灵共鸣，时间，是全部共情的核心点。

"野外花容瘦，空中水汽浮。清凉驱酷热，快意化新讴。"夜色已深浓，夜雨倾入注，空气中带着一丝丝的甜意，山庄被水雾包裹，在这远离尘嚣的山居清凉之地，有种梦幻般隔世的恍惚。白日里漂在急流中一浪高过一浪的澎湃，在酒精的驱动下仍激情未退，急着打开电视，回看当天的奥运赛事。

2021年5月20日，链家、自如、贝壳创始人左晖因病英年早逝，却留下一句被大家奉为经典的话："做难而正确的事。"并被广为流传。每一个奋斗在路上有责任有担当的中国企业，都值得被支持；每一个拼搏奋斗的人生，都值得被尊重和敬仰。那些在奋斗的人生中绽放光华的人，无论逝去的，活着的，以及正在赛场上不舍一分一秒而努力着的人，都值得被深深铭记。有着百年深厚沉淀的泸州老窖，作为中国白酒窖龄酒品类的开创者，除了用时间煮酒，"做难而正确的事"亦是它的不二选择。正是这种勇于挑战的精神让我找到了适合自己的释放方式和进取节奏，激情漂流，努力生活。一如电影《东邪西毒》里的一句台词："当你不能够再拥有，你唯一可以做的，就是令自己不要忘记。"在时间的长河里，只要你还记得，那些已经溜走了的时光就永远没有失去，那些已经不在了的人就永远没有走远。那些经历过的燃情岁月就始终在你心里，一直拥有。

（写于2021年8月初）

罗目古镇的低调和从容

　　近日再去洪雅七里坪，下山途中时近中午，朋友一行择店午膳，说是最合适的莫过于顺路到罗目古镇打个尖儿了。就是这么的不经意，让我一脚跨进名不见经传的罗目古镇，不想竟一下子走了心，有种相见恨晚的感觉。那些南来北往的游历之年，曾经去过多少古镇已不计其数，怎么就不知道眼前还有个如此低调实则颇有内涵的古镇呢？

　　关于"罗目"名字的由来，已查到几个版本。有说因为境内有"罗蒙山"，取其谐音而得名，也有记载说，唐罗目废县，取夷中罗目山得名。推究起来，应是谐音之误吧。还有一种说法，历史上这里有条龙埂，龙头在阳光村界上（今罗目中学），龙尾在水井村界上的罗岗（龙岗谐音），罗目镇因此而得名也未可知。不管哪一个，镇上的老人们却更喜欢叫它的别名，那就是青龙场。回顾历史，民国年间，峨眉县属有乡场13处，乡镇公所17处，而青龙场均名列其中，且是重点场镇之一。老人们嘴里的青龙场既有历史的渊源，更有顺嘴的惯性，还有他们自己才深谙的那份传承下来的默契。

　　说它如此低调，实不过分。它本来有个那么坚实有力的背景出身，据资料所载，早在商周时期就已经有人在此居住，是历史的要冲之地，唐高祖武德元年（618年）便建了县，到宋代已是著名的峨眉五镇之一。而峨眉作为古蜀国地，罗目县的出现，应是秦惠王伐蜀时期，战火留下满目疮痍，秦惠王不得不移秦民万家来充实蜀中之地而得以繁衍生息。有人的地方就有生活和炊烟，就有集和市。历朝历代，这里也是商贾云集、商业勃兴的热闹之地，并成为南方丝绸之路的重要集镇，到了明清时期，茶马互市，罗目古镇也是茶马古道从平原进入大小凉山的重要节点。从商周到现在，时光荏苒，斗转星移，罗目古镇已经有2600多年的光荣历史了。而活了2600多岁的罗目古镇，见到它的第一眼和走过它的古街古巷，虽然镇上的居民也是现时的布衣，当下的生活，却感觉时光仿佛倒流，那种古韵犹存，大隐隐于市的状态，全然是活脱了轨道，宁静淡泊超然于物外之境。

　　说它如此低调，二是它先天莫名的优越感却不善张扬。既隐于名山脚下，又藏于闹市旁边，坐落于"道教第七洞天"二峨山北面，东面就是"四大佛教名山"的峨眉山，有这样一张亮眼的嫡亲名片，就算沾沾光不早就名扬天下了？但事实是，罗目古镇兀自"我思故我在"，在飞速发展的今天，它依然按着自己的节奏活出了本身的样子。"罗目"这个名字，这么多年在四川大大小小的古镇中，实在不算知名，自然没被叫响。虽然离世界名山峨眉山如此之近，游人却十分稀少，相比峨眉山的流量，罗目古镇可以用"极为冷清""天壤之别"来形容，镇上也没有什么现代商业气息，2600多年的厚重历史就像一道凝固的闪烁着旧日时光的城墙，变成了静静的无声的休止符。

　　跟镇上的老人聊天，他们说，古镇现存的老街还有8街7巷，正街、万埝街、金街子、背街、青稞市街、顺河街、半边街等，政府不定期维护，基本保留了原来的模样，出于推动文旅发展的需要，政府也做了整饬。当然，罗目也有新街，是所有人都熟悉的新业态，而古镇上基本是留守老人，年轻人都外出寻找发展机会，这份闲适和慢节奏自然留不住年轻人蠢蠢欲动的心。漫步古镇街道，下雨又天阴的正午时分，果然是街边茶铺人气最旺，这里聚集着镇上上了年纪的人，一碗茶、一副纸牌、一桌麻将，诠释着简单平静的生活原味。但他们也说，逢场赶集，依然是热热闹闹，茶馆、酒店、饭馆、客栈、商店都人潮涌动，就连理发店、裁缝店、铁匠铺等也会凑一份热闹，生意比平时好出很多。

继续在雨中漫步，眼睛也继续逡巡着一切。古镇上分布着年代不等的各种老宅子，有的荒芜，有的仍有人住着，有的看上去古朴典雅，有的显得有些破旧。坐落在万垴街上的杨家院子建于民国初年，占地面积约300平方米，那些青砖黛瓦、木雕窗花、残存的古楼戏台、迂回的前庭中庭、豁然开朗的天井，让人想起消逝的遥远年代。那时的杨家大家族应该是兴旺昌盛的，仿佛还能听到笑语连连，川剧高低婉转的唱腔穿透屋顶飘到街上，飞扬在空中，只是那份荣光与逍遥自在的富贵生活，早已变成历史的尘埃消散殆尽。在万垴街旁还有一处龙目书院，虽然外观已老旧，进入之后其核心部分为四合院建筑，绿植盆栽陈列其中，桌椅散布其间，环境却十分幽雅，与书院的气息合拍，也像是默默地诉说着古镇曾经浓浓的耕读传家、崇文重教的文化基因。在罗目古镇，诸如此类造型奇特的风火墙、临江吊脚楼、青石板铺就的街巷，穿插于街巷之间的水渠、斑驳的古桥等，随处可见，无不见证着古镇悠远的岁月与历经的沧桑。

就是这样一个小小的古镇，却走出了许多名人大家。最知名的莫过于红色文学家、翻译家金满成先生。那天一脚刚踏入古镇，顶着淅淅沥沥的小雨，首先奔着金满成故居而去。经过镇党委、政府修缮维护并重新开放的故居老屋，将金满成先生的生平介绍、故事经历等一一展现，虽然院落不大，却满满地被一种磁场吸引，那些珍贵的照片和记录，四合院内生机勃勃的梧桐树，以及新的地砖代替掉旧日丛生的苔藓，都是金满成先生历经坎坷、忠于祖国，留给后人宝贵精神财富的见证。据当地史料记载，金满成于1900年3月18日出生于峨眉县青龙场，1919年赴法国勤工俭学，1925年先后任《新民报》《新蜀报》主编、编辑，1937年在重庆组织成立全国文化界救国联合会任主席，新中国成立后任人民文学出版社编译，1971年身患肺癌离世。金满成一生翻译了法国文学家法朗士、巴尔扎克和左拉等人大量作品，包括《红百合》《剥削者》《金钱》等，并创作了《我的女朋友们》等大量小说、散文作品。站在金满成故居小院里，透过橘红色的灯光，再次看到一个充满浪漫情怀的热血青年，从院里院外走来，走出小镇走出中国，走到欧洲，走进一段永恒的史册里。

下雨路滑，穿过一段布满青苔的小径，踏着青石板来到镇内下街。这里还有一处民国年间袍哥徐九龄的故居，另有一座木质结构的洋楼吸引着我们快速来到跟前。这里不仅有名人大家，也吸引了各国传教士留居下来。看介绍，这栋被叫作马塞姆洋楼的地方建于1917年，是一位叫马塞姆的英国传教士出资修建，她同时还是一名女医生。除了日常布道、祈祷外，她还专门开设了门诊，免费为当地老百姓治眼科等病症，深受民众爱戴。

越走越流连，才发现古镇里居然隐藏着那么多神秘的故事和人物。距离罗目镇境内和平村的福建林家大院，传说有36处四合大院，72个天井，明清时代还出了一个将军，人称"将军府"；距离罗目古镇2千米外，还有一处始建于1822年的天主教拆楼圣堂，1850年由法国巴黎传教士汪神父主持改建，是天主教在乐山修建的最早教堂，宏伟壮丽、中西合璧的圣堂，具有较高的文化价值。时间所限，有关古镇风云人物传奇一定还有很多，只能留待下次、再作探寻。

瞥见一处饭馆小店，走了进去。店面不大，餐食却十分可口。店主秒变出三碗四碟，有蒸、有煮、有炒、有拌、有汤，色香味俱全。边吃边聊，话题自然与饮食有关，据说古镇上游人虽然不多，传统风味小吃却不少，青龙豆花、豆腐脑、炸土豆、麻花、豆渣粑、蒸笼肉、米包子、汤锅牛肉、烟熏卤鸭等，弄得整条街都弥漫着各种美食的香气，令人胃口大开，最重要的是价廉物美，买单时当场被印证。

饭毕不舍离去，再沿古镇一边消食一边去往停车场。再见街道两旁多半青瓦木墙的木质板房，往往临街开辟成了店铺，进去后才是带有小天井的四合院。扒一家门缝往里看，院内有古井，阶前长满青青的苔藓，墙上爬满绿绿的青藤，应是许久无人居住了。

其实，罗目古镇早已纳入政府的提升计划，也进入了大峨眉旅游环线，无论新的旧的，该来的都一定会来。只是短短的一场邂逅，让我深深地感受到罗目古镇此时此刻的魅力或许正在于此，正是因了它的以不变应万变，小而精巧的布局，洗尽铅华般的质朴和原初，于万千繁华中的那份淡泊与宁静，未经雕琢、清水出芙蓉的本色，才让只要是来过的各路游客，但凡一脚踏上这片静地，都会一见钟情，大加赞赏。在驻足歇息的片刻，去想想那些生命中值得品读的过往，遇见一些人，明白一些事，珍惜一段时光，然后再继续余生，或许再遇见，或许更从容，抑或做个低调如罗目的人，一笑而过……

（写于2021年9月5日）

片片柠檬情

　　"我要去安岳，那里有柠檬香飘，我要去安岳，那里有初恋味道……"歌声里的安岳，古称普州，因"安居于山岳之上"而得新名。如今的四川省安岳县，不仅是著名的石刻之乡，更有飘香的柠檬果和因柠檬而诞生的"中国柠檬之都"的新名片。

　　"中国柠檬看四川，四川柠檬看安岳。"在四川省安岳县52万亩柠檬种植的壮观土地上，滋养着一种饱满金黄色的果子。每到果实成熟时节，所有的果园里便弥漫着沁人心脾的清香，微风吹拂下，树枝随风轻摆，像是轻轻地向你招手示意，果实丰乳肥臀，像是炫耀肚里有货，满目滴翠的绿色与金色的果实相互映衬，发出即将丰收的信号。这是安岳最有质感的时节，所有的人都期待着收获幸福和甜蜜。

　　正是在这样阳光饱满、时令丰满的丰收季，我跟随"走进10+3'乡村振兴看四川'媒体采风团"来到了资阳市安岳县，一个空气里无处不飘荡着柠檬味儿的芬芳世界。

　　安岳的柠檬早已名声在外。而柠檬的芬芳得从每年的"人间四月天"说起。安岳美景四季有，最美柠檬花香时。每年4月，柠檬花开最美最繁盛的时候，安岳都会举办一个柠檬花节，转眼已经10余届了。盛放的柠檬花，外面呈淡紫红色，里面白色，花朵不大，花瓣张开，摇曳多姿，花香四溢。形态优美的柠檬树，枝叶卷着嫩绿，滴下水珠，柠檬花的淡雅芳香绕过枝杈扑面而来，令人心旷神怡。赏柠花，品柠檬，睡帐篷，观石刻，看恐龙，中国柠檬之都的独特滋味，尽在园林花间，也在自然人文里流淌。每年的柠檬花节都能吸引川渝地区及周边城市众多游客前往观赏游憩。为期一个月的"花节"一般要延续到五一劳动节后，再顺势变成常态，而周边排排农家小楼也会在郁郁葱葱的小山丘间继续泛着暖光。每到周末，这里的农家乐、采摘园就热闹非凡，吸引着城里人来此躲避都市喧嚣，放慢节奏，亲近大自然。

一颗小小的柠檬果，一两片泡在杯中的柠檬片，何以能让酸酸的滋味带来甜甜的日子？好奇心驱使我一路探究下去，便触碰到这颗"黄金果"背后令一代代后人感念的一对父子。

说起安岳第一棵柠檬树的种植，要追溯到1929年，一个叫邹海帆的人，他出生于安岳县龙台镇花果村，是当地锦支农场场主邹江亭之子，生前曾任华西医学院口腔医院第二任院长，是著名的牙周病学家。1926年，加拿大传教士丁克森博士来到华西协合大学，在华西种下一棵从美国带来的尤力克柠檬树苗，因柠檬四季开花，花香淡雅，那时仅作为观赏植物。1929年，邹海帆到国外求学深造时再次看到当地的柠檬果子饱满又好看，便联想到华西坝那棵开花的柠檬树，他突然脑洞大开，敏锐地意识到柠檬可能具有的食用和药用价值，由此想到自己的家乡安岳，其地理条件之土壤、气候、纬度等与当地基本相同。于是，他把柠檬枝条带回家乡，也带着满满的希望，让其父在农场里试种研究，却不想大获成功。从此，安岳便有了柠檬果的出现。没想到的是，一颗小小的果子，一段移栽的枝条，未来却成就了小小的安岳县，使其发展成为大大的"中国柠檬之都"。邹江亭由此被赞誉为"安岳柠檬之父"，邹海帆教授凭借科学家的广阔视野和高度敏锐造福了一方百姓，自然功莫大焉。1929年，成为开启柠檬在安岳扎根的日子，也成为安岳的柠檬元年。

但这仅仅是开始。伴随而来的却是一如柠檬般的酸酸涩涩的漫长道路。在很长一段时间里，安岳柠檬都仅被作为观赏植物来栽种，并没有发现它的经济价值有多大，这使得柠檬的发展多年停滞不前。时间追溯到20世纪五六十年代，柠檬有了第一次转机。有农民偶然用鲜柠檬切片泡开水加糖，竟意外发现对治疗感冒有效。后又有孕妇心烦厌食、睡眠不好，试用柠檬片泡开水加红砂糖饮用后，食欲增进、心情舒畅。再后来，一些中老年人逢身体不适也仿效饮用，于是引起当地民众高度重视，开始自发栽种柠檬。后在苏联专家建议下，安岳开始小规模集中种植，柠檬进入经济栽培起步期。1979年，重庆牙膏厂在全国寻找柠檬油用作牙膏原料，结果发现全国唯独安岳才有尤力克柠檬品种，这是提取柠檬油的最佳选择。于是该厂与安岳县农场签订了柠檬生产合作协议，并令其在柠檬果树下广种香草，使开花挂果之柠檬更具芳香之气，达到牙膏的要求。改革开放后，沿海各省市发展了众多香精厂，多指定选择尤力克柠檬生产香精，这给安岳柠檬带来了第二次机遇。由此20世纪七八十年代，安岳柠檬进入大发展期，定位于香料加工原料，每年大量的鲜果源源不断地销往沿海一带，安岳县无论是果农，还是加工企业，还是政府，都尝到了酸柠檬带来的甜滋味。

但好景不长，1988—2000年柠檬进入发展震荡期，因计划经济和市场经济的碰撞，加工和鲜果形成了原材料的竞争，在压级压价双重打击下，果农们两度砍树毁园，柠檬两度流泪，发展进入严冬期。从2000—2019年，通过各方面的共同努力，鲜销加工两促进，政策配套，建基准化基地、科技研发、市场营销、质量安全、品牌创立、文化植入等齐头并进，现代化产业格局基本建成，产业持续向好发展，安岳柠檬才终于跨入快速发展期。

走进安岳的柠檬世界，一路上从国家现代产业种植园到包装，再到电商物流，看得眼花缭乱。上午11时左右，太阳已经高挂天空，阳光透过树叶的缝隙，散落在林间地头，也打在绿林中藏匿的一个个嫩黄的金果上，使其显得更加油亮诱人。收获的季节真好，就连空气都飘着幸福的味道。一群当地的果农从树上摘下果子，背到收购车前，车上的果子慢慢堆积成山，果农们的脸上沁着劳动的汗水，也洋溢着丰收的喜悦。两位戴着草帽的大爷，一位60多岁，一位70多岁，看起来身板十分硬朗，每年收获季都来果园帮忙摘果，既挣一份简单劳动的快钱，也让身体在劳动中变得更加结实。如今安岳县已建成柠檬基地乡镇41个，柠檬鲜果产量60多万吨，通过"买全国、卖全球"，其产量市场占有率已达全国80%以上，是中国唯一柠檬商品生产基地县。产品远销全国31个省，以及俄罗斯、东南亚、西亚等海外国家和地区。

当我们来到宽敞的龙台镇电商物流加工集散区，同样是一片繁忙的景象。一位大姐手不停、眼不抬地边干边介绍说，她的工作就是将收进来的柠檬分等级，观形状、察颜色、摸表皮是最简单的三部曲，圆润基础上瘦长一些的，颜色嫩白的，表皮光滑的是上乘，依此类推。然后分装贴标，"安岳的柠檬名头响亮，品质好，现在很多客人都在网上下单，我们按照客户订单直接配送就是。"如今，安岳县构建的"龙头企业+合作社+物流公司"的现代柠檬物流体系，年运输柠檬鲜果可达40万吨以上，已发展柠檬电商企业500户、网店微店5700余个，电商销售20亿元以上，全国大城市建有柠檬直销点3500余个，培训经销商3000余户，从业人员12.5万余人。串串数据就像树上年年增收的累累硕果，还在无限的空间里继续攀升。

柠檬，一种芸香科柑橘属枸橼类植物，带着喜马拉雅山南麓的风，作为原本来自中国特有的水果及香料资源，通过古丝绸之路，在漫漫历史长河中，辗转欧洲、英国，改名换姓从"香橼"到"Lemom"，再回到本土，并在安岳县安营扎寨，已历经700多年的光阴。今天，柠檬，这一小小的果实不仅因为在安岳种出了最优质的品种，成为安岳这座城市一张亮丽的名片，同时关于柠檬一系列的深加工产品，也使安岳成为行业领头羊占据了独有的市场。从柠檬干、柠檬酵素、柠檬面膜等一系列深加工产品，到日常生活中的清洁剂，再到餐饮文化中的广泛融入，水晶柠檬，柠檬蛋挞，柠檬刺身虾、柠檬龙眼等，饮柠檬茶，喝柠檬酒，吃柠檬宴，已成为引领健康的时尚。

　　富饶的土地，适宜的环境，有机循环的生态肥料，前沿的科学技术，使得柠檬已深入安岳这座城市的每个角落。处处彰显的柠檬文化，既见证了这座城市的发展，也成了一道亮丽的风景和骄傲的印记。柠檬树已经变成安岳县158万人的致富树，从枸橼到柠檬，从中药材到黄金果，中华大地的地方特色品种已经华丽转身为人类社会的康养产业。

　　柠花渐欲迷人眼，馥郁花香盼君来。片片柠檬转，一飘再飘，让梦更远……

　　　　　　　　　　　　（写于2021年10月，曾刊于《晚霞》杂志）

菌菇飘香入画来

这是让我眼界大开的一天。每一幕都像电影特效般炫目，但这不是电影，它就真实地生长在书墨韵染、历史深厚，如今菌菇飘香的遂宁市蓬溪县，一个面积达17.51平方千米的现代农业产业园。

金秋时节，菌菇飘香。一脚踏入园区，仿佛进到画里。第一个闯进眼帘的是一个不大的展厅，却瞬间打开一个琳琅满目的菌菇世界，扑面而来的各种名字的菌菇，即使迅速脑补也跟不上五花八门的画面。华盖如伞、乖巧可人的鹿茸菇，亭亭玉立、洁白如雪的海鲜菇，肥硕如鼓槌、酷似保龄球的杏鲍菇，如秋天般灿烂、形如珊瑚的黄色金针菇，还有秀珍菇、羊肚菌、猪肚菌、香菇等叫得出叫不出名的10余种。夺人眼球的不仅有姿态各异的鲜菇，还有各种从国外引入园区的蔬菜、水果以及众多食用菌深加工产品，包装精美，开袋即食，又美味又好看。

还在短暂的眩晕中尚未回过神来，转眼来到园区生产车间，再次被一幅幅现代化、标准化流水作业的场面牢牢吸引。走进琪英菌业扶贫车间，功能清晰、干净整洁的车间里，以女性为主的工人们正在流水线上削分杏鲍菇，仿佛一段绕指柔，壮硕的杏鲍菇在她们手里翻滚，快速变成标准化出厂产品，再被捆扎、包装直至进入销售环节。在此之前，从拌料、制袋、灭菌、接种，到培养、拔盖、疏蕾，再到眼前的削菇，一环扣一环，一链接一链，工人们各司其职，自然效率倍增。回想那些原本长在山野，靠自然生长的菌菇，虽然味美，但不仅受季节限制，且数量有限，怎能满足万千餐桌的需求？当我来到出菇车间，眼前的壮观景象令所有人叹为观止，惊呼声不断。一排排整齐码放在高高层架上的杏鲍菇，硕大紧实，正肆意生长，像是听到集结号迫不及待要冲锋的样子，又像是赛场上，一个个攀比肌肉健硕的斗士，我仿佛听到它们攒着劲突突往外冒的声音，正合奏着一曲生命进行曲。原来，那些餐桌上的美味菌菇竟有着如此神奇的生长力量。

忙碌有序的车间里，一边上演着杏鲍菇"出笼记"，一边是不甘示弱的虫草花正争奇斗艳。那些在工人手里抓起又抖落的金色虫草花，一如天女散花般在眼前翻飞，然后滑过干净的轨道，滑入下一个流程，留下一股淡淡的清香，在身边久久萦回。

琪英菌业，一个最早入驻园区的菌菇生产企业，就像生长力极强的杏鲍菇。在这个可容纳129000袋培育菇袋的车间里，每袋可采摘1.1—1.2斤，日产杏鲍菇可达120吨，已然成长为国内最大的菌类单体细胞工厂化生产企业，日产虫草花50吨，已跻身全球单体规模最大之列。

在产业园蓬蓬勃勃发展态势的背后，是基础设施建设筑牢的发展巢。从琪英菌业生产车间出来，一根长长的管道连接着相邻的明和能源服务公司，通过这条管道，明和能源的蒸汽源源不断地输送到琪英菌业进行菌袋的杀菌处理。有了明和能源集中供热制冷，不仅减少了企业投资，还能减少40%的供热制冷成本。打通制冷供热管道的同时，水、电、气、光纤、道路、污水处理等设施设备已全面完善，成为产业发展的重要引擎。

古诗云："幸从腐木出，敢被齿牙和。真有山林味，难教世俗知。"在园区骆峰菌业的出菇车间，大门刚一打开，一股仙气迎面而来，陡然而降的温度仿佛一下走入了《红楼梦》里的太虚幻境。在光感柔和偏暗的偌大空间里，同样是由低到高，一排排一层层铺展开来的培育架，不同的是菇袋里生长着正努力盛放的珍稀黄色金针菇。正是金针菇成熟采摘的时候，那一簇簇捧在手里的金黄，颤颤悠悠，惊艳无比。古诗里的山林味，记忆里的唇齿香，都在刹那间泛起，原来古人眼里，早已看到了化腐朽为神奇的自然神力。如今用科技手段孕育出的人间美味，那些仙女般长成的黄色金针菇，不仅具备了超凡脱俗的颜值，更成为相伴人类健康的极美佳肴。

而作为全国最大黄色金针菇工厂化生产基地的骆峰菌业，将一种四川特产，从传统种植带上了工厂化、规模化生产的新天地。其日产黄色金针菇50—60吨，海底捞、金大洲、盒马生鲜、沃尔玛、伊藤洋华堂等处处可见"骆菌子"的身影，还有猴头菇、香菇、茶树菇等同宗同族产品，也作为骆峰菌业的相关产品不断打开新的窗口。有人为其作赋一首，择其段落云："蜀地天府，沃野千里；物产丰饶，滋养兆黎。菌菇价值，五谷难替。菌业发展，骆峰兴起。产销逾万，年收过亿。回溯骆峰往昔，岁月峥嵘。五十年攀登之足迹，几代人奋斗之劳形。知其路途之遥远，晓其付出之艰辛。发轫于20世纪70年代，创始人，骆洪明，首建万春校，研种食用菌；次建研发地，育才千余名。先生出四川，游全国，交流得失，切磋技艺，真知灼见，赢得声誉。继承人，骆茂全，负笈随父，从业卅年。善于学习，勇于钻研。常常闻鸡起舞，每每蓄势待旦。时至辛卯（2011），承继父亲夙志，遂创骆峰菌业。由是，骆峰如骏马，从此疾奋蹄。赞曰：骆峰沐日，其道大光；骆峰如龙，鳞爪飞扬；骆峰媲梅，凌雪傲霜。骆峰精神，铭记心房。立足蓬溪，志在八荒；菌香天下，四海名扬。"

在以"菌菜"产业为主的蓬溪县天红菌菜现代农业园，这样的企业并不鲜见，还有鑫中宇菌业、绿然集团等10余个龙头企业，他们共同构筑起蓬溪县小菌菇变成大产业的脊梁。今天，从北京到深圳，从上海到重庆，全国各大城市的餐桌上，以蓬溪食用菌为原材料的多种菜式已获得众多食客青睐。行走于园区，观形于四围，道路宽敞平坦，不沾一丝尘土，村与园相通，园与村相融，互为风景。既工又农的村民们上班在园区，步行即到家。走进长坪狮山新村，村里的柚子树已满树挂果，农家小院的菜园子栽种着各色菜蔬，不仅环境优美，庭院干净整洁，且乡风淳朴，花木郁郁葱葱。村里树木青翠，房屋白墙灰瓦，造型别致，村外便是规模化的食用菌大棚，那里正滋滋地冒着幸福生活的味道。

正是秋高气爽的时节，站在蓬溪县一处产业环线观景平台向远处眺望，农环线犹如隐藏在绿海中的玉带，随着产业布局穿坡过寨，一路向前延伸。在这绵延69千米的农环线上，一片片菜园、一道道大棚、一个个园区正在蓬勃生长。回想起园区展墙上的一句话："奋斗之路从无坦途，惟其艰难，才更显勇毅；惟其笃行，才弥足珍贵。"或许，正是这样一种精神，才推动着蓬溪人在科技赋能、农业创新、探索新产业、振兴乡村经济的道路上，有勇气一路前行。

（写于2021年10月，曾发于《四川农村日报》转《川观》）

澳门初印象

走出小小的澳门机场，立刻被炎热中混杂着潮湿海腥味的气浪包裹，加之排成长队的出租和行色匆匆操着各种语言的过客，来无影去无踪的快闪式人流，成为走进澳门繁华夜色中的前奏和初印象。

这是我与澳门的第一次亲密接触。这份相约早在5年前就有了，年年发出邀请的商界朋友罗先生说，再不应约就取消了，好事不过五啊。这已是2021年的盛夏，借着传统中秋节假，我可不想再次错过。有朋友说，澳门行，3天就够了。而我在澳门行游的那些天，深深地明白，要了解一个曾经非亲非故之地，是需要时间慢慢沉淀下来，而不是如一叶浮萍，在水中漂过。我带着终于出境的满心欢喜，还有那一眼看去就被戳到心里的喜欢，珍惜着走在澳门街巷的每一天。

澳门，葡语里念"Macau"，英语里念"Macao"。1999年12月20日，澳门正式回归祖国怀抱。曾经的外敌入侵，曾经的国衰民弱，曾经那些不堪回首的无奈割裂，使得澳门一度失去了主权。几百年的风风雨雨，几百年东西文化的碰撞与交融，过去的濠镜或濠镜澳已改名换姓，从一个寂寂无闻的小渔村演变成今日十足的混血儿，那独特的城市风貌和大量的历史文化遗迹，造就了澳门新的容颜和内核。但每一个澳门人，诚如《七子之歌》里所唱："你可知'Macau'，不是我真姓，我离开你太久了，母亲。但是他们掳去的是我的肉体，你依然保管我内心的灵魂。"我仿佛看到，那街头巷尾每一处角落的转身，亘古不变的依然是胸怀远方的心。

初来澳门，作为澳门标志性建筑物之一的"大三巴"是一定要去的。从酒店步行前往，需要半个多小时，这正是观摩澳门最好的方式。澳门大部分老街都很狭窄，还有很多的单行道，但却车水马龙，人潮涌动。两侧的建筑物一栋紧挨着一栋，有限的地理面积让澳门人不得不在空间上动脑筋、想办法。一路上，林林总总的各种商铺大多都很"迷你"，有非常多的珠宝店、化妆品店、药店、运动潮牌店、服装专卖店和糕点铺，隔不远就会冒出一家的"钜记"连锁店，让我暗暗叹服它在澳门手信饼业中的分量。穿进小巷，是一幢幢老式住宅，陈旧的房屋外观仍掩饰不住某个窗口垂挂的吊兰，还有微风中轻轻摇曳的夏花之灿烂。有早茶店现做现卖的小笼包、奶茶、豆浆等，味道着实不错，但食客只能站着吃，多一张板凳都容不下。自带芬芳的小巷一边承载着老澳门人的晨起日落，一边在旧时光与周边的声色场里，默默感知着温情澳门的昨日沧桑与今日荣光。

终于到了位于花王堂区炮台山下的"大三巴"。眼前便是传说中的68级台阶和远处高高矗立的"大三巴"牌坊，正式名称叫圣保禄大教堂遗址。400多年前，葡萄牙人侵占了澳门，也将天主教带到了澳门。遗憾的是圣保禄大教堂从建成那天起便命途多舛，历经三次火灾，虽屡焚屡建，但最后一次依然毁于清道光十五年（1835年）。大火烧毁了圣保禄学院及其附属的教堂，只留下一堵门壁，默默见证着西方文明进入中国的历史。

烈日之下，依然行人甚众。跟着人流拾级而上，来到牌坊跟前，细细揣摩。牌坊用花岗岩建成，糅合了欧洲文艺复兴时期巴洛克与东方建筑两种风格，雕刻精细，巍峨壮观，内容极其丰富。由三至五层构成一个三角金字塔形，无论是牌坊顶端高耸的十字架，还是铜鸽旁的太阳、月亮、星辰，以及铜鸽下面的圣婴雕像，被天使、鲜花以及一艘缓缓驶来的葡萄牙商船围绕的圣母玛利亚铜像，都充满了浓郁的宗教色彩。牌坊上各种雕像和石刻栩栩如生，有人称其为"立体的圣经"。这里既是澳门文化旅游八景之一的"三巴圣迹"，又是一件精美的中西建筑艺术珍品，2005年，"大三巴"牌坊与"澳门历史城区"的其他21栋建筑文物被列入联合国世界文化遗产。牌坊后面的墓室旁是天主教艺术博物馆，其展品有宗教画、雕刻和礼仪装饰品等，都是从澳门所有的教堂和修道院的藏品中精选出来的，其中的宗教画作具有较高的欣赏和历史价值。

若以"大三巴"为中心，其背后沿山而行便是炮台山风景区。这里的山并不高，过去以栽种柿树得名，后因葡萄牙人在山上建了一座炮台而改名。曾经这里被视为军事禁区，大约30年前才对游客和市民开放。园内林木茂密，空气清新，消解着浑身的汗水和暑热，站在山顶可以遥望澳门和一岸之隔的珠海。这里既是当地市民休闲健身的好去处，也是外来游客必刷的景点之一。

下山后躲进一家二层的清凉奶茶店，诱人的美食、咖啡和果茶是烈日下缓解疲劳最好的回报。在散漫的午后时光里，再温故下刚刚过去的"大三巴"斜巷里手信店的温馨，一场突然而降的及时雨，那些擦肩而过的流动的色彩，不知不觉，夕阳便照进了迷迷糊糊的眼眸里，期待着即将到来的次日行程。

人在澳门，有泉州的"澳门通"朋友空中当向导。朋友介绍说，澳门共有1255条街道。最长是友谊大马路，约2900米；最短是妈阁第三巷，最宽是望德圣母湾大马路，约41米；最窄是渔网里，约0.73米。如此精确的播报，让我大为讶异。澳门街道的形态，正如其他城市一样，与其地理特征和历史轨迹有着密不可分的关系。地狭而冈陵满布，周边河道又带来大量泥沙。19世纪初，澳门为了扩容和满足发展的新需求，进行了大规模的填海工程，街道和交通布局都迎来了新机遇，也迎来了新挑战。早期的澳门街道主要以原色碎石铺砌，而今我们看到的澳门街道门牌，则以葡萄牙瓷砖画艺术作为蓝本，蓝色和白色为主基调，配以中文和葡萄牙文两种文字，成为澳门的地方特色之一。

依然深深地喜欢漫无目的地走走停停，寻找一座城市的平民气与旧时印迹。澳门的整体色彩是丰富的，甚至丰富得炫目。各种缤纷的建筑外墙被大胆的红、黄、粉、金等颜色包裹，在太阳底下就像行走在童话世界里。穿行于澳门大大小小的街市，那些风格迥异的中西建筑摩肩接踵地在街巷延展，起伏错落间却又浑然一体，人们似乎很乐意接受这种融合而驳离的独特气质。我也一样，既沉迷于绚丽，又心动于小众，再把澳门的浪漫故事细心收藏。

寻觅澳门的老街，还是当地的老澳门人说得更清楚，那些老街里有陪伴他们一代又一代成长的印记，有一代又一代澳门人的青春和回忆。兜兜转转，终于到了澳门半岛中区的一条古老街道福隆新街，据说已有几百年。这里曾经是商业繁盛的地区，甚至被誉为澳门的"红灯区"，清朝同治年间，福隆新街还叫"欢乐街"，基本就是"风花雪月之地"的代名词。这条街距离澳门游人如织的议事亭前地很近，几经演变，现是许多特色店铺栖居之地，包括茶餐厅、手信店、糖水铺、食肆酒家等。虽然经过政府修缮改造，已变身为美食一条街，但曾经红墙青楼的建筑风格，经历过历史的风云变迁，岁月依然在这条街上留下了斑驳的痕迹。街上那些鲜红的檐篷、趟栊、通花窗门等，在红墙绿瓦之间，静静地保留着令人迷恋的老澳门风情和文艺范儿。据说街上有一家廉价的百年老旅店，始建于1873年，不同于我们看到的澳门各种奢华高级的新酒店，它独树一帜百年如一的怀旧感，得到了包括王家卫在内的许多港片导演的青睐，成为电影取景地。《伊莎贝拉》《2046》《蝴蝶》等著名经典电影都曾在这里拍摄。细思感慨，新旧之间，也就一条街和一缕光阴的距离。

不能不说这条长不过百米的老街，连同左右延伸的支巷，街上数不胜数的食肆，更符合观光旅客的需求。在许多吃货的心目中，这里就是"美食界的珠穆朗玛峰"。随便一数，便有大名鼎鼎的虾籽捞面、天下无敌的祥记面家、老字号的杏香园甜品店、三元粥品、人气火爆的添发碗仔翅，还有赫赫有名的钜记饼家的总店等。还有一家名叫"老地方"的葡国菜餐厅，更是别具一格。这里的掌柜是澳门土生葡人，出品的葡国菜既正宗又地道，店面虽然不大，但却是极具人气的澳门网红餐厅。

从著名的"大三巴"牌坊下阶梯不远处，有一条300多米的古老街道——草堆街。这里曾是远近闻名的卖布街。沿草堆街向下，转入某个极不起眼的小路口，便走进了澳门最受欢迎的跳蚤市场的烂鬼楼巷。印象中像是去了又像是没去，有些恍惚。俗称的烂鬼楼巷，其实有个很正式的名字叫"关前街"。据说历史上关前街曾叱咤风云，因康熙当年设立海关，其中一个关卡就设在这里，因此这里也成为当年外国人进入澳门的必经之路。在很长一段时间里，关前街的商业曾相当繁盛，是澳门首屈一指的商业街。而今，和一街之隔的"大三巴"牌坊的热闹相比，关前街显得寂寞了许多。

在澳门本地人的眼中，十月初五街是澳门"宁静"与"祥和"的代表，陪伴了几代人的成长，如今更是充满了复古情怀，凝固了昔日的旧时光。过去这里也曾是城市中最繁华的街道之一，由于紧靠内港客运码头，附近又有陆路通往内地的歧关车站，商贸往来频繁，各行各业都在此处开间设铺，洋务杂货、油料作物，一应俱全。当时的十月初五街见证了内港最好的光景，在500米的长街内，百货店、服装店、中西药行、茶行、饼店、食品批发行就有数十间，至今仍让人津津乐道。而今目及之处都是旧式建筑，缓慢的生活，各种老澳门才有的店铺，恍惚间有走进老旧粤语影视剧的错觉。

官也街是凼仔旧城区最著名的一条美食街，大大小小的店铺挤满一条长百余米的短街，招牌更是密密麻麻、层层叠叠。官也街几乎贯穿了整个凼仔旧城区，作为凼仔的一条重要干道，它串起了6条狭窄的巷道，并向四面八方延伸。官也街中西合璧的历史建筑和当代设计，将旧城区老居民和新时代做了勾连，它奉献的是内外兼修的气场，迎来的是热闹与非凡。拥有400多年历史的官也街，不仅见证了澳门的过往，也展示了当地鲜活的市井文化，这条溢满人文风情的著名美食街，已成为澳门老街活色生香的流量担当。

在澳门除了合法的博彩业，美食无疑是人们喜欢它的又一大理由。澳门虽然"迷你"，但这里尤其是所有的老街上都汇集了中西特色各种美食，街上琳琅满目的水蟹粥、猪扒包、木糖布丁和各种手信，泛黄的小摊车，简陋的凉茶铺，老式的不带任何装潢的茶餐厅，都淡淡地流淌着老旧的年代感，让人不知不觉中恰如其分地找到共鸣。尤其是澳门人对传统食品的制作近乎偏执的态度，不少手信店的小点心都是现做现卖，店员更是热情地捧着新出炉的点心走到街心，请往来的游客品尝。空气中无处不飘荡着花生糖、杏仁饼、各种肉食、咖啡和奶茶的香气，令人垂涎，胃口大开。

温情又文艺的澳门还是一座典型的双面城，一面是安静生长，始终存留在市井之间跨越几个世纪的怀旧遗风，一面则是热闹喧嚣的不夜城与无数的豪华酒店共生的躁动与不安分。作为曾经的媒体人，我会习惯性地关注一座城市的经济结构。资料显示，澳门多年来，已发展成为世界四大财城之一，主要由轻工业、旅游业、酒店业、娱乐业保持长盛不衰，近年来医药业也颇有建树，使得澳门成了全球发达、富裕的地区之一。

与出租车司机的闲聊中，他们无一例外抛出的都是澳门白天连着黑夜，或者昼夜不分的那份涌动与欲望，不乏揣着钞票想在博彩中一夜暴富却往往事与愿违令人唏嘘的真实故事。澳门最豪华的商业场都连接着酒店、餐饮与夜场，他们提供从机场到食宿、购物、娱乐一条龙的全套服务。常来常往澳门的人，深谙其道，兜里都揣着好几个酒店的积分卡、购物优惠卡，甚至免费用餐卡、住宿卡，甚至酒店里长年存放着他们的行李箱和四季衣物。是什么样的魅力吸引着南来北往的人对澳门如此眷恋？为解此谜，我和同行的伙伴也把酒店游列进了行程。走进一个个颇有代表性的威尼斯商人、伦敦、巴黎、新老萄京、银河王朝等奢华酒店，那些光怪陆离，一个比一个豪气的酒店和夜场，充满异国风情的商厦里不仅集中了欧洲各国最著名的品牌，也超越了过去我对奢侈酒店的想象。夜色降临，真正的夜生活才刚刚开始，不可不谓纸醉金迷，也不可不谓欲望无边。看着那些电影里熟悉的场景和桥段，看着眼前一张张陌生的晃动的脸，看着屏幕上滑动的数字，在蠢蠢欲动与保持冷静之间，在游戏与金钱之间，一方面只恨腰包里的钞票有限，另一方面又庆幸腰包里的钞票有限，在进退自如、淡然洒脱之余，似乎多少明白了澳门之"奥秘"所在了。

一段愉快的旅程，一次难忘的初次相遇，一首刻进心里的光阴曲。无论是大三巴斜阳余晖里的流连，妈祖阁庙堂前惊鸿一瞥的回首，夜色阑珊中和小伙伴的漫步，澳门塔高空一秒的晕眩，徜徉在新与旧之间的交错跳脱，还是豪气的海鲜盛宴，邂逅成都商界朋友的惊喜连连，都在中秋之夜他乡的那轮月圆中，岁月静好，天涯与共。

（写于2021年立冬之际）

中国腊味

当旅程变成往事，落草交付笑谈，下一次去哪里尚未可知，而时间的指针又转到了年末。快要进入腊月了，空气中又开始处处弥漫着腊味芳香，是该留在家里做些准备了，而腊味则是对时间和生活最好的储存。

菜市场里灌香肠的摊点又排起了长队，那些已经制作完成的腊肉、香肠悬挂在一边等待风干，既是展示，也是招引。朋友圈里有每年都在山里订养生态猪、自己配料制作腊味的商友晒出了当年的新货，熟悉的味道便立刻回到了舌尖。超市里也码起了各式各样的腊货，看得人眼花缭乱。老家的同学开始询问，今年给你寄点儿啥？其实他们并不需要我回答，几天后，便有快递包裹带着故土特有的腊香和柴火气，顺带还有家乡的山货一起落户到家里。有了这些，年味便提前宣告登场了，年也就不远了。

这是中国人独有的过年方式，不分东西南北。尤其在南方除夕团聚的年夜饭里，餐桌上怎能没有一道属于腊味的拼盘？此时的腊味菜肴，早已不单单是一道菜，而是人们留住时间的秘密智慧，更代表了一种与家乡难以述怀的情感勾连。对今天的人们来说，年味似乎已越来越淡，而有了制作腊味的过程，有了这道特殊的传统味觉记忆，也让一代又一代的年轻人明白，腊味，就是中国味道的传承，腊味，就是中国越来越珍贵的年味重要组成部分。正如《舌尖上的中国》所言：“这是盐的味道，风的味道，阳光的味道，也是时间的味道，人情的味道。”

腊味，来自农耕年代，是一种原始储存食物的方法。早在两汉时期的《周礼》《周易》中，已有关于“肉脯”和“腊味”的记载。《易经》中说：“烯于阳而炀于火，曰腊肉。”常见的腊味，均指风干、烟熏或腌制的各种肉类，有腊蹄子、香肠、熏肠、熏肉、腌鸡、腊肉、鱼干、腊鸭、风干牛肉、腊羊肉、腊排骨、腊翅、腊肝等。没有做不到的，只有你想不到的。清代潘荣陛在《帝京岁时纪胜》中说：“腊诸物价昂，盖年景丰裕，人工忙促，故有腊月水土贵三分之谤。”“腊月水土贵三分”，这句原本说的是古代人们的生活场景，如今每到腊月，这时的天气云量较少且少雨干燥，蚊虫不多，肉类不易变质，最适合风干制作腊味。人们开始准备年货，还有岁末的大祭，物价开始上涨。虽然时间过去这么多年，但生活的场景照着镜子一如从前。

一代又一代的中国人，将对生活的热爱浓缩在密布着各种细节的腊味制作中。腊味的制作明明包含了不可言说的技术含量，却又神奇地普及到几乎每个家庭单元，似乎又变得异常简单。只不过现在很多家庭主妇懒了，不愿劳力费神。或许正是这种普及性，在漫长的美食探索过程里，虽然各地的制作原理都相同，但在实际操作时仍然依据地域的不同、生活习惯的差异，演变出一地一味、异地异味。每个地区，甚至每个巧匠，每个家庭，都有自己视如宝贝的“秘方”或商业秘籍，往往相同的配方也能做出细微的差别来。这就好比泡茶，同样的茶，同样的水，同样的屋檐下，一人一泡，味道却甚是不同。就拿四川来说，四川以东的达州、南充、广元，腊味口感偏麻辣，四川以西的自贡、内江、宜宾、泸州，腊味则相对中和且鲜香有余。即使青城山和峨眉山的老腊肉，都已然做出了道教名山和佛教名山不同的内涵和口感。凉山州彝族家的腊香肠和泸沽湖摩梭人家的腊香肠端出来，其色泽和味型也藏着咸淡的轻重和主人制作时不同的心思。

旅行抑或行走江湖，让我有机会品尝到来自大千世界不同的腊味。在中国风格各不相同的腊味版图里，已经有人总结出了四个永远绕不开的"老大哥"，他们是：川麻、粤甜、湘辣、浙鲜。由此，中国西南的四川、贵州、云南，东南的广东、福建，中部偏南的湖南、湖北，江南的浙江等地，挑起了中国腊味版图的脊梁，呈"四足鼎立"之势。除此之外，中国的北方依然遍布腊味，从未缺席。每到熏制腊味的季节，尤其是穿梭在当地城市的一条条老街、老巷和菜市场，几乎抬头就能看见各家各户阳台上晾晒、风干着的腊货，这些城市以及城市里飘荡的腊味气息，构成生活的真实和真实的生活最朴素的细节。而腊制品最大的好处就是可以延长食物的保质期，比如常见的腊肉，常温下可保存3—5个月不变味，若洗净放冰箱，保存时间可有三五年。

在风物各异的腊味世界里，大名鼎鼎的四川腊味独树一帜。麻辣既是川味的精华，也是川味的灵魂。地道的四川麻辣香肠，一定要用自贡的井盐腌制，一定要选肥瘦相间的肉去水，一定要用产自汉源的花椒为香肠注入精髓，一定要用最好的辣椒面配纯粮大曲，即使在如此浓烈的味觉刺激下，依然保留着一份粮食的清香和柔情。每年春节过后，离家返城上班的小夫妻，汽车后备厢里满载的各种家乡特产里，一定少不了父母强塞进去的麻辣香肠、腊肉、腊排骨。这哪里只是一份食物，里面满满的都是父母最直接的爱，几乎可以抵御一年的牵挂与相思。四川真是腊味的天堂，随便走到哪里，都能收获一份腊味的满足。广汉缠丝兔、青城山老腊肉、剑门火腿、青川腊肉、北川腊肉、冕宁火腿……在四川任何一个角角落落、大小城市村庄，如果要说一样无孔不入的食物，一定非腊味莫属。

同样是腊味，单单风味火腿独自惊艳出圈，大家最为熟知的莫过于"云腿"和"金华火腿"。一个产自云南，一个产自浙江金华。二者齐名媲美，蜚声中外。云腿主要包括宣威火腿、诺邓火腿、老窝火腿、撒坝火腿、鹤庆火腿、无量山火腿、三川火腿等，其中尤以宣威火腿最具代表性。云腿在日积月累的调制中总结出了"四个秘籍"，即割秘、腌秘、藏秘、食秘，形成了一套独立体系。所谓割秘，指的是刀功，要将猪后腿割成琵琶状，又好看又易吸收料味；腌秘讲究的是割开的后腿肉要趁着新鲜，不能隔夜腌制；藏秘说的是保藏时不能透气，令其充分发酵；食秘便是各式各样吃法上的讲究了。人们对云腿的知晓度最高的便是云腿月饼了，云腿的吃法其实渗透了生活的方方面面，其诱人的色彩、扑鼻的香味透过食物的底色，不仅留在了唇齿之间，更是留在了人们心里。

浙江是最容易被忽略的腊味大省。人们常常被浙江极负盛名的江南美景、文化底蕴和发达经济所吸引，而忽视了在这片富饶的土地上也隐藏着另一个欢腾的腊味世界。其最具影响力的便是火腿，最有名气的则是金华火腿、皖花火腿。其次才是宁波的海鲜腊味，比如腊味鱼鲞、墨鱼干、虾干等。金华火腿在经历了数个月的发酵过程后，在酸、碱和酶的共同作用下，能神奇地分解出多达18种氨基酸，其中8种是人体不能自行合成的必备氨基酸。由于金华火腿无论是工艺还是技术，还是为方便食客享用推出的切片火腿，都始终奔着高级料理的目标精益求精，就如同江浙人对生活品质的一贯追求。而以宁波为代表的海鲜干货，则是将阳光和海风、勤劳与智慧高度融入生活的密码，每吃一口都是在解码，那波光粼粼闪烁着汗水与金光的每一个辛勤出海的日子。细数起来，还有安徽的刀板香、定远桥尾、鸭脚包，及遂昌腊肉、杭州酱鸭、南京板鸭、上海腊肠等，无一不是人间至味，无一不代表着江浙一带在腊味版图里拥有的分量。美食是旅行的孪生姐妹，每每走到一个感兴趣的地方，想要了解它本真的模样，品尝当地的美食既是缺一不可的需要，更是与这座城市建立精神与心理联系的手段。做足了功课后，迎接一顿美食的暴击，往往是对旅途最大的犒赏。

在中国的饮食文化中，岭南的饮食文化占据极其重要的地位，而岭南的饮食文化又以“食在广州”发展成一种文化现象。腊味既是岭南饮食的重头戏，更是以腊味中的“小清新”代表了广式腊味鲜明的风格特点。“秋风起，食腊味”，广东人从一入秋就开始腌制和晾晒腊味的传统已有两千多年的传承史，这跟当地自古气候湿热、肉类容易变质有很大的关系。先人们将他们的智慧融入肉食的储存中，尤其清末民初后，由于近代化和城市的发展，伴随历史上五次大的移民迁徙，广式腊味也被带到了新的广袤的土地上，让“广味”成为流通货越来越深入人心。发展至今，广东作为近代史的开篇之地和著名侨乡，更有不计其数的广东人将广味香肠等灌肠食品产业，经由海上丝绸之路和海上陶瓷之路跨越重洋，带到世界各国，尤其是东南亚和美洲国家，扬名海外。虽然广式腊味没有川味麻辣调料带来的刺激，却多了酒、酱油、糖等调味品混合后的甜软鲜香，比之川式腊味的热情性感，广式腊味则显得更加含蓄温柔，尤其是广味香肠，不仅色泽更加明快晶莹，样式也多了椭圆小肉球等品种，味道更是暗藏着另一种风情和别致。正像歌里唱的那样：“慢慢地让我陪着你走，慢慢地知道结果……每一天爱我更多，直到天长地久……”

在腊味的世界里，腊猪肉始终是主打。我们通常意义上的“腊肉”皆指腊猪肉。无论是云、贵、川，还是重庆、湖南、湖北，腊肉普遍讲究要熏才够味，重庆人管它叫“熖”。“熏”或者“熖”都离不开烟，烟来自火，火则要选择高山树枝柏丫辅以锯木屑，不能直接用明火，那样就被烤熟了。待时间与火候与烟熏程度皆恰到好处，出笼后的腊肉看起来虽丑得有模有样，黑不溜秋，但闻起来却很香。待洗净入锅煮熟，无论是直接切片摆盘还是和其他菜蔬一起混炒，当黄昏降临，太阳的余晖与橘黄色的灯光互相映照，借着光的温度，那切得薄薄的泛着点点油亮的几近透明的腊肉，一片一片，一二三四五六片，那份劲道有力，那份满足与幸福感，连同满屋的腊香早已浸入到每个毛孔，填满记忆的沟沟坎坎，历久弥新。此时此刻，只想和唐朝的诗人白居易《问刘十九》一样，邀朋二三围坐一桌，心存默契："绿蚁新醅酒，红泥小火炉。晚来天欲雪，能饮一杯无？"岁月如湍湍之流水，平常如昨，而洗净铅华后的蜕变，是将深情的爱都幻化成无言的陪伴，写进满脸的褶皱中。

腊味既是古老的生活智慧，也是中国人最珍惜的家乡味道。近年来，随着年轻群体饮食爱好和生活方式的转变，腊味也在传统和传承中不断推陈出新，保持古朴的风味，减少亚硝酸盐的使用，让健康与美味共存。当腊味不再是神话与传说，当神秘与"勾魂"的腊味褪下过年的仪式感走进寻常的日子，当万千风情的腊味带着各自地域的标签走南闯北变成"中国腊味"，试想一下，在某个初春的傍晚，在或远或近的某个度假山庄，洁白的霜雪已经开始解冻，它们就要汇成一条河流流进春天里，将我们从冬的严寒里安全渡返。好吧，记忆也已回暖，就像嗜甜软的张爱玲所说的那样，回忆若有气味，应是"甜而稳妥，像记得分明的快乐，甜而怅惘，像忘却了的忧愁"。且与那一口回味相拥吧，一起走进新的年历里。

（写于2022年初春）

一场不期而遇的惊喜

　　对于生在南方不常见到雪景的人来说，每一次雪花飘落，每一场大雪降临，都像是一次额外的馈赠，是对一年来春夏秋冬走过四季的最后一个句号，一场洗礼，一次深情的表白。然后再迎来新的一年，新的四季。

　　春节后，借着错峰休假的档期，原本奔着阳光充足以花命名的城市攀枝花而去，却不想途中先期与一场漫天大雪不期而遇。意外的惊喜让沉寂的身心满血复活，那时那刻，唯有眼前的雪，眼前的景，其他暂时抛之脑后。

　　这是来自雅西高速荥经至汉源段的雪。出发前便查知，雅西高速冰雪路段已实施史上最长时间的管控，但路管部门每天都不辞辛苦地联动除冰除雪，交警更是没日没夜地守在路边，以确保当日部分时段得以通行。明知山有虎，偏向虎山行。相对冬季阴冷潮湿的成都，攀西的温暖阳光实在太诱惑了。

　　果然，走雅西高速才行至雅安八步段就被按下了暂停键。交管强制将车辆赶下了高速，要么等候放行通知，若继续前行就得走108国道翻越泥巴山，经过石棉后便是拖乌山，都是"之"字形的全盘山公路，雨雪交加，风险是必然存在的。但这并不能阻挡前行的脚步。已经不止一次走过这条道，春天里走过，夏天里走过，冬天也走过。自驾旅游走过，因为工作跑得更多。雅西高速建成前和修建中，都不止一次经历过。雅西高速的通行，虽极大地改善了交通环境，但自通车始，这条极不平凡的路便一直经历着高寒、泥石流、雨雪风暴的考验。

印象最深刻的一次，莫过于2012年雅西高速刚建成通车，适逢我在《川商》杂志时带领团队牵头在西昌策划拍摄的一部儿童电影《月亮船》，定在西昌举行首映式。从成都出发前忙完一场大活动，晚宴后送走各位嘉宾，大约19:30才匆忙启程。出发时天色已晚，一行四人带着满身疲惫，却不敢稍有疏忽，毕竟是第一次行驶在这条花了8年时间才刚刚通行的高速路上，路况不熟，且许多路段都在大山里，弯道多，隧洞多，就像在云端穿行。那天刚出发，天空便下起一场暴雨，同行开车的小伙伴已连续加班好几天，体力实在不支，车上唯一的备用司机只有我，我不得不硬着头皮主动换上。小伙伴放下方向盘便倒头沉沉地睡去，而我则高度紧张，眼睛死死地盯着前方，虽然雨刮器一直忙个不停，却仍看不清前面的路。到达荥经汉源段，大雨如注，加上高山团雾萦绕，能见度最多5米，我调动了全身每个细胞，全神贯注。坐在副驾的我的领导怕我打瞌睡，一直讲各种段子，眼睛睁得比我还大，帮着辨识方向。事后，他回忆说，那天他的手虽然不在方向盘上，却攥出一手的汗。到达西昌政府招待所时，已是凌晨3点。挨床睡了不到3个小时，清晨6点我和伙伴们直接奔赴活动现场，紧张忙碌地完成最后的准备。上午9时，西昌已经阳光明媚，各路嘉宾悉数到场，首映式十分圆满，又是负荷满满的一天。等回到成都放松下来，才感觉连续较长时间的忙碌，颈椎已僵硬到不能动弹，通过整整一个月的治疗才得以缓解。

再次驶上108国道时，满脑子都是陈年往事，历历在目，实情实景令人心生感慨。那些奋斗的日子有苦有甜，值得一生慢慢回味。离泥巴山越来越近，气温也越来越低，天气已是雨夹雪，被赶到这条道的车辆越来越多。在即将进山前，沿路安装防滑链的村民开始吆喝，因为有过去翻越雪山的经验，防滑链是必备的。在村民帮着安装防滑链的当口，从他嘴里听到最多的一句话便是，绝对值，上山赏雪，一年至少一回，不会后悔的。

虽然不是为了这场雪，却先有了一场雪的碰撞，那之后的阳光必将更加灿烂。已经迎面扑来的这场拥抱，无论是"艳遇"抑或"遭遇"，都已不容商量。上了防滑链的四驱越野，吱嘎地缓缓爬行在冰雪路面上，窗外早已是银装素裹，分外妖娆。两旁林立的树木一片肃穆，任性的雪花经过数日的积累，将落光了叶子的树枝，挂满毛茸茸、亮晶晶的银条。从窗外掠过的每一幅画面，都让人忍不住想要惊呼，天公画图，自然妙成，这般鬼斧神工，泼洒的姿态和力道，无人可及。地处大相岭的泥巴山，108国道的必经之地，虽然海拔高度只有2552米，但每年都会降临的冰雪，今年终于再次与你撞了个满怀！

以泥巴山垭口为界，垭口那面是岭东，被称为阳山，即汉源，而垭口这边是岭西，被称为阴山，也就是荥经。阴山，多雾、多雨、多雪，通常情况下，泥巴山年积雪3个多月，奇妙的冰雪覆盖泥巴山，给通行带来了不便，也给交管部门增添了麻烦，但漫山遍野、千姿百态的冰花雪花，无疑点燃了多少人的冰雪之梦，找回身处冰雪奇缘，一如童话世界的巨大惊喜。算算路程，不如当晚就住汉源，没了赶路的担忧，可以好好在雪地里撒野。

雪一直下，风强劲地吹。连绵不断的积雪，到处白茫茫一片，远处的贡嘎群峰也失了颜色，隐藏进厚厚的云雾和弥漫的风雪之中。寂静的山川被赏雪的人阵阵搅动，除了一幅幅拍摄的画面，更有打雪仗的、堆雪人的、雪地野炊的、雪地唱歌、雪地涮火锅的、自制简易滑雪道具滑雪的……如果你的心是快乐的，冰雪就是快乐的畅想曲；如果你的心是忧郁的，冰雪就是抒情的小夜曲；如果你的心是怀旧的，冰雪就是你童年里已经远去的故乡恋曲。而我的心是时而快乐时而惆怅、时而欣喜、时而怀旧的波浪，这场雪带给了我无限宽广的思绪和遨远的想象。它既像是小时候外婆家院子后的冬雪竹林，三四岁的我在竹林里抖动着雪花，飘落一个林子的欢笑；又像是重现了《三套车》里"冰雪覆盖着伏尔加河，冰河上跑着三套车，有人在唱着忧郁的歌，唱歌的是那赶车的人"深沉旷远的思念；也像是多少个不眠的冬夜，一个人的内心独白；又仿佛让我想起那些年访过的冬雪人家，无数次留下的踏雪履痕。更有喜爱的《红楼梦》里对雪的情有独钟，300多处对雪的描述，暗藏了无数的玄机。妙玉的雪水烹茶，贾宝玉的踏雪寻梅，薛宝钗的采雪入药，薛宝琴的雪中艳立，史湘云的雪中烤鹿……雪不仅仅是书中的道具，更是贯穿全书的重要意象，留下无数咏雪诗词楹联趣事妙想，成全多少梦里花开花落，情事故事万丈长？

大地山川无言，看似静寂无声，实则积蓄着满满的力量，孕育和等待着蓬勃的春的来临。虽然没有"六出飞花入户时，坐看青竹变琼枝"的庭前飞雪，也不如北方"燕山雪花大如席，片片吹落轩辕台"的壮美，却是迎来了"白雪却嫌春色晚，故穿庭树作飞花"的邂逅。一路走走停停，有惊无险，一路浮想联翩，心猿意马。泥巴山的这场雪，是这个冬季里最不可错过的"艳遇"。这场隆重的雪的盛事，就像应和着刚刚降下帷幕的北京冬奥会，是对冰雪激情的歌唱，是对一年一枯荣的吟诵，是预示来年丰收的先兆，是一时的惊喜，也是一念的清静。雪花满空来，处处似花开。漫长凛冽的冬日，需要一场雪，来荡涤心头的尘埃，才能让冬天不再孤寂，在春天来临前，心里揣着欢喜。愿你在这最美好的冬景里，感受温暖，继续前行。诚如年轻的企业家朋友吴铭所言，雪本是冬的陪伴，却不顾一切做了春的心上人。每个人，心头都有一场不期而遇的雪。

（写于2022年2月21日）

花的市与钢的城

从成都出发，经过汉源段一场大雪的惊喜洗礼后，次日一早继续奔温暖的攀枝花而去。沿途气温逐渐上升，衣服一减再减，到了西昌已是阳光灿烂，从冬直接过渡到夏了。午后时分，车行即将进入攀枝花市时，一条波光潋滟的江水像绸带般闯入眼帘，将城市建筑拨到两边，又通过桥梁飞渡，再架起两边的烟火和生活。这神奇的一幕不由得让我开始重新打量这座城，20世纪60年代因三线建设由渡口改建起来的攀枝花市，如今长成了什么模样？

住进朋友留给我们的私人住宅，瞬间有种回家的感觉。细心的朋友反复交代哪里有米、面、油、肉可自煮自用，哪里停车，哪里取水，哪里美食集中，哪里有热闹的夜集，在这番叮咛中，行在旅途住在他乡的感觉被全然替代，攀枝花变得柔软起来。傍晚，早已等候相会的另一家友人已几番问询何时到达，收拾妥当，搜索路程，居然就在附近，步行是最好的方式。虽然过去来过多次，多是行色匆匆，这次终于可以让我好好看看它。

依然是连绵的坡道，山城的特色不改，不同的是汽车和行人越发秩序有礼，城市景观也相得益彰；依然是沿山而建的各种建筑，高高低低都有，不同的是规划越来越严谨了，街道尽可能地利用地形做了拓展，而小巷里保留的是平民市井生活的炊烟日常；仍是来来往往如潮的男男女女，不同的是衣着越来越时尚；依然是林林总总的饭馆酒楼，不同的是我还看到了希尔顿、维艾斯这类国际酒店。据朋友介绍，多年来，攀枝花也是房产界追逐的康养胜地，为此，碧桂园、高宇、万达、绿地、金科、领地等许多知名地产商早早进驻攀枝花市，大大提升了攀枝花的居住品质。

朋友的西餐厅开在热闹繁华的中心区域，乘坐观光电梯直达餐厅，看到熟悉的身影和笑脸，满心欢喜溢于言表。准确地说，我们是近20年的家长朋友，朋友的女儿和我家双胞胎女儿从小学到中学到出国留学，一路相伴，这样深的缘分得几世才能修来？怎能不值得珍惜。喜欢一座城常常是因为城里住着你惦念或喜欢的人，攀枝花也因为有了这样的两代友情而变得情深义重。红酒加牛排，各式西点，杯酒之间，相聚是如此愉悦，共同的儿女话题让我们久久地沉浸在互相伴随走过的岁月里。殊不知，友人妈妈也是三线建设的后代，和我又多了一层三线建设子弟的共同点。转头望向窗外，夜色降临，车水马龙，灯火璀璨，将这座朋友眼里的小城照得亮亮堂堂。小城非小，装满了各种人情况味、世间美好。

次日的计划是参观中国三线建设博物馆，博物馆张馆长也是老朋友，闻听后带着金牌讲解员亲自陪同。张馆长是个文化人，多年来全心致力于攀枝花市重大文化项目的策划推进，包括三线建设博物馆以及不久前在央视热播的电视连续剧《火红年华》等。站在博物馆的广场上，张馆长的眼里满是深情，讲起三线建设故事也是如数家珍。一路参观下来，作为航天三线的后代和曾经的二代航天人，墙上的每一段文字、每一幅照片以及展示的每一件物品，我都能感同身受，勾起青春时代在航天基地工作生活时点点滴滴的美好回忆。

回顾20世纪五六十年代，在党中央的部署下，国家三线建设如火如荼地展开，在攀枝花发现的铁矿正好弥补了当时发展工业的需要。1964年开始，十万青年开始从全国各地来到攀枝花，在条件极其艰苦的大山中建设矿场、钢铁厂以及各种配件厂。像后来的深圳经济特区一样，早在1965年，攀枝花就为特区打了个样。同时，因为攀枝花地处川滇交界处，是四川和云南盐茶交易中转站，过了金沙江不远就是云南地界，人们来去都要从那经过，为了战略保密，攀枝花特区遂改名渡口市。1987年，渡口市再次改回攀枝花市。每年的3月4日是攀枝花市开发建设纪念日，也是建市纪念日。

从那时起，这座钢铁之城、钒钛资源新城就像一台发电机，源源不断地向全国各地输出能量。在全市90%以上的山地中，丰富的矿产资源逐步显露：已探明的铁矿占四川省探明铁矿资源储量72.3%，是我国四大铁矿区之一；钛资源储量占全国的93%，居世界第一；钒资源储量占全国的63%，居世界第三；石墨资源储量居全国第三。攀枝花因矿而生，它为我国工业化进程树起了一面骄傲的旗帜。但是由于地形特殊，攀枝花至今没有通高铁。虽然没有通高铁，攀钢却是全世界仅有的3家能生产百米钢轨的企业，每天可为我国高铁提供5万米长的钢轨，承包了全国三分之二的高铁百米钢轨。攀钢就像矗立在山城里的一位钢铁男儿，将他血脉偾张的钢铁之花飞溅至大江南北，变成钢的轨、铁的路，把钒、钛输送到每一个需要它的地方。

这里又是一座典型的移民之城。来自全国28个地方的新老移民，浓缩了全国不同地方的南腔北调和各种饮食、生活习惯。不经意间，耳边传来的西南方言中有了浓浓的东北口音，那些软语里却夹杂着四川方言。这里既有特色鲜明的盐边菜系，也有花样繁多的面食小点；既有品类丰富的各色烧烤，也有洋气十足的西餐美食。成昆铁路、雅西高速联结了攀枝花与外面的世界，南来北往的驿路客、背包族、投资者聚集到攀枝花，书写着新的移民文化和城市之魂。

生活在甜城的人是幸福的，一年四季享受着充足的日照，阳光慷慨，夏季绵长，降雨集中，鲜花绽放，瓜果飘香。作为万里长江第一城和四川唯一的亚热带水果生产基地，它盛产杧果、枇杷、莲雾、石榴、草莓、樱桃等特色水果，四季鲜果不断。这里有一种开花的植物不能不说是世间一奇，它叫苏铁林，天然而生，雄株年年开花，雌株两年开一次。友人说，3—6月你再来，就能见到苏铁林开花的样子，成千上万个黄色的花蕾争奇斗艳，单株如佛手捧珠，成林似彩毯铺地。它与自贡恐龙、平武大熊猫并称为"巴蜀三绝"。

这次虽没见到开花的苏铁林，却是幸会了攀枝花又称木棉树的开花盛景。在攀枝花的第三天，一大早便循着阳光和水的方向，驱车沿美丽的金沙江朝着古渡口而去。据说那里不仅有各式小院里的民间汤池，俗称"野温泉"，还有一棵见证了历史风雨400多年的木棉树。一路上，发源于青藏高原的金沙江，汹涌澎湃几经辗转汇入攀枝花市后，变得格外温柔缠绵，阳光下波光潋滟，平和顺畅。当穿过108国道金沙江鱼鲊大桥后，便见一巨石碑刻"拉鲊渡口"，心知目的地到了。

拉鲊古渡位于攀枝花市仁和区大龙潭彝族乡拉鲊村的金沙江畔，两岸山势平缓，自古以来是四川通往云南的必经渡口。拉鲊古渡历史久远，据专家考证：此地为诸葛亮当年"五月渡泸"由川入滇的主要水上码头，诸葛亮亲提"可以栖迟"四个大字，现在大龙潭格地村石壁上的字迹依然清晰可辨。如今，拉鲊古渡更是连接祖国西南交通动脉108国道的必经渡口。古渡新姿，天堑通途，在拉鲊渡口寻觅古迹，感受金沙江迷人的风光，将手伸进水里触摸一条江的温度，心知这温度不仅贯穿古今，还将一路绵延。

回到堤岸，朝着不远处那棵冠如华盖的大树快步疾走，正值开花时节，火一般盛放的花朵挂满枝头，开得如此灿烂而又热烈。阳光透过高约30米的参天古树的枝丫，潇潇洒洒地落到盘根错节的地面上，形成斑斑驳驳的图案，那粗壮的树身需要5个以上的成人才能合围。站在树下，思绪已飘远，曾经在怒江边见过的火红的木棉花，今日在此再睹芳容，这个生长于热带及亚热带的落叶乔木，既是攀枝花的市花，也是全国唯一以花命名的市名。花是一座城，城是一朵花。这朵花总是伴随着春天的脚步，在爆竹声中悄然绽放，可以一夜之间开满大江两岸、房前屋后、大街小巷。硕大的花朵密密交织成艳丽的图景，除了最多的红色，还有橙色、粉色、白色和黄色，一树树木棉花开，送走一冬又一冬，迎来一春又一春。

中午时分，七弯八拐在黎溪镇鱼鲊村寻得一处安静的小院停下来。鱼鲊大桥飞渡两岸，似长虹卧波，气势恢宏，金沙江从古渡口蜿蜒而来，缓缓流淌。小院亭台楼阁，花木繁盛，七八处汤池错落排布，藤蔓缠绕，绿荫浓庇。但见沿坡及院子周围有一种树上正开着一串串金黄色的花，像一支支高擎的火炬，却不知为何名，问及主人才恍然大悟，原来吃了那么多的杧果，还是第一次见到杧果树上的花！霎时心动。偌大的小院干净整洁，温泉水是现灌的，可随时添加，想泡多久泡多久。因为人少，且放过那地道诱人的土鸡铜火锅，点几道农家小菜，其中最特别的莫过于凉拌攀枝花了，要知道"攀枝花"不仅可观可赏，还是一道美味菜肴！再泡上一壶清凉绿茶，拿出随身携带的一本林清玄散文集《人间有味是清欢》，连天碧日，就着金沙江的波光和对面的青山，泡温泉，品美食，晒太阳，喝茶，看闲书，任云卷云舒飘来飘去，任浮生半日逍遥自在。人生后半场，可否将生活的节奏调慢些？该放下了，如此度过悠然、惬意、愉快的一天又何妨？待到太阳下了山，江水快入眠，星光一点点，月上树枝头，才依依不舍踏上归途。

攀枝花，这座神奇的花的市，钢的城，一半是硬核，一半是柔乡。

（写于2022年3月）

雪地寻踪邓池沟

2021年春节前，我与大熊猫、金丝猴双宝文化使者薛康老师开启了一段合作，有幸参与到《大熊猫邮集图鉴》一书的内容支持中，有大半年的业余时间，都和大熊猫在一起。我在有关大熊猫的浩瀚的四五十万字文字与图片的阅读长廊里，一路走过大熊猫历经的漫长的岁月，一路走到了800万年前的蓝色星球中，中华大地上特有的神奇的物种世界，一路走到了150多年前大熊猫的发现地——四川雅安市宝兴县邓池沟，一路走到了法国巴黎自然历史博物馆，还有许许多多与大熊猫有着千丝万缕联系的地方，以及人物谱系图里。那是一段让我大开眼界的文字旅程，并催促我将美妙的文字之旅寻机落到实际的日程中，这对于生活在大熊猫故乡——四川的我来说并非难事。尽管跟大熊猫有关的重要目的地，我早已去过不止一次，但这一次不一样的是，这不是单纯的旅行，而是有目的的走访。这一年，我分别去了成都、都江堰、卧龙等大熊猫基地。2022年春节后，从攀枝花返回成都的路上，我决定插一段大熊猫的源头地蜂桶寨邓池沟景区之行，我想去大熊猫的源头地蜂桶寨邓池沟景区，想再一次走近一个人和他曾经工作生活过的那座教堂，他就是法国传教士、博物学家阿尔芒·戴维。

话说1869年早春二月，已经不满足于在北平周围科考探险的阿尔芒·戴维开始一路南下。他沿着成都盆地的边缘走到了邛崃，经西河的马湖、火井等场镇后，到了雅安芦山县的大川场，先前的羊肠小道变得时隐时现，道路越来越崎岖。在当地人带领下，他翻越海拔3000多米的大瓮顶，终于来到夹金山西麓的蜂桶寨邓池沟，那时候尚叫穆坪，并在这里发现了震惊中外的大熊猫，戴维管它叫黑白熊。最终邓池沟成就了戴维，戴维也成就了邓池沟。

这一次，离开火热的攀枝花，沿雅西高速返程，途经泥巴山段，冬雪依然覆盖着山川，路上依然结着厚厚的冰凌，太阳被山的阴面和阳面分隔成两半。此时段和戴维第一次走进四川基本吻合，整个世界银装素裹，相隔了150多年后，我朝着同一个地方准备打马歇脚。虽然来路不同，但目的地一致。

邓池沟位于宝兴县东北部蜂桶寨乡境内，地处青藏高原向四川盆地过渡的邛崃山脉中段和夹金山南麓，是世界自然遗产——中国四川大熊猫栖息地的核心地区，也是四川西部大熊猫生态旅游环线上的重要节点。如今，雅安市宝兴县邓池沟已是国家AAAA级旅游景区，但事实上，邓池沟远不及雅安的蒙顶山、碧峰峡、二郎山喇叭河、上里古镇、周公山国家森林公园、孟获城、茶马古城等打卡点。近几年，我在去过凭借星空下的雪山盛宴及原始自然风光引发关注的王岗坪景区、神木垒等新发现地后，感觉蜂桶寨邓池沟景区依然显得落寞。从旅游的角度，这里仿佛真成了戴维眼里"上帝遗忘的后花园"。

傍晚时分，天色越来越暗，或许是因处于春节刚过的错峰期，路上几乎看不到来往的车辆和行人。我们孤独的一辆车越朝山谷靠近，天气也越发寒冷，耳边唯有呼呼的山风配合着天空的阴影，莫名增添了些许恐怖和神秘，看到冷寂的山川、河流、村庄，我们竟有了打退堂鼓的念头。而就在此时，我看到了蜂桶寨邓池沟风景区的指路石，接着便是"大熊猫国家公园"的字样，还有新添的大熊猫及竹子置景，心里才终于有了底。

2013年雅安芦山地震，加之建设大熊猫国家公园，附近已发生了诸多变化。我在蜿蜒的山路上穿梭了几个来回后决定先寻店住下，待打听清楚后次日再去拜谒。于是将车开到一家独栋山庄，一对老年夫妇看到风雪地里来了两个不速之客，便小心地迎了出来。而我顾不了那么多，一头闯进屋内，看着暖暖的回风炉和炉上噗噗冒着热气的一壶开水，橘黄的灯光下，还有一盘瓜子、糖果、点心，满屋的温暖终于让身心都缓和过来。他们立刻唤回在附近干活的儿子，开始为节后的陌生来客做饭。一番整理后，我一屁股坐在炉火旁便再也不想离开。

这一餐始终围在火炉边，各种新鲜肉菜的汤锅、炒腊肉、油酥花生米外加自带的美酒，主人也和我们一起边吃边聊，话题自然离不开大熊猫和那个神圣的教堂。他们知道的还真多，从有一年大熊猫闯到山下觅食，在他们家屋后的菜园子里没少"打秋风"，聊到建立国家公园后的保护政策，对村民们的易地安置，还有重建戴维小镇、修缮戴维住过的教堂等等，几乎都是我此番想要了解的。老主妇不停地往炉子里添着柴火，手脚已被烤得发热。没想到，在这寂寞的大山里，在这样寒冷的夜晚，有这样一盆温暖的炉火和围炉夜话。我猜想当年戴维在此工作期间，是否学会了用柴火烧饭，围着火炉取暖？在异常严寒的冬日，是如何抵御冻疮的袭击，确保一双手能完成无数动植物标本的制作，以及舞动纤细的鹅毛钢笔，将他激动的内心隐于科学的眼光和严谨的态度中？我忍不住有些眼眶润湿。

2013年雅安芦山地震后，邓池沟山区的农户房屋受到破坏，灾后，村民从半山腰搬到了山脚河谷地带，集中重建家园。为了纪念150多年前阿尔芒·戴维神父来此传教并且发现了第一只大熊猫，新建的村子被命名为戴维小镇。村民为了自给自足，在中国扶贫基金会的帮助下，还将邓池沟戴维小镇打造成了一个隐于大山的民宿度假村，来到邓池沟的游客可身居自然，早观云、夜观星、夏日避暑、秋观红叶、冬赏雪景。主人一家说，到了旅游旺季，人气还是很旺的。

这一夜，我睡得十分香甜。次日天亮得晚，吃过主人煮的一碗热气腾腾的面条后，我们开始步行朝教堂走去。阳光姗姗来迟，来自雪山的溪水在村内潺潺流淌，雪山和森林近在眼前。走不多远，远远看到一个川西建筑风格的木质四合院，掩隐在背后的远山与云雾下，阳光折射的光芒正穿过屋顶投影下来，有种朦朦胧胧的美。紧走几步，教堂便出现在眼前，正是脑子里记得的模样，又好似有些许的不一样。我一眼看到院内醒目的戴维铜像和墙上的戴维简介，那个来自法国的传教士、伟大的博物学家，便一步步从回忆里走到面前来。沿着门前被厚厚的积雪淹没的石阶迈进去，便进入教堂的主堂。这里呈现的是欧洲哥特式的意境，浓浓的宗教气息在空气中弥漫，既有巨大的雕花门窗又有交叉穹隆的拱顶，既像是法兰西圣殿，又如巴蜀大地常见的庙堂，中西建筑艺术的互相渗透在教堂里完美体现。据称，这里是四川历史最长、保存最完整且全木构筑而成的古教堂建筑经典。

穿过一间间木板房，我看到了戴维当年住过的那一间。一屋一桌一床一被和一个来自西半球的法国人，带着虔诚的宗教信仰和国家使命，在这孤独又偏僻、艰难又困苦的环境下，为了追踪大熊猫活体，几番遭遇生命危险。但与此同时，取之不尽的新奇的动植物宝库又让他兴奋不已，巨大的成就感支撑着戴维，在一盏孤灯的陪伴下完成一个个标本的制作、一份份报告的完成，并一次次快速寄往巴黎自然历史博物馆，还有他留下的宝贵的《戴维日记》，由此在西方各国引发强烈的"熊猫热"。在这间小小的陋室里，承载着身材高大的阿尔芒·戴维和他在邓池沟石破天惊的科学发现，而眼前，我看到的这张小时候在乡下常见的小小的木架子板床，究竟是如何将戴维的身躯躺平放直的？

其实，在阿尔芒·戴维来到邓池沟之前，早在1802年，法国远东教会的周耶神父便已经开始在邓池沟传教，1829年周耶病逝后甚至直接归葬此地。从那时起，这里便成了川西天主教堂的圣地。到1839年，法国远东教会再次派人在位于邓池沟石龙门山腰的二级台地上，修建了这座较早的秘密教堂。而戴维沿着前辈的足迹走到邓池沟是1869年，时光一晃而过已是67年后。我内心波澜泛起，鸦片战争全面爆发是1840年，西方列强就此打开了中国的大门，而在距今220年前，隔着两个半球的法国传教士就已经走到如此偏僻的四川乡村来传教，还留下如此精美的教堂建筑。从史料里可以看到，在西方文明进入中国之前，在地球的另一端，对于一个有着五千年文明史的东方古国，他们觊觎的目光已盯上很久很久了。

阿尔芒·戴维在邓池沟发现的远不止动物活化石大熊猫，还有数十种动植物新种，包括植物活化石珙桐、昆虫活化石大卫两栖甲以及大熊猫的伴生动物伙伴川金丝猴等。他从当年的穆坪，今天的邓池沟，总计给巴黎寄回60件哺乳动物和鸟类标本、634件昆虫标本和194件植物标本。他在穆坪一共待了8个月23天，虽然身为传教士，却一直从事着科学研究和博物搜集。邓池沟天主教堂的酒精灯陪伴他度过了一个又一个不眠之夜，也见证了一个又一个奇迹的诞生。戴维在到达邓池沟之前，还在成都住了3天，他说这几天留给了他在中国最美的记忆，却不想，竟是小小邓池沟让他走到了科学发现的最顶峰。如今，蜂桶寨已成为保护大熊猫为主的国家级自然保护区，保护区成为许多孑遗物种的避难所，中外科学家先后在这片神秘的土地上发现并命名了187种新种，其中动物82种、植物105种，以"穆坪"二字命名的有50种，是全世界少有的"天然生物基因库"。今天，教堂四合院的厢房同时作为蜂桶寨自然保护区动植物的展览馆，内有众多动植物标本，还陈列了戴维当年发现大熊猫的许多珍贵史料。

走到院子里，四方天井的上空是自然的光亮。在厚厚的一片洁白的雪地上，留下我来来回回的脚印，我想象着当年戴维那宽厚的皮靴踩在雪地上是什么样子，它一定会将我小小的脚印覆盖，连同一起覆盖的还有成就他科学光辉的成长足迹。阿尔芒·戴维出生在巴斯克地区的艾斯佩莱特市，有五个兄弟姐妹。他的爷爷是个商人，奶奶是一位波兰籍医生的女儿，戴维的父亲有医生和庄园主双重身份，当过市长、法官，业余爱好是研究草药，是当地很有知识和声望的人物。这让戴维从小就表现出对新奇事物和神秘多彩的大自然的浓厚兴趣，并且深陷其中。学生时代，戴维在拉莱索尔修道院过着寄宿生活，他博览群书，学习各国语言，还有农学及自然科学中的植物学、贝类学、昆虫学和鸟类学。7年的学生生涯，戴维获得奖励和赞誉无数。毕业后，戴维有了当传教士的愿望，于是他又完成了各种宗教仪规训练。19世纪20年代，西方掀起"中国热"，也点燃了戴维想到遥远的东方去传教的梦想，尤其是中国。然而长达10年之后，他才被任命为传教士并得以有机会出使中国。

"十年磨一剑，霜刃未曾试。"鸦片战争后，1861年，巴黎国家自然历史博物馆决定派传教士到中国进行科学研究，戴维成为第一人选。1862年2月，时年36岁的戴维，带着西方科学家们拟出的全部需要了解和采集的动植物名单，从马赛登上了前往中国的海船。经过5个月的艰苦旅行，几经辗转，7月5日到达中国北京后，还给自己起了一个中文名，叫谭卫道，并速即投入工作，很快便交出了令法国博物界满意的答卷。1866年4月，戴维拖着病体走出北京，开始了他在中国境内的第一次远途旅行。他先后在内蒙古、辽西一带考察，由于病重，他不得不结束了为期7个月的考察，回到北京寓所疗养。之后戴维将目光投向中国南方，开始了他的第二次旅行，离开北京后去过江苏、上海、福建等地。随后，戴维开启了他在中国西部的探险之旅。

1868年10月13日，他乘船从长江逆流而上，绕过急流险滩，经历了漫长而艰苦的旅程，拖着疲惫不堪的身体终于到达重庆。1869年1月，戴维从重庆金龙镇出发，人走陆路，行李走水路，经隆昌、内江、简阳，8日抵达成都，在此他邂逅了四川教区的主教平雄神父。主教曾经在穆坪传教好几年，他介绍穆坪森林中有两种羚羊、一种野牛和一种白熊。这是戴维首次听到关于白熊的描述，白熊也就是戴维神父随后推向世界的大熊猫。

戴维在中国前后断续考察生活了12年，历尽艰险，饱受磨难，遭遇各种险境，多次重病不起，几乎搭上性命，凭借令人难以置信的外出考察的动力和坚忍执着，戴维获得了大自然无尽的馈赠和宝藏。

1874年4月3日，戴维返回法国前的笔记中评价他的中国之行说："这一切都向我证明，中国能够向博物学家们提供的科学财富远远超过所有已被认知的。"这是全人类的共同财富，通过戴维，全世界认识了富饶的中华大地。在戴维的发现中，大熊猫、麋鹿、川金丝猴、扭角羚（野牛）、珙桐树（鸽子花树）等189个新物种，都是他让它们从深山野林和封闭的皇家苑林中跨出国门，扬名四海。随着中国旅游业的蓬勃发展，150多年前戴维在中国考察并有科学发现的地方，都成了当地旅游的黄金地。

关于阿尔芒·戴维的故事，留存下来的书籍并不多。依稀记得，他在离开中国回到巴黎后，曾担任过好几所学院的教授，法国地理学会和索邦大学法国学者联合会都单独授予过他金质勋章。法国政府也曾多次授予他荣誉军团十字勋章，但都被他谦恭地婉拒了。直到1896年，法国政府在没有征得他本人同意的情况下，授予了他一枚十字勋章。站在教堂的院子中央，我突然觉得他就像我异国他乡一位学识渊博的长辈，虽然他在122年前的1900年的一个寒冷冬日，已长眠于巴黎塞夫尔街路易·米歇尔教堂，但享年74岁的戴维，却依然活在他生命中最重要的这片神奇的土地上。夹金山的光芒不仅聚集着传说中的各路神仙，更照耀着像戴维这样值得中国人民永远纪念的朋友和科学巨人。

我在教堂的长椅上坐了很久，在院子里陷入深深的回想，在内心默默地为这方土地上的珍稀生灵祈祷。我猜想，当年的戴维一定不能想象，在他身后，全人类对他所发现的"黑白熊"会如此宠爱，今天的大熊猫是何其有幸！这一次跨越时空的拜谒，就像山里生长的珍稀珙桐、红豆杉、独叶草、连香树、水青树一样，在我的记忆里已被重点保护和保存，常绿常青。

（写于2022年4月初）

普格，最美的遇见

每一次的行走总有一些惊人的发现。当再一次踏上凉山州这片多情的土地，我被一个既熟悉又陌生的名字彻底激活，脑海里浮想联翩。神秘的阿都文化，多彩的草甸湖泊，神奇的温泉瀑布，浪漫的索玛花海，永远的红色印迹，还有如梦如幻的螺髻山脉。那个被我们叫惯了的普格，却被彝族同胞称为"日史普基"的火把圣地、温泉之乡、阿都故里，究竟还藏着多少名字背后的秘密？5月的普格，正是花事缤纷阳光如水之季，迎着初夏的风，我所有的期待和好奇已被"火把节发祥地"的熊熊之火全情点燃。来，请跟我来。

取火记

清晨，在从凉山州首府西昌驶往普格的路上，我悄悄打开了普格的第一个波斯密码，暗语提示：火。循着火这条线索，普格，一个以彝族为主体，汉、回、壮、苗、布依、白、藏、蒙古等24个民族共同居住的少数民族聚居县，跳出一串串火苗。据《史记·西南夷列传》记载："自滇以北，君长以什数、邛都最大，此皆魋结、耕田、有邑聚。"早在宣统二年（1910），普格便已建乡，属西昌县管辖。1952年，普格由西昌专区划归凉山彝族自治区，同年11月27日正式成立普格县人民政府。2016年，普格县被纳入国家重点生态功能区。这像是抛出了一个谜面，那么谜底呢？普格给出了第二个关键词：日都迪萨。这个被称为"中国彝族火把节之乡"的普格，原来是因为彝族第一个火把节就在普格县的日都迪萨，彝人的火把文化就从这里点燃！

到日都迪萨取火去！一行人都兴奋起来。从普格县城出发，经过40千米的车程便抵达耶底乡日都迪萨。有一首歌唱道："我要到日都迪萨去，那里山泉在自由地流淌。我要到日都迪萨去，那里山花已开满草原。"正如彝语中"水草丰茂的草场"之意，眼前是一片海拔3500米的开阔草地，四面环山，山上长满了索玛树和各种其他树木。脚下的草地厚实绵软，几股清泉自地底汩汩流出，从草场穿流而过，远处的草甸层层叠加，勾勒出柔美的曲线和深深浅浅的翡翠绿。"春天是日都迪萨最好看的季节，那才叫一个美呢！绿草如茵，成群的牛羊点缀其间，周围的山上开满五彩缤纷的索玛花，山花烂漫，满面芬芳，真是人间天堂。"同行的普格县工作人员说。这片开阔的小盆地，真是举行火把节的天然场地，不愧为"云端上的火把场"。

这时，天空突然飘起了小雨，身着民族盛装的彝族"七仙女"在数位彝族阿哥的保护下，快速朝取火的溶洞奔走，佩戴的银饰发出丁零零的清脆响声。看着他们飞奔如兔的快乐身影，我也沉醉在曾经和彝族同胞们一起度过的欢乐节日里。彝族有两个最盛大的民俗节日是专属的，一是每年农历六月二十四日的凉山彝族火把节，彝语叫"都则"，为祭火之意。二是每年11月的彝历新年，一般要过上三天三夜，家里的火塘昼夜不熄。都与火有关。前者被称为"眼睛的节日"，后者被称为"嘴巴的节日"，想想就明白其中的奥妙。而火把节是彝族众多传统民俗节日中规模最大、内容最丰富、场面最壮观、参与人数最多、民族特色最为浓郁的盛大节日，凉山彝族同胞们都要穿上节日的盛装，载歌载舞，举办声势浩大的选美活动以及斗牛、服饰、赛马、摔跤、射箭等比赛，并在夜晚点燃火把将旷野照亮，举行游行活动，以此纪念他们心中的英雄。如今，政府在保留火把节精髓的同时，也与时俱进地增加了骑游、马拉松、歌舞表演等时尚活动，延伸了火把节传统与现代的两相结合。

而彝历新年一如汉族人的春节般重要。在普格，彝族是人口最多的民族，他们会将年节的气氛早早地渲染开来。黎明时分，鸡鸣为准，拉开前奏，接着进入过年最热闹的场景——杀年猪，火要燃得旺旺，水要烧得滚烫，大人孩子都穿着盛装欢天喜地，丰盛的佳肴端上来，葫芦笙吹起来，铜鼓敲起来，欢快的歌声唱起来，飘香美酒喝起来。浓浓的年味儿不仅是为了满足嘴巴过节，还不忘祭祀祖先，祈福消灾，同时将最好的猪膘肉留着，到火把节上"赛猪膘"，争夺家族荣耀。

迎着飘飘洒洒的细雨，一路跟随取火的队伍来到一个天然形成的大溶洞跟前，当地人称其为玛瑙溶洞。溶洞前有一块平整的绿色草地，与溶洞相辅相成，仿佛一个天然的音乐广场。姑娘小伙们开始做取火准备，我打量着眼前的悬崖峭壁，如刀刻如神雕，还有那些从岩石缝里长出的绿植，感受到一股无声又强大的生命气场。沿着溶洞往上攀登，出现一片呈漏斗状的天坑，以及直径几米至几十米不等、幽深莫测的岩溶石洞，据说有数百余处之多。这些活着的溶洞，它们安静而不动声色，既像是大自然的鬼斧神工，留给人类的自然风光，也是在默默地诉说着自然天成的神奇力量。难道这就是传说中点燃圣火的地方？

日都迪萨是阿都文化的源头，是彝人的心灵牧场。厚重的阿都文化里流传着各种版本的神话，又为日都迪萨增添了更加神秘的色彩。一说1000多年前，彝族英雄支格阿鲁盗取天上火种，在普格的日都迪萨广场点燃了为群众驱虫避邪、消灾除难的第一支火把，由此，普格被誉为"火把胜地""彝族火把之乡"。又一说是，日都迪萨是彝族传说中神话人物戈垄吉比的故乡，"神仙驾着红色和黄色的云霞在天宫上飘过，其中一片红色的云朵飘落到神奇美丽的日都迪萨，于是诞生了盛大隆重的彝族火把节"。传说归传说，眼前的姑娘小伙们也已将手里的火把点燃，火苗映红了他们年轻的脸庞，也点燃了他们脉脉含情的动人目光，火把在他们的手里欢快地传递，甜美的歌声也在山坳间声声回荡，仿佛将姑娘小伙们的心事、情事悄悄点燃。当地友人附在我耳边轻声说，彝族火把节既是大小凉山彝族人民的"狂欢节"，也是阿哥阿妹男欢女爱的"情人节"。火把节那天，隆重的开幕仪式后，苏尼（巫师）击打羊皮鼓祈愿五谷丰登，幸福来敲门。各家姑娘都会穿上最精美的服装，戴上最昂贵的首饰，来到火把场参加选美比赛，除了比相貌、服饰、首饰、气质，还要比人品比智慧。选美不仅选最美女子，也选最俊少年，男男女女也在火把场寻觅彼此的心上人，眉目传情，卿卿我我。每年的火把节，少男少女都视在青春美丽的年华没有去日都迪萨过火把节为一生的遗憾。火把场便是阿普（爷爷）追忆青春年华美好时光的地方。

因为火，火把节从普格发端；因为火，彝族人民传递着对美好生活的热爱和向往。一个从生到死都与火有关的民族，一个在世界上为数不多、像古印度和古巴比伦和美洲的玛雅人一样曾经创造了太阳历的民族，甘愿成为火的子孙，他们祖祖辈辈崇火、尚火、恋火，视火为太阳的延续，将火融入勇敢、激情和光明。火是生命的起点，火也是生命的终结。彝族人民将古老的火崇拜通过彝族火把节为代表的彝族文化，通过一个全民性的祭祀民俗活动和盛大而庄重的文化仪轨，折射出彝族人朴素的宇宙观、哲学观、人生观。这种保存较为完整、绵延悠久的原生文化，同样也是中华民族的财富，人类的财富。

雨过天晴，蓝天、白云、高山、广袤的草场、神奇的日都泉水，高贵的彝族少女服饰和花儿般的笑脸，会唱歌的黄伞，调子悠长、被列入国家级非物质文化遗产的"朵洛荷"，原始的阿都彝族民俗及瓦板房，满满地被装进人们的眼睛里、记忆里、心田里。

红色记

　　在凉山州有许多红军故事深情地播种在这片重情重义的土地上。这一天，我们的重要行程便是追寻那片红色的印迹。

　　5月的普格，天亮得格外早，又是一个大晴天。我们要去的第一站是位于普基镇的红军树村，距离县城只有5千米，与248国道毗邻，是珠海市对口援建普格的民生工程。车至红军树广场，我们远远地便被一棵高大茂密冠盖如巨伞的大榕树牢牢吸引。拾级而上，慢慢靠近，一边是一棵看上去需10人以上才能合围的古榕树，一边是一座高大庄严的红军塑像，雕塑中并肩而立、目光坚毅、凝视北方。

　　岁月虽沧桑，日月可做证。几十年来，当地百姓为缅怀当年的红军，像爱护自己的眼珠一样，一直把这株高30多米、围径4米多、树龄四五百年、苍劲挺拔的古榕树敬称为"红军树"。1998年，普格县人民政府以红军树为依据，将红军树所在的坪塘村更名为红军树村，将坪塘小学更名为红军树小学。

　　我感受着古榕树那宽厚的胸怀和浓荫的庇护，感受着阳光的气息和古树的呼吸，也感受到军民鱼水情牢固的历史根基。据当地人介绍，在距红军树村30多千米外的螺髻山景区下五道箐乡，还有一块"红军石"，其所在地曾是红九军团的指挥部。当年红军经过这里时，一位小战士因开枪打鸟和村民产生了误会。危急关头，红军以诚相待，主动化解矛盾和冲突，最终化干戈为玉帛，双方由此结下深厚的情谊。为了将这块"红军石"保存下来，2006年，一位当地的彝学专家火补舍日拿出积蓄，并向亲朋借钱、贷款，租用了这块地，用彝、汉、英三种文字在巨石上刻下"红军石"标志，并修建了无名红军烈士墓，砌上围墙。如今，"红军石"连同这里的红军广场，都已成为普格县重点文物保护地以及爱国主义教育基地。

80多年过去了，当年掩护红军和当地百姓的榕树在时光的流逝中，经历了80多轮茂盛、凋零，树叶绿了又黄，黄了又绿。当年的坪塘大队、如今的红军树村，早已发生翻天覆地的变化，但是在这片红色浸染的土地上，红色基因已永恒地镂刻进人们的记忆中。

继续沿着"红"的指引漫行，来到珠海援建红军树村一个集中安置点"珠海新村"。小巧、精致、生态、体现浓郁阿都文化特色的主题建筑沿山势而建，错落有致，白色的外墙与背后的群山、蓝蓝的天空互相映衬，美成一道风景线。这里不仅有舒适的住房，还配备了村卫生服务站、便民服务中心、科技培训站等。每户住房前的路口，都有暖心的标语，将提示功能融入哲理格言，又乡土又文化。邂逅一位村民，他告诉我说，过去可不是这样，入户路全部为土路或者田埂，晴天一身灰，雨天一身泥，污水、垃圾、粪土以及到处乱跑的畜禽，简直让人没法下脚。

为巩固脱贫攻坚成果，助力乡村振兴，2021年，国家能源集团对口帮扶凉山州普格县红军树村，又在"珠海新村"前增添了一处新的打卡地，投入红军树村现代化农旅融合开发项目，建设农旅产业示范园，帮助当地高标准打造红色教育基地，同时帮助当地农产品标准化、规模化、设施化、机械化、信息化发展，同步带动物流、商贸等相关产业，让当地老百姓真正走上致富之路。在四川省农科院专家们的指导下，示范园已种下第一批白肉枇杷树苗，开始发挥产业带动功能。

在普格，类似这样的新村建设已全面铺开，昨日刚刚去过的甲甲沟新村还清晰地在眼前晃动。在两个集中安置点，昔日低矮破败的土坯房、旧房子变成了如今一排排漂亮整洁的二层小洋楼，坑坑洼洼的狭窄村道被拓宽为4米多的高标准公路，仅几间平房的幼教点被扩建成全县唯一既有教学楼又独门独院的村属幼儿园。村里大力发展的乡村特色产业，烤烟、蓝莓、冬桃等种植基地，不仅推动文旅观光产业升级，更是极大地补充了村民们的钱袋子，村民们也更加挺直了腰杆子。

置身面前成行成排的枇杷果园，虽然树苗尚未长大，但我仿佛已嗅到泥土的芬芳，看到不久的将来：这里绿树成荫、果香弥漫，来自距园区数步之遥即将投入使用的崭新的幼儿园的孩子们，穿梭在园林之间，扬着一张张可爱的笑脸。今天的红军树村，已经走上了红色旅游和乡村生态观光旅游的新村之路。

寻景记

"普格的太阳，甘洛的风，昭觉雨当过冬。"每天，都被温暖的阳光唤醒，一睁眼一推窗，就能嗅到空气里阳光的味道。"冬无严寒春高温，夏无酷暑秋凉早"，春秋长达9个月的普格，滋养了美丽的山山水水，也成为人们转山转水度假康养的追逐之地。阳光，温泉，草甸，花海，彝家美食……我突然发现，普格扑面而来的已不止一个密码，而是扑朔迷离令人眼花缭乱的一串又一串，我艰难地拎出一个符号，归到一个"景"字里。

看过了火把节之乡日都萨草原的浪漫，见过了红军树村古榕树的雍容，吹过想吹的风，走过温暖的路。那壮观得令人震撼的一个个白色巨人，挽风起舞，高耸入云，与蔚蓝的天空交相呼应，将风变成电，绘就出一幅幅清洁能源与自然交融的和谐画卷。与之相反的光伏发电，成片成片的光伏板则静静地俯卧在甘天地乡巨大的山梁上，饱浴阳光，闪烁着耀眼的蓝色光芒。普格，彝语里意为山垭口下的草甸子，而位于螺髻山南端，海拔3200米的海口牧场，再次将漫游的脚步引向那处绝美的风光。

从普格县城出发，汽车沿着盘山公路不断攀升约30千米便到了海口牧场，彝语称其为"日史博肯"。这里是放牧牛羊的天堂，可牧面积达6700亩，索玛花海面积达36000亩。据说在草木茂盛之季，成群的牦牛、羊群和奔跑的马群，身着民族服饰的彝族群众穿梭在数万亩五彩缤纷的索玛花海里，仿佛入仙境，仿佛生幻觉，令人如痴如醉，流连忘返。5月，本该是索玛花盛放的季节，如果不是刚刚落了一场雪打落了花瓣，便可见一丛丛一树树的高山索玛花盛放在茸茸草甸上的奇观。远远的，我依然看见悠闲地吃着草料的牛羊，不时有马儿奔腾嬉戏，发出嘶鸣与有力的马蹄声，打破草原的宁静与安详。海口牧场可有海？迎着山风朝牧场深处奔走，日史博肯的西南角，果真有一高山湖泊，俗称"海子"，呈东西走向，东高西低，从东至西，长约1000米，从南至北，宽约350米，形如一弯弯月，镶嵌在蓝天白云之下、绿色草海之间。浮光云影中，水面银辉闪闪，波澜不惊，从无人机里往下看，更是形如一只蓝色的弯镰，别有一番诗情画意。

如果说海口牧场如一枚秀美的草甸明珠，那螺髻九十九里温泉瀑布就惊艳如珍稀之宝石了。你曾经见过、泡过的温泉无数，而像这般从天上飞来，从悬崖上冲刷下来，从溶洞里涌泻出来，从高山上漫流下来，以无数种你从没见过的站立的姿势，带着常年平均40℃高温的氡温泉，你可曾见过？想象一下，在壁立千仞的悬崖上泡个温泉是什么感觉？螺髻山在我心里已存了很久很久，不想，它出现在我眼前的第一眼，竟是如此摄人心魄。

螺髻九十九里，一里一景，九里一奇观，共九十九景，故名螺髻九十九里。这里是由上百个大小不一的温泉瀑布形成的宽200余米的温泉瀑布群，其中最高的瀑布，落差50米，温泉水带着丝丝热气和水雾飞泻而下，所经之处又形成无数个壮美的石钟乳群和无数个天然水潭，水潭有大有小，有深有浅，有的通过一个狭小的通道到达，有的通过潜水才能到达。有的隐藏在瀑布里面，需要从瀑布下面钻进去才能到达，更神奇的是，在温泉瀑布上游仅50米处，有一个螺髻第一峰的雪水融化后形成的活水湖，水温截然相反，四季冰冷刺骨。一半是火焰一半是心跳，冰火两重天。

顺着悬崖处挂壁温泉上行，地下仿佛有一口烧开的大锅，止不住的温泉水喷涌而出，形成了6个小岛。除了岛上可以泡，岛内还有天然的洞穴温泉，穿梭浸泡在一个个岛屿之间是一种怡养；站在峭壁上的观景台上，俯瞰整个山谷，沐浴山林之气，则是另一种旷达。居高临下，视野豁然开朗，整个山谷美景一览无余。绿树环绕，溪流蜿蜒，令人神清气爽，心旷神怡。

螺髻九十九里位于西昌市以南约45千米的普格县乔窝镇，作为螺髻山的核心组成部分，拥有百瀑谷、螺髻第一峰、云端之上、原始森林四个景观群，百瀑谷林木葱郁、灵崖异石、飞瀑流泉，更有全球罕见的彩虹瀑布、孔雀瀑布等形态奇异的瀑布群，是螺髻山五绝之首。2013年8月，螺髻九十九里温泉瀑布创下世界纪录协会日出水量世界最大温泉世界纪录。据专家介绍，该温泉属于世界罕见的氡温泉，是温泉中的贵族，在古代只有皇族才能享用，被称为太阳之水。千百年来，多有帝王苦寻此水，他们认为太阳之水是太阳洗澡的地方，也是太阳用来疗伤的水，凡人用了可以祛除百病。如此神奇之水，怎能不令人心驰神往？

有人将螺髻山称为峨眉山的姐妹山，一个形似女人蚕蛾之眉，一个貌似少女头上青螺状之发髻。螺髻山，当地彝人心里的"安哈波"，那五百里山峰究竟有何不同？为了第二天的螺髻山观日出，我们提前住到了螺髻山彝寨一家名"朵洛荷"的民宿。傍晚，宁静的小镇落下一场中雨，我独自打着伞徜徉在有着浓郁彝族风情的寨子街头，从土司府寨门、碉楼、水景街等特色建筑，到彝族服饰、美食、文化、商贸功能区，就像行走在一个流动的彝族博物馆和五彩斑斓的彝族文化长廊。返回民宿时，我再次被墙上一尊高大的毕摩浮雕造像深深吸引，那感天动地的古老传说，透过毕摩坚毅的脸庞，回荡在《妈妈的女儿》悲情悠长的抒情长调里，落在街头黄色的伞形路灯下，落在淅淅沥沥的雨声里，一直落呀落到天明。

果不其然，第二日的登螺髻山给了我们一个完全不同的造型，妥妥地应了那句"一天有四季，十里不同天"。索道上下，太阳两张脸，气温也呈现出高低温差之别，观日出是无缘了，浓雾越来越厚，我以缓慢的步伐，终于将喘息停在了海拔3600米的黑龙潭。一路上我得以放肆呼吸山里薄荷般的清凉空气，得以在富足得流油的负氧离子里开怀畅饮，得以满足眼睛无穷无尽的探寻，得以在潺潺的山泉流水边听他们唱歌弹琴，我用我的方式看到了不一样的螺髻山风景。

雾锁螺髻是一景。远望烟霏林箐，岚光幻彩，苍蔼凌虚，有朝观暮开之感；近察则杂树生花，杜鹃争艳，此处要唤索玛花，纷红纷白，俪白参黄。那极珍稀的最后一朵黄杜鹃，开得孤独凄美，不胜高寒，仍傲立枝头，保持着亭亭玉立的姿态；那浓得化不开的深雾，淹没了青山绿水，也淹没了现世不想揉下的沙子，却将黑龙潭的深水与影影绰绰的树影泼洒出水墨山水，有种看不透、看不够却又不想走的依恋。

磐石枯木又一景。原始古老的山峦，冰川时代遗落的长满青苔的山石，刀刻斧劈的石峰，总有一款令人心动。古籍中称螺髻山有72峰，36个天池，18项胜景，25坪，12佛洞，共108景，又说还远远不止。我或许不能一一靠近，但却为那些从枯树里生长出的树，从石缝里蹦出的树，从苔痕上冒出的树，从湖水里独木成林的树而动容。那些扎在湖里的枯木或如振翅欲飞的雄鹰，或如踮着脚尖的芭蕾，看似无声的根雕，却是一部山川演变的历史，他们的生命从来都没有枯、没有死，他们只是换了一种方式继续活。

五月积雪再一景。出发前我便得知螺髻山5月1日迎来了一场初夏飞雪奇观。这场雪不仅覆盖了林木冰川，染白了绿树湖海，包裹了路面栈道，更是压低了满山的杜鹃，打落了无数花瓣，却又呈现了"犹有花枝俏"的另一番美景。虽然已过去一周，我仍不甘心，小心地钻进树林，居然还有星星点点的残雪，描画出雪地里的花斑。雪后的索玛花依然顽强地遍布山林，高高低低开得无比娇艳。

同行中有经验的朋友还有额外的惊喜馈赠。他们爬上海拔4000多米的更高处，打开无人机，守候云开雾散时。果然，几乎是秒变，刚刚还被浓雾包裹得看不见人影，一秒之后拨云见日，雾气散得跟被风吹一样，太阳瞬间露出金灿灿的笑脸。这样的奇情奇景，唯螺髻山首现。

千峰叠翠，万派环宋，山势雄奇，湖泊如星，胜境遍布的螺髻山，此番冰山一角。我在心里默默许愿山水，希望还有下一次。

（写于2022年5月，曾刊于《四川日报》）

回望阿坝的目光

在四川省的版图里，3个少数民族自治州的面积加起来，比其他18个市的面积总和还大10余万平方千米。我猜想这"多"出的面积，应该就是安放自由和梦想、放飞心灵的地方吧？凉山彝族自治州是三州里我去过次数最多的地方，其次就是阿坝藏族羌族自治州了，甘孜藏族自治州再其次。在三州里，论面积，甘孜州倒是要排在第一，凉山州则排到了第三。而三州的人口总和加起来却不到南充一个市的人口数。有一天，当我无意中研究这串数字时，陡然发现，为什么过去如此迷恋自驾"三州"去旅游了。地广人稀、物草丰茂、原始风光、自然山水、民族风情，还有渴望的诗意与放空，脑子里冒出的这些词，都是作为一个旅行者的深度热爱啊。曾经一次次奔赴的目的地，哪一次不值得一生收藏？2022年初夏，当我再一次应邀走进阿坝州最著名的九寨沟、松潘大草原、藏族村寨，回望阿坝州的目光被曾经青春的足迹拉得好长好长。

不记得去过阿坝州多少次了。阿坝的美在我眼里首属自然是水，而水的代表自然是九寨沟。九寨沟的水仿佛是从天上来，带着天然的圣洁和别具一格的美，其水色甚至比天还蓝、比海更清。有一句话说得好，"黄山归来不看山，九寨归来不看水"，它当得起"水景之王"这个名号。当我的旅行人生有过一定的阅历后，依然会深深迷恋九寨沟的水。地处四川西北高原地带，海拔3000多米的九寨沟，仿若一个世外桃源，和外界分隔开来，千百年来兀自静静地对着群山发出天籁般的九寨之音。高山融雪汇成的溪流在山间潺潺流过，复杂的地质面貌将其变成无数个大大小小五光十色的"海子"，从空中看就像镶嵌在群山中的一只只碧眼，深情地凝望着这个缤纷的世界。又仿佛是传说中的古时女神不慎掉落的宝镜，散落下100多个形态不一的碎片。从旅游的角度讲，成名较早的九寨沟名气够大，但这100多个"海子"却依然宠辱不惊，安静地保持着沉睡的姿态，直到2017年的一场7级地震将它们摇醒。原始的地形地貌虽发生改变，但经过抢救重建后的九寨沟景区，当我再一次走近它时，一个个"海子"依然清澈见底，美若天仙。翡翠般的绿色衬托着山川草木，留下斑斑驳驳童话世界的美丽，巨大的碧玉镶嵌在群山间，更加宛如人间仙境。

山水相依中，每一个静谧如镜的湖泊上方几乎都有一个雄壮的瀑布，最著名的莫过诺日朗瀑布、箭竹海瀑布和珍珠滩瀑布。这些咆哮飞溅的瀑布与琥珀色的湖面形成鲜明对比，它们借着山形地势一泻千里，奔腾而下，水花晶莹剔透，似要展示九寨沟豪迈壮阔的另一面。如果说那一个个"海子"是美丽多情的藏羌女子，这些展现力量与雄性荷尔蒙的瀑布，则更像是骑马扬鞭、激战沙场的康巴汉子，一静一动之间，便是九寨山水天下无双的独特韵味。

阿坝州内与九寨沟齐名，相距不过100千米的黄龙景区，地处阿坝州松潘县境内，常常是旅行者一次行程中的两个圆点，缺一不可。我最后一次去黄龙还停留在女儿上小学阶段。那一次，年纪尚幼的小女鱼儿高反，突然倒在我身边，吓出我一身冷汗，好在她及时舒缓过来。黄龙景区以彩池、雪山、峡谷、森林四绝著称于世，再加上滩流、古寺、民俗，并称"七绝"。而景区则由黄龙沟、丹云峡、牟尼沟、雪宝鼎、雪山梁、红星岩、西沟等景点组成。黄龙一如它的名字，海拔跨度很大，从1700米到5500多米，向上攀缘的路径形似一条长龙，层层递进，主要景观则浓缩在长约3.6千米的黄龙沟段。加之沟内遍布钙华沉积，底色土黄，呈梯田状排列开来，又有丰富的动植物资源，在高山雪水经年不断的冲刷下形成世间难得的奇观。1992年，黄龙景区已被列入世界自然遗产名录。像黄龙这样的"人间瑶池"，去过一次足以江湖难忘。它自然形成的宏大的气势、神奇的结构、丰艳的钙华地表色彩、罕见的岩溶地貌，夏沐骄阳，冬映冰雪，即使能工巧匠精心设计，也难以完成这样的绝世风华。

阿坝州的又一美则美在草原。阿坝黄河大草原主要分布在红原、若尔盖、壤塘、松潘等县连绵舒展的草原地带，历史上将其统称为"松潘草地"。这里有素来被称为"川西北高原绿洲"的若尔盖大草原，也是我国三大湿地之一；有四川最大的红原大草原，是全国最大的草原牧区之一；有被赋予"地球之肾"称号的曼扎塘湿地草原；等等。当我日后几次行游在北方内蒙古大草原时，相较之下，既为北方大草原平坦辽阔、无边无际的宏大而惊叹，也为川西北高山草原湿地丰富多彩的生态、一年四季不同的秀美景色而心动折服。

在这里，春日的草原花事缤纷，夏日的草原水草丰茂、牛羊成群，秋日的草原铺开一幅辽阔无垠、波澜起伏的五彩画卷，冬日的草原则展示出一种冷峻苍茫的自然神韵。我依然记得20多年前第一次去若尔盖大草原，正是草原最美的8月，出门时同行的三辆车，最后只剩下我们这一辆，"药剂师"一家分道去了米亚罗看红叶，另有一家返程回了成都，而我们则继续朝大草原而去。一路都想停下来，处处都是看不够的风景。这时候的大草原野旷天蓝树近，江静日明风清。天很高，云很低，仿佛触手可及。草原上草长莺飞，绿色成荫，繁花似锦，牛羊成群，有白色的格桑花，金黄的酥油花、野菊花，蓝色的勿忘我，紫色的纸鸢花，一路都能看到成片的纸鸢遍布四野，一望无际的大草原张开它温暖而宽阔的怀抱，接纳着喜欢它的人们。草原上没有夏日的火热，只有微风抚草的一抹清凉。不时有游牧民族的蒙古包，走进去可以吃到原生态的手抓羊肉，新鲜的酸奶和糌粑。吃饱喝足后再挑一匹上好的马，快马加鞭，奋蹄撒欢，尽情地在草原上跑上几个来回，那份任意驰骋的感觉会让你豪气冲天，只觉"天下英雄非我莫属"。一川草色无边翠绿，一马飞歌无限恣意。草原上还散落着一些废弃的藏族民居，在阳光下静静地伫立，无言地诉说着曾经的热闹光景。那些民居和那片草原相互依存，构成一道意味深长的人文景观。

若尔盖大草原是黄河流经的唯一的四川地区，更是长江黄河上游的重要生态屏障和水源涵养地。因为有母亲河黄河长江的滋润，草原上处处生机盎然，充满原始的张力，活得热烈又灿烂。有诗云"黄河之水天上来"，若尔盖大草原就像一颗镶嵌在川西北边界上瑰丽夺目的绿宝石，将这"天上的水"在阿坝州唐克镇拐出了"黄河九曲第一弯"的天人之作。放眼望去，水天一线，层次斑斓，色彩炫目，美得惊心动魄。那弯弯曲曲、清清亮亮的神来之笔，成全了多少摄影师镜头下永恒的瞬间，将黄河宁静致远的阴柔之美展现得淋漓尽致。

红原大草原也是行游阿坝的热门打卡地。前来这里的人，总是在一秒之内就为它一碧千里的绿倾心陶醉。在高远清丽的天空下，那些如撒落黑珍珠的牦牛，绿色的草地上淡淡的野菊花，骑马飞驰的姑娘小伙们，勾勒了草原具象的诗情画意和每个人心目中的远方。在广阔的草原上，有一道弯弯的河流如同一轮新月蜿蜒流过，婉约而明亮，世人称之为"月亮湾"。"月亮湾"是红原风景区一处最美的景观，距离红原县城只有3千米。当日光渐迟，天色醉人，伴着不远处藏民的歌声，放牧的吆喝，牛羊们向着袅袅炊烟的方向慢慢远去，立时刻入"落霞与孤鹜齐飞，秋水共长天一色"的日暮盛景，令人为之震颤。

许多人不知道的是，在距阿坝县城32千米的麦尔玛草原牧场途经麦唐公路沿线，有一个一望无际的湿地大草原叫曼扎塘。当车行而至，只要打开车窗就能看到草原、骏马、牛羊、牧人和毡房。这样的场景在阿坝并不稀罕，但当你身临其境时，依然还是会被"天苍苍，野茫茫，风吹草低见牛羊"的景色撩得心里痒痒，忍不住想策马奔腾，在碧波宜人的柔情，绿野无边的旷然，粗犷与浪漫的交融中放飞身心。

如果说旅游是对庸常日子里身体的放松，那么到阿坝州旅游，你看到的每一座寺庙都是一次精神与心灵的修行。进入阿坝州内，藏传佛教的五大教派遍地开花，大大小小的寺院构成当地另一道蔚为壮观的人文之景。数年前的一次，那是一个清朗的上午，当我们一行被朗朗的诵经声吸引，循着声音而去，偷偷溜进偌大的寺院里，望着寺院红墙黄瓦的吉祥八宝图，耳边是虔诚的诵读，眼前是几十位身披红色袈裟的僧人专注的神情，顿时被一份神圣和肃穆包围。没想到，我们不经意闯入的地方，就是阿坝州规模最大的藏传佛教格鲁派格尔登寺院，它是阿坝州屈指可数的大型经堂之一，据说已有120多年的历史。寺院有僧人1000余人，大小"活佛"14人。寺院内还有一座佛塔，在蓝天白云的衬托下，显得十分孤傲。在阿坝州，这样的寺院还有很多。建筑雕塑十分精美的朗依寺，建庙已有1000多年的历史；同样建筑极富特色，有神秘的藏密气功可供修炼的各莫寺；以女尼修行为特色的四洼尼姑庙；整个川西北藏区规模最大的觉囊派寺院赛格寺；环境幽静，犹如白海螺之体，聚万物吉祥于灵地的夺登寺；阿坝地区首个推行辩经学院的查理寺；位于阿坝州黑水县，海拔3000多米，悬崖山顶的德清朗寺；等等。

凡尘俗事，总有各种各样的烦恼，当你一眼看到那些颜色鲜明的红黄白建筑和飘扬的经幡，内心会获得片刻的宁静，暂时将烦恼放在一边。藏传佛教已深入藏民的灵魂，他们会将最祥瑞的地方留出来建寺庙，或许繁华，或许偏远，或大或小，但一定是离他们信仰最近的地方，来承载内心对美好生活的向往和祈愿。

　　阿坝州的13个县，可谓处处是人间天堂。曾经每一次的阿坝之行都像是在书写一段故事，每一段故事都令人回味悠长。20世纪90年代，第一次说走就走的九寨沟自驾之行，那时候车辆尚可在景区内任意行驶，想停就停。那时的吃住条件还很有限，但年轻无惧，丝毫不会影响出游的心情。遭遇"热情有加"的藏族同胞骑着高头大马，扬着马鞭围着我们的车又唱又跳，表达他们特别的友善时，吓得我和女伴心惊肉跳，车窗都不敢打开。好几次临时发生的意外状况，比如油箱漏油、比如发动机故障等，都成为旅途中的奇妙回忆。有一次我在高原等待救援，天已黑尽，人烟稀少，气温骤降，寒冷步步逼近。焦急无助、又冷又饿时我看见的那轮最美的月亮，还有深邃无垠的夜幕下无数眨着眼睛的星星，那一时，是来自宇宙的力量转移着身体的冷饿，还有内心的惶恐。

　　回忆像一部加长的纪录片，还有留在黑水原始森林和花湖边的倩影，独行在桃坪羌寨里的遐思，畅游在金色毕棚沟里的秋日私语，在雪梨之乡金川的农家树下度过的梨花盛放的惬意午后……那奔腾的岷江、九曲黄河，那神秘的云中藏寨和美丽的姑娘，那与万物共生的冰川草地、江河湖海，那些遗落到人间的宝藏和净土，那无数的动植物珍宝栖息的最后归宿……回望阿坝，是牵系着过往时光的千思万缕；回望阿坝，是对纷繁复杂的职场内卷和琐碎的日常生活的内心参悟；回望阿坝，将所有的遐想都变成了现实。我终于明白，为什么有些地方可以让人不计次数、义无返故地前往和驻足了。

（2022年7月综合改）

后 记

　　我大概从小就是一个矛盾的组合体。看似柔弱，实则无比刚强。看似顺从，内心却极有主张。看似安静，心里却始终渴望诗和远方。一方面，我享受孤独，宅个十天半月也很平常。另一方面，但凡有机会群聚或走出家门，我的心立刻便活了，尤其是游历，自始至终，我最开心的依然是行在路上。

　　小时候或学生时代，相信每个人都被家长或老师问过一个问题：你的理想是什么？记得读初一被问到这个问题时，同学们纷纷答想当老师、军人、科学家、演员、工程师等。一直对我偏爱有加的语文老师王光泉看我略有所思，便点了我的名，我倚仗这点偏爱大胆地说，我想骑着一匹白马，在辽阔的草原上任意驰骋。话未说完即引得同学们哄堂大笑，我羞愧得无地自容。王老师先是一愣，然后想了想说，满脑子的小布尔乔亚，不过，这也算是一种理想，大家莫笑。整个中学时代，王老师以及历任语文老师，都是我少女时期的孤独岁月里，能让我展示骄傲和自尊的曙光。

　　同年暑假的另一道曙光，是爸爸妈妈带着我和弟弟唯一的一次全家远游，我们舟车劳顿，回了父亲的老家河南。一路上，在武汉归元寺的全家合影清晰如昨，把第一次乘电梯当游戏玩的弟弟调皮有加，与住在信阳的二伯父一家同游的南湾水库风光如画，汝南乡下的小叔、姑姑们晾晒的烟叶从平原大坝一直连接到红彤彤的天际，这些都让我至今难忘。那是我深藏在少年时光里最美丽又伤感的远行之旅，只不过这一页永远停留在1982年的夏天，再也没有翻过严寒的冬季。

直到高中毕业，我去过最远的地方就是那时的达县地区。高二时首届全省青运会在此举办，我和当时最要好的一位女同学揣着当月几乎全部的生活费25元钱，请了个病假，就偷偷上了长途公共汽车，那是我第一次去实现我的诗和远方。回来后，我还是忍不住把这次的经历写进了作文。至今，我依然深深地感激初中时的语文老师，他后来又做了我的高中班主任，继续教语文，我要感谢他在处理这件事上的包容和良苦用心。是他又一次保护了我稚嫩的理想，让我在日后最美好的年华里，敢于放下工作、周游四方，真正体验到"读万卷书，行万里路"的莫大乐趣。

这份勇敢，在2009年体现得淋漓尽致。那一年，我的双胞胎女儿小学毕业。一贯口称"及时行乐"的廖先生决定带着全家来一次加长版的远游。他做足了各种准备，甚至为此换了一辆越野车，给每个人准备了冲锋衣，车上有全套帐篷、小型冰箱、各种户外应急装备以及一张四人座的折叠桌椅，随时可支起来以供休息。而那一年的我跳出原来的职场舒适圈，正处在最艰难的生存挑战期。我唯一需要准备的就是这一趟回来，有可能面临下岗再就业。

最终，我在向单位领导立了军令状后获批长假。7月下旬，忙完在北京举行的"风云川商60人"启动活动，廖先生带着女儿，自驾从成都出发，与我于京会合，"2009畅游中国"如期成行。那是最艰难的一次决定，也是最正确的一次决定。一路上，虽然磕磕绊绊，还两次被领导言称再不回去就将我开除，差点让我出发才一周就准备飞回单位复命。记得那天，全家在哈尔滨太阳岛开了一次家庭会，为不扫一家人的兴，万般艰难中，我选择了关掉手机继续前行。自此之后，每天只在晚上住下后开一次机，处理工作。事实上，由于我在北京的启动活动十分成功，一个月后重返岗位的我用最短的时间快速签了9个合同，业绩遥遥领先。在此，一并感谢单位领导的理解和成全。

那一趟全程一个月，共计行车3.2万余千米，途经19个省、自治区、直辖市，33座城市，在近20个城市程度不同地留下难忘的经历。多少年后，依然忘不了长白山天池的自然风光，秦皇岛北戴河沙滩上的日落，五大连池、火山石海和天然溶洞的震撼，内蒙古大草原骑马奔跑的酣畅，一路上壮观无比的白桦林，北方古镇室韦的异域风情，祖国最北的根河、漠河，最东的山东荣成国境线的惊险，刻进骨髓的菏泽市美味的红烧肉与夕阳下的荷塘，大连动物园孩子们迸发的欢笑，山东日照海上一日冒着大雨的渔家乐全程体验，站在塔顶俯瞰青岛德国建筑与军事堡垒的惊叹，从大连到威海第一次体验车船同游的新奇，武汉长江大桥的壮阔，翻越秦岭回到西安古城的流连……依然忘不了在东北即兴一漂的兴奋和刺激，在辽宁省宽甸县满族自治区某路边餐馆，好心老板听说我们是从地震灾区来的，说什么也不收钱的感动。在内蒙古呼伦贝尔市加格达奇区问路时邂逅一位并不相识的温江老乡，不容分说一定要请上一顿小火锅的家乡热情。室韦古镇木屋的俄罗斯大妈亲手烤制的大列巴和暖心的饭菜，一路上与新老朋友们短暂相聚的欢喜……那一年回到成都，就知道这样的行程未来很难再有，即使有了也不可能再回到从前。

时至今日，我庆幸一生中有过这样一次狂热的旅行和各种体验，有过陪伴双胞胎女儿走天下的种种美好，遇到不同的人，碰到不同的事，明白更多的道理，让眼界和心胸更加开阔。在那个尚没有导航的年代，廖先生在一本几乎翻熟透的《中国地图》上做的几十上百个不同颜色的标记，连同这册用脚丈量的加厚地图，成为一生永久的收藏。在此，我不得不对廖先生说声"感谢"，是他的坚持，坚定了我脚下的路。而未来更远的路，留给已经"放逐"海外的双胞胎女儿，让她们继续去往更加广阔的世界各地，续写更加丰富的崭新人生。

回顾从1993年我离开航天三线基地走进成都近30年，因为热爱媒体工作，因为从骨子里渗出的不安分，因为那从小就有的"小布尔乔亚"，还因为什么不得而知。总之，我得以有机会"出走半生"，也通过各种方式去过一些并非网红的有趣之地，让生命变得更加丰满。我曾经策划过各种主题的自驾出游，比如"2008走进灾区爱心之旅"，女儿高二时为鼓励她们冲刺高考的"巡访中国名校之旅"，多次"贵州漂流之旅"，某年春节"海南新家团圆之旅"，"边城腾冲深度游"，等等。遗憾那些年，我因懒惰和工作的压力，没能一一留下珍贵的笔记。在此，我得感谢另一个人，是老朋友蒋蓝多次的鼓励并代取了书名，让我在2022年下定决心整理部分文稿结集成册，让过去那些行在路上的美好时光得以留住。

那么，旅行的意义究竟在哪里？2022年再次见到做文旅产业的黄先生，他经历了10年的异常艰辛却依然乐观深情地说，风景是上帝赐予人类最美妙的财富。我以为我尤其如此，在历经了生活的种种不易后，眼里仍有风景，心里依然热爱生活。这个世上没有不带伤的人，无论什么时候，真正治愈你的，只有你自己。旅行的意义或许正在于，走出去，接触到更大的世界，让思想一点点拓宽，让内心面朝大海，春暖花开。如果没有阳光，就在心里点一支蜡烛，将心情照亮。

这本散文集节选自2004年至今的光阴一角，自此之前那些留在武当山金顶的思考与感悟，散落在腾格里沙漠的驼铃声声，追随作家张贤亮留在贺南山麓西部影视城堡的欢笑，一次次甘心做大理、丽江迂回婉转的小巷里迷失的鱼，三次赴湘西凤凰古城找寻沈从文关于边城的文学踪迹，从洛阳石窟到宝顶石窟、安岳石窟感受石魂魅力，部分踪影已收录于2006年出版的散文集《光阴U盘》……大约自1991年起，一颗蠢蠢欲动的心化身为脚下的路，一发而不可收。

今天，在成书的最后，我想感恩一路同行以及给予我这一切的每一个人，我不能一一说出他们的名字，但都在我心里暖暖地装着。特别一提的是，感恩成都嘉润置业集团董事长陈先德先生，在多年的合作与交往中，先生总是润物细无声地鼓励与支持，让我一次又一次放松于腾冲"和顺里"初阳照进的戏台与院落，沉醉于双流毛家湾基地橘红的灯光映射的博物馆群，徜徉在成都荷花池文墨飘香的仿古长街，安然静读写作于青城两河山庄的晨起日落。并深深感恩先生为本书出版的无私帮助。感恩中国作协散文委员会委员、四川省作协副主席蒋蓝先生和中国期刊协会副会长、全国商人媒体联盟主席、徽商传媒总编辑韩新东先生倾情作序。感恩多年的老朋友四川省委省政府决策咨询委副主任、成都市社科联主席、四川省社会科学院教授、博士生导师李后强，四川省乡村发展联合会会长、中国作家协会会员朱丹枫，中国作协诗歌委员会副主任、中国诗歌学会副会长、当代诗人梁平以及老同学OPPO CEO陈明永真诚有力的支持。感恩所有的获得与美好。感恩生活，虽在幼年时让我失去太多，但自此之后待我不薄。

活着，就要热气腾腾。热爱，可抵岁月漫长。

（2022年9月中秋节）